Christiane Baumann

Die toten Mädchen vom Dreesch

Nora Grafs zweiter Fall – Schwerin-Krimi

Impressum

Christiane Baumann

Die toten Mädchen vom Dreesch

Nora Grafs zweiter Fall – Schwerin-Krimi

ISBN 978-3-95655-943-3 (Buch)
ISBN 978-3-95655-944-0 (E-Book)

Gestaltung des Titelbildes: Ernst Franta
Foto der Autorin: Sylvana Warsakis
Lektorat: Dr. Volkhard Peter

Mein Dank für Hinweise und Zuspruch gilt Ulrike, Bettina und Jan.

Kriminalhauptkommissar Michael Schubbe von der Schweriner Polizeiinspektion danke ich für Antworten auf alle meine Fragen.

Alle handelnden Personen und ihre Namen sind frei erfunden. Ähnlichkeiten mit lebenden Personen sind zufällig und nicht beabsichtigt.

Manche Örtlichkeiten und Gegebenheiten sind im Buch anders als im wirklichen Leben.

Satz: MEDIENAGENTUR - Franta, www.medienagentur-franta.de

Druck: CUSTOM PRINTING, Wal Miedzeszynski 217, 04-987 Warszawa, Polen, www.cp-buchdruck.de

Alle Rechte vorbehalten. Jede Art der Vervielfältigung, auch auszugsweise, gesetzlich verboten. Printed in Poland.

Bei Fragen zur Produktsicherheit wenden Sie sich an ralfjordan@geschichtlicher-buechertisch.de

---

© 2024 EDITION digital®
Imprint des Geschichtlichen Büchertisches Ralf G. Jordan,
Bischof-Wedekin-Str. 14, 31162 Bad Salzdetfurth
Tel.: 05064-9609641
E-Mail: ralfjordan@geschichtlicher-buechertisch.de
Internet: https://geschichtlicher-buechertisch.de

1 Erste Woche, Nacht zu Donnerstag

Nora Graf wachte mitten in der Nacht auf, froh, ihrem Albtraum entkommen zu sein. Sie rätselte ein paar Sekunden, wo sie war. Obwohl sie es deutlich fühlen konnte: Sie lag allein in Toms überbreitem Bett. Seiner Spielwiese. Wie viele Frauen mochten sich schon auf seiner Matratze getummelt haben? In eine von ihnen war er sicher verliebt gewesen. Verheiratet war er nie gewesen und hatte keine Kinder. Warum nicht? Tom sah gut aus, war sportlich und wild auf Sex. Und er konnte charmant sein. Außerdem gehörten ihm die blauesten Augen, die es unter Schwerins Sonne gab.

Nora drehte sich auf die Seite. Wie sehr sich ihr Leben innerhalb weniger Monate verändert hatte. Der Schock ihrer Strafversetzung aus einer Mordkommission der Berliner Polizei war überwunden und sie hatte sich in Schwerin eingewöhnt. Seit vier Wochen war sie Mieterin einer kleinen Wohnung in der Schelfstadt. Ihr Mann Robert und Tochter Daphne lebten weiter in Berlin und nahmen es inzwischen hin, auch mehrere Wochen von Nora getrennt zu sein. Den wahren Grund, warum Nora die Wochenenden immer öfter in Schwerin verbrachte, ahnten beide nicht.

Dass sie ausgerechnet mit einem Kollegen eine Liebelei hatte, noch dazu mit einem jüngeren, kam ihr manchmal vor wie eine Zeitbombe, die ihr demnächst um die Ohren fliegen würde. Doch Nora verbat sich jeden Gedanken an die Zukunft. Sie wollte die Zweisamkeit mit Tom genießen, solange sie dauerte. In der Ehe hatte sie in den letzten Jahren vieles vermisst, vor allem die körperliche Nähe und Leidenschaft. Mit Tom erlebte sie beides neu und auf eine besonders intensive Weise. Es würde ihr sehr schwer fallen, darauf zu verzichten. Aber irgendwann musste sie Robert die Affäre gestehen. Und was dann? Wieder einmal konnte Nora sich selbst keine Antwort geben. Plagte sie deshalb dieser blöde Traum? Sie irrte nachts in Berlin auf dem Bahnhof Ostkreuz herum auf der Suche nach dem richtigen Bahnsteig, nach dem Zug, den sie erreichen musste, um nach Hause zu kommen, zu Robert und

Daphne. War der Traum ein Zeichen? Wollte er ihr sagen, dass sie die Orientierung in ihrem Leben verloren hatte, den Weg zu ihrem eigentlichen Zuhause nicht mehr fand?

Die Schlafzimmertür wurde leise geöffnet, und Tom kroch ins Bett zurück. Er drückte sich an Noras nackten Rücken. Sie erschauerte; wie kalt er geworden war. „Du warst lange weg."

„Sehnsucht?" Er fuhr sacht über ihre Haut. „Oder denkst du etwa an diesen Typen?"

„An wen?"

„Diesen nackten Kerl! Spukt der dir im Kopf herum?"

„Blödsinn."

„Wenn ich diesen Mistkerl erwische", plusterte Tom sich auf, „du hättest ihn verhaften sollen. War schließlich Erregung öffentlichen Ärgernisses. Verhaften! Auf der Stelle."

Tom war eifersüchtig, wie süß. Als Nora am späten Abend die paar Meter vom Parkplatz zu Toms Wohnblock ging, rannte ein Nackedei im Affenzahn an ihr vorüber. Kaum, dass sie sein Gesicht sehen konnte, bevor die Dunkelheit ihn verschluckte. Oder hatte er sich umgedreht und sie angegrinst? Langes kräftiges blondes Haar und eine leichte Nikotinfahne blieben ihr in Erinnerung. „Ich verhafte niemanden, nur weil er seine Klamotten vergessen hat, Tom. Stell dir vor, er musste vor dem tollwütigen Ehemann aus dem Schlafzimmerfenster flüchten oder was Ähnliches."

„Wenn jeder Polizist die Staatsgewalt so lässig vertritt wie du, dann gute Nacht."

„Kannst dich bei meinem Chef über mich beschweren."

„Danke für den Tipp." Er begann, ihren Bauch zu massieren, drehte sie auf den Rücken, und seine Hand glitt zwischen ihre Schenkel. Er streichelte sie, und Nora ließ sich von seiner Leidenschaft mitreißen. Es war schon fast gespenstisch, wie genau er wusste, was sie sich wünschte oder was sie brauchte. Sie stöhnte laut auf und vergaß alles um sich herum. Tom warf die Bettdecke auf den Boden, und ihre Körper vereinten sich. Erschöpft blieben sie danach liegen, er mit dem Kopf auf ihrer Brust. Zärtlich kratzte ihre Hand über seinen Rücken. „Es war wunderschön, Tom. Nun schlafen wir, ja?"

„Wenn's sein muss." Tom deckte Nora sorgfältig zu, küsste sie, und wenig später waren beide eingeschlafen.

Was Nora in dieser Nacht ein zweites Mal hochfahren ließ, war kein Albtraum. Sie hatte sich erschrocken, aber worüber? Tom schnarchte leise neben ihr. Nora schaute auf den Wecker: vier Minuten nach vier. Ihr Mund war trocken, ein Schluck Wasser würde helfen. Bevor der Schlaf sie wieder zu überwältigen drohte, gab Nora sich einen Ruck. Auf Zehenspitzen schlich sie aus dem Zimmer. In Toms Wohnung kannte sie sich selbst im Dunkeln aus wie in ihrer eigenen. Es ging über den Flur geradewegs in die Küche. Das Glas Wasser trank sie in einem Zug leer.

Auf dem Rückweg packte Nora ein beunruhigendes Gefühl, und sie schwankte, ob sie ihm nachgehen sollte. Meist war Schlimmes geschehen, wenn sie diese ungute Beklommenheit überkam. Das letzte Mal geschah das vor einem halben Jahr, als sie in der Lübecker Straße eine Leiche aufspürte. Aber bei Tom? Was sollte hier Schreckliches passiert sein? Tom schlief friedlich im Bett, und sie würde sich gleich an ihn kuscheln. Ein unbekannter Geruch in der Luft hielt sie zurück. Ein fremdes Parfüm. Eine Sinnestäuschung? Nora brauchte Gewissheit, dass alles in Ordnung war und knipste das Licht im Flur an. Sie hörte einen markerschütternden Schrei.

War sie es, hatte sie geschrien? Nora sah, was sie aus der Fassung gebracht hatte. Unmittelbar vor ihr auf dem Boden ein menschlicher Körper, fast vollständig eingerollt in eine Wolldecke! Nach den Umrissen und den teilweise sichtbaren langen dunkelbraunen Haaren war das eine Frau!

Ein Satz nach hinten, ein Griff an die Hüfte nach ihrer Waffe – das war alles eins. Nora war nackt und schutzlos und vor ihr eine verletzte oder tote Frau! Im nächsten Augenblick war Tom im Flur, nackt wie sie. Entgeistert starrte er auf das Bündel am Boden.

Oh Gott, seine unbegreifliche Furcht vor Toten! Bisher war eher beiläufig zwischen ihnen die Rede davon gewesen. Jetzt wurde Toms Leichenangst ganz greifbar und offensichtlich für Nora. Doch um ihn würde sie sich später kümmern; vielleicht konnten sie der Frau noch helfen. Nora näherte sich dem reglosen Körper. Mit den Fingerspitzen hob sie die Decke an. Aber das war ja keine erwachsene Frau, das war beinahe noch ein Mädchen! Nora fühlte nach dem Puls, nichts. Keine Atmung. Eine Mädchenleiche in Toms Wohnung!

„Und? Ist sie tot?", krächzte Tom.

„Ja, tot. Keine Leichenstarre; sie ist erst vor kurzer Zeit umgebracht worden. Kennst du sie?"

Mit ungelenken steifen Schritten näherte sich Tom. Ein Sekundenblick genügte ihm. Er schüttelte heftig den Kopf, schaltete den Rückwärtsgang ein und presste sich an die Wand. Er richtete seine blauen Augen auf Nora. Flehende Augen. „Eine Leiche, Nora, eine Leiche bei mir im Flur", stammelte er, „ich will, dass sie verschwindet. Die muss weg, weg, weg!"

Ein abweiger Gedanke durchzuckte Nora. Tom hatte eine Weile das Bett verlassen. War er solange auf Toilette? „Hast du was damit zu tun, Tom?"

„Bist du verrückt? Ich?! Denkst du, dass ich sie getötet habe, Nora? Ich, also ich, ein Mörder?"

„Beruhige dich. Lass uns nachsehen, ob jemand im Bad oder Wohnzimmer ist, Tom. Schaffst du das?"

Tom fasste sich ein Herz, holte ein Messer aus der Küche, checkte die Räume und stellte sich wieder dicht zu Nora. „Niemand da. Nur wir, Nora. Und sie."

„Okay. Ziehen wir uns an und rufen die Kollegen."

„Warte! Ich will wissen, wie die Leiche hier reinkam." An der Wohnungstür entdeckte Tom Spuren gewaltsamen Eindringens. War kein Problem für ihn, denn er arbeitete beim Einbruchsdezernat. „Geräuschlos kann das nicht abgegangen sein. Und wir haben es vertrieft, Nora. Das glaubt uns keiner." Er fluchte. „Schiet, verdammter! Wie wollen wir das erklären?"

„Wir sagen die Wahrheit, Tom. Was sonst! Wir haben nichts bemerkt, weil wir sehr intensiv miteinander beschäftigt waren. Wie auch immer, zuerst die Meldung." Nora wunderte sich, wie nüchtern sie klang. Als wäre es das Normalste der Welt, bei Tom ein totes Mädchen zu finden. Vor ihren Augen sah sie Chef Hansen, wie er Toms Bude auf den Kopf stellen ließ. Was würden sie ihm erzählen? Sie schliefen miteinander, während höchstwahrscheinlich jemand in die Wohnung einbrach, um dort die Leiche einer jungen Frau abzulegen? Hörte sich das glaubwürdig an?

„Einen Moment", bat Tom.

„Wozu denn! Wir haben keine Minute zu verlieren. Hansen muss her! Sofort!"

„Ja, ja, sicher. Aber ich, ich muss nachdenken."

„Worüber?"

Er druckste herum. „Können wir das Mädchen irgendwo anders hinbringen?"

„Bist du wahnsinnig? Die Leiche wegschaffen? Spuren vernichten? Ohne mich, Tom. Du bist selbst Polizist und weißt, wie idiotisch das wäre. Es bleibt alles, wie es ist", fügte sie barsch hinzu.

Nora kleidete sich hastig an, Tom dagegen machte keine Anstalten, es ihr gleich zu tun. „Los jetzt", drängte sie ihn und schmiss ihm Hemd und Hose hin. Erst nach einigem Zureden stieg Tom in seine Klamotten. Bevor Nora ihren Chef informieren konnte, überraschte Tom sie mit einem neuen Vorschlag: „Fahr nach Hause, *ich* rufe an und sage, dass ich in der Nacht allein gewesen bin."

„Das ist absolut irre! Schalt mal deinen Kopf ein! Die Kollegen werden sehr schnell feststellen, dass ich bei dir war. Hier sind überall meine Spuren. Und Hansen ahnt eh längst was von uns. Wozu das Theater. Ich bleibe!"

„Du willst doch am Fall mitarbeiten, oder?"

„Was ich will, spielt keine Rolle. Ich werde meinen Chef nicht anlügen. Und wenn ich abhaue, vergrößere ich deine und meine Schwierigkeiten."

„Ärger kriegen wir so oder so." Sein Gesicht war bleicher als gewöhnlich, in seinen Augen ein unbekanntes Flackern. „Du wirst tun, was ich sage!", fuhr er sie an.

„Das werde ich schön bleiben lassen. Das ist eine dumme Idee, Tom. Benutze endlich deinen Verstand!"

Kaum zu glauben, was Tom von sich gab. Sie waren wichtige Zeugen in diesem Fall, das musste ihm bewusst sein. Wieso redete er einen derartigen Schwachsinn! Wegen seiner übermächtigen Angst vor Leichen? Brachte das tote Mädchen ihn völlig durcheinander? Nora wollte ihn berühren, doch er stieß sie von sich. „Ich brauche hier keine oberschlaue Mordermittlerin. Ich rufe Hansen an! Mach ein einziges Mal, was ich dir sage. Du fährst nach Hause, basta!"

Sie wusste, dass Tom hartnäckig sein konnte, aber derart unerbittlich hatte sie ihn nie zuvor erlebt. Er schaffte es tatsächlich, dass sie eilig alles zusammensammelte, was ihr gehörte; sie stopfte auch das benutzte Laken in ihre kleine Reisetasche und ließ Tom allein zurück.

Wütend, weil sie sich hatte rausschmeißen lassen, warf Nora die Tasche in den Kofferraum ihres Clio. Sie fuhr das Auto ein Stück von Toms Wohnblock in der Stauffenberg-Straße weg. Nora wollte außerhalb der Polizeiabsperrung bleiben, die errichtet werden würde. Sie ärgerte sich über Tom und über sich selbst. Es war ein großer Fehler, den Fundort der Leiche verlassen zu haben. Wenn Tom wieder klar im Kopf war, würde er es genauso sehen. Nora jedenfalls war fest entschlossen, Hansens Fragen wahrheitsgemäß zu beantworten. Er müsste sie in wenigen Minuten anrufen, wenn Tom, wie versprochen, den ungewöhnlichen Fund gleich gemeldet hatte. Nach drei Minuten klingelte ihr Handy.

„Wir haben eine weibliche Leiche, Frau Kollegin." Und betont langsam und überdeutlich: „Speziell daran ist, die Tote liegt in der Wohnung von Thomas Weller."

„Chef, ich muss Ihnen mitteilen, dass ich heute Nacht bei ..."

„Stopp!", bellte ein kurzatmiger Hansen in ihr Ohr. „Wo immer Sie sind, Sie fahren nach Hause und bleiben dort. Verhalten Sie sich ruhig und kein Kontakt mit irgendwem! Wir reden morgen. Ich habe mich jetzt um Ihren Freund Weller zu kümmern. Gute Nacht."

Widerstrebend hielt sich Nora an Hansens Weisung und fuhr zu sich in die Schelfstraße. Dass sie sich von Tom hatte wegschicken lassen ... Unverzeihlich! Sie wollte bei den Kollegen sein, beim Beantworten der Fragen helfen, die sich stellten. Wer war diese junge Frau, wer hatte sie getötet, und wieso lag sie in Toms Flur?

Die Eltern der Toten lebten ihren normalen Alltag, ohne im Geringsten zu ahnen, dass ihre Tochter umgebracht worden war. Nora hatte selbst eine Tochter und konnte ein wenig erfühlen, welches Leid der Familie bevorstand.

2 Donnerstag

Früh um sieben war Nora auf der Dienststelle. Berthold Hansen stand vor seinem Büro im Gespräch mit Holger Klein, einem engen Mitarbeiter. Beide waren überdurchschnittlich groß; im Alter dagegen unterschieden sie sich beachtlich: Hansen Anfang fünfzig und Holger in den Dreißigern. Hansen war korpulent und wirkte behäbig. Ein Eindruck, der trog. Er konnte seine Massen noch sehr behänd bewegen, wenn er denn wollte oder musste. Holger Klein war schlaksig und immer in Bewegung. Seine ständige Unruhe ging Nora auf die Nerven, wie seine ewigen Befürchtungen, übergangen oder nicht ernst genommen zu werden. Sie mochte ihn trotzdem, besonders sein lockiges schwarzes Haar, und manchmal sogar seine Naivität.

Holger war ein Kumpel von Tom. Möglich, dass Hansen ihn deswegen von den Ermittlungen ausschließen würde. Während Nora überlegte, wen von den beiden sie wegen Tom ansprechen sollte, löste sich Holger von Hansen und steuerte zielstrebig auf sie zu.

„Guten Morgen, Frau Graf", grüßte er förmlich, statt ihr wie sonst ein ‚Tach' oder ‚Moin' hinzuwerfen.

„Morgen, wo ist Thomas Weller? Ich kann ihn nicht erreichen."

Holger verblüffte ihre Direktheit. „Äh ja, der ist, also Hansen wird ihn gleich noch mal ausführlich befragen. Er persönlich."

Aus seiner enttäuschten Miene schloss Nora, dass er diese Aufgabe gern übernommen hätte. „Ist logisch, dass es der Chef selbst macht. Sie sind ja mit Thomas Weller befreundet."

„Und Sie leider auch", entgegnete er. „Diese schreckliche Geschichte ausgerechnet bei Tom!"

„Ja, ausgerechnet. Schlimmer ist, dass eine junge Frau ermordet wurde. Ist sie identifiziert?"

„Nein, sie hatte keinen Ausweis oder Handy oder etwas Persönliches bei sich. Dem ersten Anschein nach wurde die Frau von hinten erschlagen. Die Obduktion läuft." Er rückte an Nora ran und senkte seine Stimme. „Tom redet sich um Kopf und Kragen."

„Wie das?"

„Es klingt etwas verrückt, was er zum Ablauf der Nacht und zum Auffinden der Leiche sagt. Unklar, ob er wirklich keine Ahnung hat oder sich nur dumm stellt. Außer der Leiche wurden frische Spuren einer anderen weiblichen Person in seiner Wohnung gefunden. Idiotischerweise streitet Tom jeden aktuellen Frauenbesuch ab." Holger berührte Nora zum ersten Mal, seit sie zusammen arbeiteten, sacht am Arm. Seine nächsten Worte raunte er verschwörerisch: „Aber Sie werden ihm doch sicher helfen." Sie signalisierte ihm mit einem Kopfnicken, dass sie genau das vorhatte.

Hansen wischte sich gerade den Schweiß vom Gesicht, als Nora sein Büro betrat. Gleich darauf glänzte seine Stirn wieder. Für Nora ein Zeichen, dass ihr Chef unter Stress stand. Ermittlungen in einem Mordfall, in den ein Polizist verwickelt war, waren heikel und wurden von allen Seiten argwöhnisch beobachtet.

Wie üblich, wenn sie unter sich waren, duzten Hansen und Nora sich. Erst seit kurzem wussten beide, dass sie Cousin und Cousine waren. Vor den Kollegen verschwiegen sie ihr verwandtschaftliches Verhältnis, um möglichen Tratsch zu verhindern.

Nora begann ohne Umschweife. „Meine Aussage zu gestern Nacht, Berthold. Ich war bei Thomas Weller. Und ich habe die Leiche im Flur entdeckt. Die Tote ist mir unbekannt."

Hansen steckte sein feuchtes Taschentuch weg und schaute sie stumm mit mürrischem Blick an.

„Die frischen Spuren einer weiblichen Person, die ihr bei Tom gefunden habt, waren von mir, Bert. Ich war gestern Nacht bei ihm. Das wollte ich dir sagen, bevor du mich nach Hause geschickt hast."

„Bravo! Bin ich etwa schuld, dass *du* dich vorher von einem Leichenfundort verdrückt hast?!"

„Meine Entscheidung, mein Fehler."

Hansen glaubte was anderes. „Der Weller wollte, dass du abhaust, stimmt's? Behauptet stur, er wäre allein gewesen in der Nacht. Warum lügt er?"

„Tom wird schon beim Anblick einer Leiche panisch. Ich nehme an, das weißt du. Und dann die Steigerung – ein Mordopfer in seinen eigenen vier Wänden. Er ist total durchgedreht. Das hat mich einen Moment aus der Fassung gebracht, und ich habe mich davon jagen lassen. Bin übrigens in der Nähe geblieben, hab mit dem Auto ein paar Meter weiter unten in der Straße geparkt und wäre in zwei Minuten wieder zurück bei Tom gewesen. Berthold, gib Tom etwas Zeit. Er wird sich besinnen und dann alles wahrheitsgemäß berichten."

„Das hoffe ich für ihn. Wer von euch beiden war zuerst bei der Toten?"

„Ich, sagte ich doch."

„Wann?"

„Fünf, sechs Minuten nach vier."

„Wieso diese präzise Zeitangabe?"

„Als ich aufwachte, hab ich auf den Wecker geguckt. Es war vier Minuten nach vier. Solche Zahl merkt man sich. Ich hatte Durst und bin in die Küche. Auf dem Rückweg roch ich im Flur ein fremdes Parfüm. Ich habe das Licht eingeschaltet und sah einen in einer Decke eingewickelten Körper vor mir liegen."

„Heftiger Schock, was?"

„Ja. Ist schon was anderes als zu einem fremden Tatort gerufen zu werden."

„Tut mir leid für dich. Sag, hast du was an der Leiche verändert?"

„Nein. Hab nur geprüft, ob sie tot ist."

„Und du bist sicher, dass du sie nicht kennst?"

„Absolut. Ich kenne kaum jemanden privat in der Stadt. Bin ja erst ein gutes halbes Jahr hier."

„Genug Zeit, um dein ganzes Privatleben umzuschmeißen", nörgelte er.

„Was geht das dich an?"

Er murrte Unverständliches. „Aber wegen Weller sitzt du jetzt mit in der Tinte."

„Meine Beziehung zu Tom ist für dich ein rotes Tuch", regte Nora sich auf, „lass sie aus dem Fall raus, ja!"

„Mal sehen. Was anderes. Beim Weller wurde eingebrochen. Sein Türschloss ist alt und war leicht zu knacken, trotzdem, es muss Geräusche gegeben haben. Hast du was mitgekriegt?"

„Nein. Wie geht es Tom?"

„Kein Kommentar. Falls du einen Schlüssel von Toms Bude hast, her damit."

„Kein Schlüssel."

„Ist dir sonst was aufgefallen in der Nacht?"

„Nein, die eine Leiche hat mir gereicht." Nora stutzte. Plötzlich war eine Erinnerung da. „Ist wahrscheinlich ohne Bedeutung. Auf dem letzten Stück zu Toms Platte lief ein Nacktflitzer an mir vorbei."

„Was ist denn bei euch auf dem Dreesch alles los! Kannst du den Mann beschreiben?"

„Es war dunkel, und er war nackt, Bert."

„Sonst irgendwas Besonderes an ihm?"

Nora zuckte mit den Achseln. „Sein Haar. Es war sehr blond, sehr kräftig und ziemlich lang."

„Würdest du ihn wiedererkennen?"

„Keine Ahnung. Es ging alles sehr schnell. Du überlegst, ob er was mit dem Verbrechen zu tun haben könnte?"

„Ist doch logisch, oder?"

„Das wäre schon merkwürdig, Berthold. Ein Nackter ... das war bestimmt ein Spaß."

„Das behalten wir trotzdem im Auge. Also, das war's für den Augenblick. Vorrang hat, den Weller noch mal auszuquetschen. Was dich betrifft: Du stehst um zwei bei mir auf der Matte, dann reden wir ausführlicher. Bis dahin kein Kontakt zu den ermittelnden Kollegen. Oder schon mit jemandem gequatscht?"

„Kurz mit Holger Klein. Er hat mir gesagt, dass die Obduktion läuft."

Hansen nickte und wandte sich den Unterlagen auf seinem Schreibtisch zu. „Ach, ich vermisse den Bericht zu der bescheuerten Katze."

„Du redest vom Todesfall Amalia Dorn in Raben Steinfeld? Wenn überhaupt, ist ein bescheuerter *Kater* darin verwickelt."

„Egal, wie. Wird Zeit für eindeutige Aussagen, ob Katzenunfall oder Mordanschlag."

„Ich dachte, der Tod der jungen Frau ist jetzt wichtiger?"

„Für dich hat Amalia Dorn Priorität, aus den anderen Ermittlungen bist du selbstverständlich raus."

Protest war zwecklos, sagte Nora sich. „Wie du willst. Die KTU-Ergebnisse zur Dorn fehlen noch. Deshalb ist mir zu vieles unklar. Und ob ich heute in der Lage bin, vernünftig zu arbeiten ..."

„Ich würde dir gern frei geben, aber das Gespräch um zwei ist wichtig."

„Bin pünktlich. Leg mich ein Stündchen aufs Ohr, und fahre danach nach Raben Steinfeld. Kann ich Antje mitnehmen?"

„Antje war beim Weller-Einsatz dabei, und sie kann schwer den Mund halten. Nimm einen Schutzpolizisten." Ihm schien etwas einzufallen. „Eigentlich müsste ich Antje vom Fall abziehen, denn sie ist mit dem Weller per du. Und es geht das Gerücht, sie hatten mal was miteinander."

Ja, dachte Nora, ich hab's kapiert. Der Weller ist durch alle Betten gehopst.

„Wenn ich es mir recht überlege, müsste auch Holger andere Aufgaben übernehmen. Die beiden sind befreundet." Mitleidheischend fuhr Hansen fort: „Wer bleibt? Soll ich alles alleine erledigen?"

„Mit der Freundschaft zwischen Tom und Holger ist es nicht weit her. Sie beschränkt sich auf gemeinsames Biertrinken. Holger wird Distanz halten und professionell sein."

„Ha! Seit wann bist du sein Fürsprecher?"

„Von Anfang an", behauptete Nora, „er ist sehr engagiert."

„Du meinst, karrieregeil."

„Das hast *du* gesagt. Was ist nun mit Antje? Kann sie mit? Schon allein wegen dem Kater. Ich hatte nie ein Haustier."

„Du wirst doch mit einem Kater fertig werden. Als ich Kind war, hatten wir mehrere Katzen. Damals in Parchim."

„Hat dich je eine angegriffen, als du klein warst?"

Hansen strich mit beiden Händen über seine Glatze. „Hat sich keine getraut. Wieso fragst du?"

„Laut Aussage der Nachbarin von Amalia Dorn, der Frau Meier, ist der Kater von einem oberen Küchenschrank der Dorn ins Gesicht gesprungen, als die auf der Leiter stand und deshalb der tödliche Sturz."

„Das wäre dann ein tragischer Unfall."

„Wir werden sehen, Berthold."

3

Zu Hause holte Nora Schlaf nach und fuhr anschließend allein nach Raben Steinfeld. In Gedanken war sie oft bei Tom, der gerade von Hansen in die Mangel genommen wurde. Sie war überzeugt, dass Hansen Tom gegenüber voreingenommen war. Das mochte an ihrer Beziehung mit ihm liegen, aber wahrscheinlich war mehr zwischen beiden Männern vorgefallen. In dem Punkt tappte Nora im Dunklen.

War damals ziemlich schnell gegangen zwischen Tom und ihr. Es gefiel und schmeichelte ihr, dass er sich für sie interessierte, unbedingt mit ihr ausgehen wollte. Nach einem gemeinsamen Abendessen geschah es. Bei einer Nacht sollte es bleiben, hatte sie gedacht. Ähnliches war ihr vorher ein paar seltene Male in ihrer Ehe passiert. Doch Tom wollte mehr und sie konnte nicht widerstehen. Seit einem halben Jahr ging das so. Ihr Mann Robert war in den zweieinhalb Jahrzehnten ihrer Ehe öfter als sie fremdgegangen. Aber das war keine Entschuldigung. Nora verglich ihre private Situation mit einem Knäuel Wolle, an dem von allen Seiten gezerrt wurde und das sich immer mehr verhedderte. Kein Ausweg in Sicht.

Nora stand in der nach frischer Farbe riechenden Küche von Amalia Dorn. Die Witwe war achtundsechzig Jahre alt geworden. Vor zwei Tagen, am Dienstag, stürzte sie bei Putzarbeiten von einer Leiter auf den harten, gefliesten Küchenboden. Genickbruch; sie war auf der Stelle tot. Das Unglück war zwischen 11. 30 und 12. 30 Uhr geschehen. Auf den ersten Blick war es ein Haushaltsunfall. Auf dem Küchenboden neben und auf der Leiche Keramikscherben, die vermutlich von Bierkrügen stammten. Humpen, vom lange verstorbenen Ehemann Werner Dorn gesammelt und gewöhnlich die Zierde der Hängeschränke. Bevor Amalia mit den Reinigungsarbeiten begann, waren von ihr sämtliche Krüge auf dem Küchentisch in Sicherheit gebracht worden. Nora kamen die Putzarbeiten zwei Wochen nach der Renovierung seltsam vor. Man reinigte den Raum gewöhnlich, wenn man fertig gemalert hatte. Oder war Frau Dorn putzsüchtig gewesen?

Nachbarin Christa Meier hatte die Leiche von Amalia Dorn gefunden. Die Siebzigjährige lenkte die Aufmerksamkeit der Kripo auf Amalias Kater Ramses, der ihrer Meinung nach für den Tod seines Frauchens verantwortlich war. Als Amalia auf der Leiter stand, müsse er ihr von einem Hängeschrank direkt ins Gesicht gesprungen sein. Deshalb habe Amalia das Gleichgewicht verloren, mit fataler Folge. Ramses sei im Haus gewesen, als sie die Tote entdeckte. Er sei wie von Sinnen gewesen, äußerst aggressiv, und sie habe ihn aus der Wohnung gescheucht, und seitdem sei er verschwunden. Frau Meier beteuerte, oft beobachtet zu haben, wie er auf die oberen Schränke sprang, dort herumtollte und irgendwie wieder auf dem Boden landete.

Nora hatte den Kater bisher nicht zu Gesicht bekommen. Es war ihr fast lieber so. Sohn und Tochter von Amalia Dorn, ihre Erben, wollten, dass der Kater ins Tierheim kam. Sohn Norman war Chirurg und lebte mit Familie in Norwegen; Tochter Tina war Anwältin und bewohnte mit Ehemann Konrad Jahn, ebenfalls Anwalt, und zwei Söhnen ein Haus in der Schloßgartenallee in Schwerin. Sie hätte Ramses bei sich aufgenommen, aber wie sollte das funktionieren mit einem großen Hund daheim, der auf jede Katze losging?

Seit Noras letzter Besichtigung des Tatorts hatte sich in der Küche kaum was verändert. Nur die Leiter war aufgehoben und an eine Wand gelehnt, und die Keramikscherben vom Leichnam und dem Fußboden waren zur Untersuchung in der KTU. Nora wollte ganz sicher sein, dass die Scherben tatsächlich von Bierkrügen stammten, und sie wollte wissen, von wie vielen.

Die Decke des am Fenster stehenden Küchentisches war an der vorderen Seite ein Stück Richtung Boden heruntergezogen. Das legte die Vermutung nahe, Amalia habe an ihr im Fallen Halt gesucht. Hinten auf dem Tisch standen die unversehrten Bierkrüge.

Die Kälte im Haus empfand Nora heute besonders stark. Deshalb behielt sie ihre dicke Jacke an und wärmte die Hände in den Taschen. In jeder steckte eine Kastanie vom vergangenen Herbst, mit der sie herumspielte. Seit ihrer Kindheit mochte sie die anfangs glatte und später leicht verschrumpelte Oberfläche der Kastanien und sprach ihnen eine schützende, magische Kraft zu. Manchmal hatte ihr dieser Glaube tatsächlich in schwierigen realen Situationen geholfen. Darauf hoffte sie auch jetzt; nach der vertrackten Nacht mit der Leiche bei Tom.

Im Wohnzimmer fielen Nora die vielen verschiedenen Souvenirs ins Auge, die zweifelsfrei aus Ägypten auf Amalia Dorns Tischchen und in ihren Schränkchen gelandet waren. Offenbar verband das Ehepaar Dorn mit jenem Land eine besondere Beziehung; deshalb ‚Ramses' als Name des Stubentigers.

Ein großer Garten umschloss das Haus der Dorns von allen Seiten. Nora öffnete die Terrassentür einen Spalt, zwängte sich so hindurch, dass möglichst wenig kalte Luft ins Zimmer dringen konnte. Es war ein windstiller Tag, der Himmel strahlend blau, und die Märzsonne schien ungewöhnlich intensiv. Erste Krokusse steckten ihre zarten Köpfchen aus der Erde. In zwei Wochen war Ostern.

Ein Geräusch forderte Noras Aufmerksamkeit. Sie bemerkte, dass die Terrassentür um eine Kleinigkeit weiter offenstand. Nora schloss die Tür hinter sich und ging in die Küche. Zwischen den Bierkrügen auf dem Tisch saß ein Kater mit grünlich-beigen Augen. Wahrscheinlich war es ein schönes Tier. Ausgewachsen, mit dichtem rötlichem Fell und eleganter Körperhaltung. Das musste er sein, der angebliche Unfallverursacher oder Mörderkater. Nora erkannte ihn von Fotos, die in allen Zimmern zu finden waren: Ramses solo oder Amalia oder ihre Kinder oder Enkel mit ihm in allen erdenklichen Lebenslagen. Und stets friedlich miteinander.

Ramses neigte seinen dicken Kopf minimal, und Nora begrüßte ihn leise: „Da bist du ja." Sie war beeindruckt und verunsichert zugleich. Nie zuvor in ihrem Leben war sie als Stadtkind mit einem Tier – größer als eine Fliege oder Spinne – allein in einem Haus, einer Wohnung, einem Raum gewesen. Die Verantwortung, die sie auf einmal für den Kater spürte, bereitete ihr Unbehagen.

Ramses zeigte einen Buckel, schlängelte sich um die Krüge herum und sprang auf die Fliesen. Er miaute herzerweichend und strich in geringem Abstand um Noras Beine herum. Sie rief ihre Partnerin Antje Siggelkow an, die mit dem Dorn-Fall vertraut war. „Der Stubentiger ist aufgetaucht. Ich werde wohl die Tochter von Amalia Dorn anrufen müssen, damit die ihn ins Tierheim bringt."

„Um Gottes Willen!", protestierte Antje. „Der Arme hat gerade sein Frauchen verloren. Wenn er in ein Heim kommt ..."

„Ist ja gut", beruhigte Nora, „ich habe auch ein Herz für Tiere, leider keine Ahnung von Katzen. Also, was tun? Er jammert. Und er, ja er leckt sich zwischendurch. Sehr eigenartig."

„Der hat sicher Hunger. Wenn Sie Futter entdecken, geben Sie ihm davon. Und Ramses bitte fotografieren."

War sie etwa zum Spaß hier? „Mir wäre lieber, *Sie* würden sich um das Tier kümmern, Kollegin. Wie viel frisst er denn?"

„Je nachdem, wie groß oder alt er ist und wann er zuletzt was gefressen hat."

„Woher soll ich das wissen. Antje, ich brauche einen Anhaltspunkt. Ich hatte nie ein Haustier."

„Ja, dann. Wenn Ramses seit Dienstag nichts gefressen hat, zwei Tage, ist der Hunger groß. Heißt, ein Napf voll mindestens. Wenn er was bei Nachbarn geschnorrt oder selbst was gefangen hat, ist der Hunger kleiner."

„Was soll er gefangen haben?"

„Einen Vogel oder eine Maus vielleicht?"

„Okay. Was Neues zur Toten von heute Nacht?"

Die Nachfrage stürzte Antje Siggelkow in Gewissensbisse. Sie war Hansens Liebling und arbeitete möglichst exakt nach Vorschrift. Einerseits durfte sie keine Ermittlungsergebnisse zum neuen Fall weitergeben, andererseits war Nora als Hauptkommissarin ihre unmittelbare Vorgesetzte. „Die junge Tote?", wiederholte Antje zögernd, „die wird obduziert."

Das war keine Neuigkeit. Nora suchte nach einem Abschluss des Gesprächs. „Werde ich mal für den Kater was zum Fressen suchen; wozu ist man bei der Kripo. Und keine Angst, Antje, das Heim ist erst mal aufgeschoben. Wir sehen uns später."

In einem Küchenschrank entdeckte sie einen beachtlichen Vorrat an Katzenfutter. Ramses gab jegliche Zurückhaltung auf, maunzte herzerweichend und stupste Nora in einem fort an. Sie füllte seinen Napf randvoll, fotografierte, wie er sich über das Futter hermachte, und schickte die Fotos auf Antjes Handy. Als Antwort erhielt sie postwendend drei grinsende Smileys.

Noras Handy meldete sich. Eine aufgeregte Frauenstimme teilte mit, dass sich jemand in Amalias Haus aufhalte, das Polizeisiegel sei aufgebrochen und die Terrassentür geöffnet worden. Ob Frau Kommissarin gleich käme?

„Bin schon da." Nora trat aus der Haustür und stand der Nachbarin Christa Meier gegenüber. „Wenn alle Leute so aufmerksam wären wie Sie, hätte das Verbrechen keine Chance."

Frau Meier lächelte verunsichert. „Ich wollte nur helfen."

„Sehr vorbildlich. Kommen Sie rein. Können wir uns ein Weilchen unterhalten. Mir sind noch ein paar Details unklar."

Frau Meier bewohnte mit ihrem Ehemann Reinhard das Nachbarhaus. Das Paar war locker mit Amalia befreundet, ab und zu lud man sich zum Essen ein, schenkte sich wechselseitig selbst gezogenes Obst und Gemüse und passte bei Reisen auf Haus und Garten auf. Seit dem Tod von Werner Dorn half Reinhard der Witwe bei kleineren Reparaturen, wie sie in einem Einfamilienhaus von Zeit zu Zeit anfielen.

Nora führte Frau Meier in die Küche. Amalias Nachbarin blieb erschrocken stehen, sowie sie den Kater erblickte. Vorwurfsvoll sah sie die Kommissarin an. „Sie füttern den! Seinetwegen ist Amalia tot!"

„Also, ich finde ihn reizend. Er hat ein wunderschönes Fell und scheint mir ein besonders liebes Tier zu sein. Kann gut verstehen, dass Frau Dorn in ihn vernarrt war."

Christa Meier kämpfte mit ihrem Unmut. „Na ja, Amalia hat Ramses verehrt wie einen ägyptischen Gott. Einen verzauberten Gott. Die mit ihrem Ägyptenfimmel. Sie war total verrückt nach dem Vieh. Er durfte sogar in ihrem Bett schlafen. Wie unhygienisch. Der schleppt doch sonst was an Keimen mit sich rum." Unwillkürlich wich sie vor Ramses zurück, der hoheitsvoll an beiden Frauen vorbei Richtung Terrasse stolzierte.

„Der ist jedenfalls gesund, keine sichtbare Verletzung", sagte Nora.

„Wieso sollte er verletzt sein?"

„Nun ja, beim Sturz von Frau Dorn könnte er sich was getan haben."

„Sie haben wohl keine Ahnung von Katzen? Die haben sieben Leben, und dieses Vieh hat mindestens eins mehr. Nein, nein, der springt überall rauf und kommt gesund und munter wieder runter. Der hat Routine."

„Haben Sie was gegen ihn?"

Ramses stand nun vor der geschlossenen Terrassentür, und Nora beeilte sich, sie für ihn zu öffnen.

Frau Meier schüttelte missbilligend den Kopf. „Sie lassen ihn laufen!"

„Ja, was soll ich Ihrer Meinung nach mit ihm anstellen?"

„Der gehört eingeschläfert, ist gefährlich für alle Mitmenschen. Er ist verantwortlich für Amalias Tod!"

„Ernsthaft?"

„Nur er und Amalia waren in der Küche, als es passierte. Außerdem hatte sie diese Kratzer im Gesicht. Er ist auf sie rauf und dann ..." Eine unbestimmte Geste folgte.

„Hört sich an, als wären Sie dabei gewesen."

„Nein, nein, aber so muss es gewesen sein. Er ist schuld."

Laut Obduktionsbericht waren alle Katzenkratzer an Amalia alt, doch das behielt Nora für sich. „Frau Meier, bis zum Beweis des Gegenteils gilt selbst für den Kater die Unschuldsvermutung. Wieso sind Sie eigentlich am Dienstag mit dem Ersatzschlüssel in Frau Dorns Haus? Ohne vorher zu klingeln?"

„Amalia hat mir erzählt, dass sie Dienstag die Küche putzen wollte. Nachdem auf mein Klingeln alles still blieb, habe ich aufgeschlossen. Ich dachte mir, sie steht gerade oben auf der Leiter."

„Ungewöhnlich diese Putzarbeiten kurz nach der Renovierung. Haben Sie eine Erklärung dafür?"

„Amalia hatte vor, die Malerarbeiten allein zu schaffen, erkältete sich aber stark und nahm deshalb unser Hilfeangebot an. Als alles fertig war, hat sie nur das Allernötigste aufgeräumt und sauber gemacht."

„Wo ist der Ersatzschlüssel jetzt?"

„Den haben Ihre Kollegen mir abgenommen."

Nora nickte. „Wann haben Sie die tote Amalia gefunden?"

„Viertel nach eins ungefähr. Was habe ich mich erschrocken! Ich träume von diesem Anblick, glauben Sie mir!"

„Was wollten Sie von Frau Dorn? Beim Putzen helfen?"

„Nein, sie fragen, ob sie mit uns essen will. Gemüsesuppe. Amalia kochte ja selten richtig für sich allein. Ach, da fällt mir ein, bei uns gibt es heute Kohlrouladen. Wenn Sie möchten, würden wir ausnahmsweise mal früher essen. Ist kein Problem für uns."

„Sind die Rouladen denn schon fertig?"

„Die habe ich gestern Abend erledigt. Aufgewärmt schmecken sie noch besser. Weiß eigentlich jeder."

„Sie haben Frau Dorn öfter mal zum Essen eingeladen. Würden Sie Amalia als Freundin bezeichnen?"

„Ich bin ehrlich. Die Antwort ist nein. Wir sind Nachbarinnen, da hilft man sich, das versteht sich von selbst. Mehr war nicht."

„Danke für Ihre Zeit und für die Essenseinladung, sehr nett. Ach, wer wird denn nun Ramses betreuen und ihn füttern? Können Sie das übernehmen?"

Frau Meier wies dieses Ansinnen brüsk von sich. „Damit der uns auch Unglück bringt? Außerdem hat mein Reinhard eine Katzenallergie!"

4

Ungeduldig wartete Nora in ihrem Büro auf den Termin um zwei Uhr, zu dem Hansen sie bestellt hatte. Wenn die Arbeit der Spurensicherung in Toms Wohnung erledigt war und die Obduktionsergebnisse vorlagen – wäre das Schlimmste für Tom und sie vorbei. Ihrer beider Unschuld am Tod des Mädchens hoffentlich erwiesen. Doch vorerst mussten sie sich in Geduld üben und Vertrauen in die Arbeit der Kollegen haben.

Um sich abzulenken, blätterte Nora ihre Notizen zum Fall Dorn durch. Außer dem Haus in Raben Steinfeld besaß Amalia kein weiteres Sach- oder Geldvermögen. Sie war beliebt bei den Nachbarn. Seit dem Tod des Ehemannes lebte sie zurückgezogen, hatte keine Männergeschichten und ein enges Verhältnis zu ihren Kindern und Enkeln. Weder bei Sohn oder Tochter noch im Bekanntenkreis war bisher ein Mordmotiv zu finden.

Die Tatortfotos zeigten Amalia Dorn in Rückenlage auf dem gefliesten Küchenboden, beide Arme über dem Kopf ausgestreckt. Wieso über dem Kopf? Falls Amalia im Fallen nach der Decke des Küchentisches gegriffen hatte, um sich festzuhalten, dann müssten die Arme eher zur Körpermitte liegen.

Auf Brustkorb und Gesicht von Amalia Tonscherben. Vermutlich von herabgefallenen Bierkrügen. Ließen sich damit die vorgefundenen Gesichtsverletzungen erklären? Bei der geringen Fallhöhe vom Tisch?

Die Scherben waren farbig. Stammten die von *einem* größeren Krug oder von mehreren kleinen oder von ganz woanders her? Der vorliegende Bericht der KTU hatte diese Fragen bisher unzureichend beantwortet. Nora rief dort an und erfuhr, dass der Mordfall ‚Teppichleiche' Priorität hätte und die Kollegen damit total ausgelastet wären.

„Welche ‚Teppichleiche'?", fragte Nora zurück. War da was an ihr vorbei gegangen?

„Na, die beim Weller."

„Diese Leiche war in einer Wolldecke."

„Woher wissen *Sie* das, Kollegin Graf?"

Nora redete sich raus, sie hätte das über Funk gehört. Sie bekam nach einigem Drängen ein halbherziges Versprechen, dass die Tonscherben baldmöglichst zusammengesetzt und untersucht würden.

Um vierzehn Uhr saß Nora Hansen und Holger Klein gegenüber. Hansen schaltete das Aufnahmegerät ein, stellte die Fragen, und Holger zog eine betont neutrale Miene und schwieg. Nora hoffte, dass es dabei blieb. Auf keinen Fall wollte sie dem jüngeren Kollegen Rede und Antwort stehen müssen. War ihr unangenehm genug, dass der von ihrem Intimleben erfuhr.

Nach einer Weile fasste der Chef zusammen: „Sie, Frau Graf, sind vier Minuten nach vier vergangene Nacht im Schlafzimmer von Thomas Weller aufgewacht. Ohne das Licht einzuschalten, haben Sie sich in die Küche vorgetastet. Dort haben Sie ein Glas Wasser getrunken. Auf dem Rückweg überkam Sie im dunklen Flur ein komisches Gefühl. Letzteres kennen wir ja." Er schaute bedeutungsvoll zu Holger, und der reagierte mit einem mokanten Lächeln. Nora verdrehte die Augen, weil sie Hansens Bemerkung unpassend fand. Schließlich hatte er in der Vergangenheit von ihrer ausgesprochen guten Spürnase profitiert.

„Was geschah dann im Flur?", fragte Hansen.

„Ich habe das Licht eingeschaltet, weil ich ein unbekanntes Parfüm wahrnahm. Da sah ich ein Bündel mit einer weiblichen Person in einer Wolldecke liegen. Ich war schockiert und habe spontan laut aufgeschrien ..."

„Moment! Wo war Thomas Weller zu dem Zeitpunkt?"

„Im Schlafzimmer. Gleich nach meinem Schrei war er bei mir im Flur. Angesichts der Toten wurde er panisch, fast handlungsunfähig.

Ich hatte mich inzwischen gefasst und geprüft, ob Lebenszeichen festzustellen waren. Die Person war definitiv tot. Tom hat sie nicht berührt."

„Sind Sie sicher, dass Thomas Weller aus dem Schlafraum kam?"

„Ja, hundertprozentig."

„Und die Stunden vor dem Leichenfund war er in Ihrem, äh in seinem Bett mit Ihnen zusammen?"

„Ja."

„Absolut sicher?"

Das nächste ‚Ja' blieb Nora im Halse stecken. Tom war irgendwann aufgestanden und längere Zeit weggeblieben. Er war ausgekühlt, als er sich danach im Bett an sie drückte. Hatte er so lange auf der Toilette rumgesessen?

Sie räusperte sich. „Ja, also, Tom hat einmal vor vier das Schlafzimmer verlassen." Holger fing an, nervös mit den Fingern der rechten Hand auf den Tisch zu trommeln.

„Aha", machte Hansen vieldeutig.

„Was heißt *aha*, Chef, er war wahrscheinlich auf Toilette."

„Um welche Uhrzeit war er wie lange außerhalb des Schlafzimmers?"

„Vermutlich ist er gegen zwei aufgestanden. Wann er wieder ins Bett gekommen ist, müssen Sie ihn selber fragen." Sie stutzte kurz. „Jetzt geht mir ein Licht auf. Sie wollen unterstellen, dass Thomas Weller – während ich in seinem Bett bin – von der Straße eine Frau in die Wohnung schleppt, sie dort umbringt und dass er sich nach der Tat wieder zu mir legt? Und tut, als wäre alles normal? Und die Leiche lässt er im Flur? Das wäre der größte Blödsinn, der mir je zu Ohren gekommen wäre."

„Mal sachte, ja! Was Blödsinn ist, entscheide immer noch ich."

Nora platzte der Kragen. „Für Thomas Weller ist es unerträglich, in der Nähe einer toten Person zu sein. Das sollten Sie beide wissen. Selbst eine Leiche anfassen und auf irgendeine Weise manipulieren, dürfte für ihn absolutes Tabu sein." Und zu Holger. „Sie kennen doch Tom und seine Leichenphobie!"

Holger wollte etwas entgegnen, aber Hansen verbot ihm mit einem Blick den Mund und polterte los: „Wie passend! Seine angebliche Leichenangst, die kommt wie gerufen. Sowas kann man auch vorgaukeln. Frau Graf, Ihrer Schilderung zufolge war Thomas Weller einmal vor vier Uhr außerhalb des Schlafraumes. Allein. Haben Sie ihn gefragt, was er getan hat in der Zeit?"

„Nein. Wie gesagt, ich nahm an, er wäre zur Toilette. Vielleicht hat er sich dort an einem Buch festgelesen. Wenn Tom schon mal liest, dann ausschließlich auf dem Klo."

Ein Teil von Noras Missstimmung nach der Befragung durch Hansen verflog beim Anblick ihrer Partnerin. Antje strahlte eine Energie und Lebenslust aus, die Nora jeden Tag aufs Neue faszinierte und die sich ein kleines bisschen auf sie übertrug. Heute funktionierte der Zauber weniger, und Nora ging mit einem miesepetrigen Gesicht auf sie zu. Antje griff zu ihrer Allzweckwaffe gegen schlechte Laune: Kuchen. Den bekam sie kostenlos von ihrer Mutter, die in einer Konditorei arbeitete.

„Mohnkuchen ist genau das Richtige für Sie. Und ein Heißgetränk. Das haben Sie bitter nötig." Sie besorgte zum Kuchen Kaffee, und Nora konnte nicht widerstehen. Der Kuchen schmeckte ausgezeichnet, obwohl er von gestern war.

Antje schaute von ihrem Schreibtisch aus besorgt zu Nora hinüber. „Wie fühlen Sie sich nach dieser schrecklichen Nacht?"

„Leer und kaputt. Aber es muss weitergehen. Der Fall Dorn liegt mir auf der Seele."

„Wie ist die Lage? Mord oder Unfall?"

„Die KT hat es noch nicht geschafft, die Tonscherben auf der Leiche von Amalia Dorn zusammenzusetzen und zu analysieren. Und solange das offen ist, kann ich keine zuverlässige Aussage treffen."

„Und was sagt Ihr Bauchgefühl?"

„Das ist genauso kaputt wie ich und schläft. Spaß beiseite. Ich bin irritiert. Ist mehr als blöd, von der Leiter zu fallen und zu sterben."

„Ganz meine Meinung. Übrigens, an Ihrer Hose sind jede Menge Haare. Liebesbeweis von Ramses."

Nora inspizierte ihre Hosenbeine; tatsächlich waren sie am unteren Rand mit rötlichen Katzenhaaren verziert. Antje hielt ihr eine Kleberolle hin. „Altbewährtes Hausmittel."

„Danke. Wie habe ich früher nur ohne Sie überlebt."

„Wie geht es Ramses?"

„Keine Sorge. Ein paar Tage können wir beide ihn irgendwie betreuen, denke ich. Dann muss eine Dauerlösung her, um das Tierheim zu vermeiden. Mal überlegt, ob Sie ihn nehmen können?"

„Ich? Der ist Freiläufer und gewohnt, draußen rum zu laufen. Ohne Garten geht das nicht. Meine kleine Wohnung ist mitten in der Stadt." Antje wandte sich ihrem Laptop zu.

Nora war dankbar, dass ihre Kollegin keine neugierigen Fragen zu den Vorgängen der letzten Nacht stellte.

Wenige Minuten später betrat Nora erneut Hansens Büro. Nachdem sie sich überzeugt hatte, dass er allein war, schloss sie sorgfältig die Tür hinter sich. Hansen saß mit verkniffener Miene vor seinem Bildschirm und tippte mit dem rechten Zeigefinger ab und zu auf der Tastatur herum. Nora wusste, dass ihr Cousin die Arbeit am Computer hasste.

„Berthold? Kannst du mir sagen, was mit Tom ist?"

Hansen fluchte. „Mist, verdammter! Wer hat sich diese Scheißdinger ausgedacht!"

„Kann ich helfen?"

Er blickte auf, seine buschigen Augenbrauen zusammengezogen. „Die Pressemitteilung. Wird von oben persönlich abgesegnet. Ein Wort zu viel oder zu wenig und schon ist die Kacke am Dampfen. Eine Tote bei einem Polizisten ... für viele ein gefundenes Fressen." Er schob den Computer von sich, lehnte sich in seinem voluminösen Sessel zurück und schnaufte hörbar.

Ja, die Leier kennen wir, du bist derjenige, der es von uns am schwersten hat, dachte Nora, als sie sich auf den kleineren Stuhl vor seinem Schreibtisch setzte. „Entschuldige, die Pressemitteilung ist mir im Moment piep egal. Was ist mit Tom? Kann er gehen? Wer ist die Tote? Habt ihr eine Spur zum Täter?"

„Nun mal langsam mit den jungen Pferden. Ich werde keine Interna mit dir besprechen, Nora. Du bist in der Geschichte mitten drin. Dein Tom bleibt vorläufig bei uns. Für alle Fälle und zur Vorsicht. Er wird behandelt wie jeder andere."

„Verdächtigst du ihn weiterhin? Dir sollte längst klar sein, dass Tom mit diesem Mord nicht das Geringste zu tun hat. Sonst müsstest du mich ebenfalls festnehmen."

„Wer redet denn von Verdächtigungen und Festnahmen? Thomas Weller ist sozusagen unser Gast. Auf Zeit. Das kennst du." Vertraulicher fuhr er fort: „Unter uns, Nora. Die Faktenlage ist dünn. In Wellers Wohnblock hat niemand etwas Ungewöhnliches beobachtet. Wir haben den Mietern Fotos der Toten gezeigt, ohne Ergebnis. Wenn heute keine passende Vermissten-Meldung eintrudelt, werden wir die Öffentlichkeit um Mithilfe bitten müssen. Die Spurenauswertung läuft. Vorrang hat, die Tote zu identifizieren und die Suche nach dem Tatort. Tja, soweit. Deine und Wellers Aussagen stimmen weitgehend überein. Nur sein längeres Verschwinden aus eurem kuscheligen Liebesnest bereitet mir Kopfzerbrechen. Weller schweigt sich dazu aus. Eins steht fest, auf dem Klo gab es keine Lesestunde, war kein Buch oder sonst was Lesbares dort. Und schleierhaft bleibt mir, warum dieser Einbruch an euch beiden komplett vorbei gegangen ist."

„War eben so."

„Das Gleiche behauptet der Weller. Ich spreche übrigens gleich noch mal mit ihm und hoffe, er macht endlich den Mund auf. Also. Nachdem er von wo auch immer zurück war, seid ihr beide gleich eingeschlafen, und du bist erst vier Minuten nach vier wieder aufgewacht."

„Na ja, bevor wir eingeschlafen sind, haben wir etwas miteinander geredet."

Hansen nickte einsichtig. „Verstehe, palavern zu nächtlicher Stunde im Bett." Er beugte sich näher über den Tisch zu Nora und sagte mit verwunderter Stimme: „Ich hätte nie gedacht, dass der Weller ein schwatzhafter Typ ist."

„Berthold, wirklich! Wenn du es unbedingt wissen willst, wir haben miteinander geschlafen."

„Und da überhört man schon mal, dass einem gerade die Wohnungstür zertrümmert wird", sagte er sarkastisch.

„Toms Tür ist bekanntermaßen alte DDR-Ware, und von *Zertrümmern* kann keine Rede sein."

„Ihr beiden wart mit wichtigeren Dingen beschäftigt und sozusagen abwesend."

Nora reichte es mit der Vertraulichkeit; sie lenkte das Gespräch wieder auf sicheres Gebiet. „Sag mir, was zur Leiche bekannt ist."

„Genug ausgeplaudert."

Die Bürotür wurde aufgestoßen, und eine Kollegin fragte mit ungewöhnlich tiefer Stimme: „Störe ich?"

Hansen und Nora antworteten gleichzeitig mit ‚nein' und ‚ja'. Kollegin Gesine Romer sah erstaunt von einem zum anderen und verzog sich.

5

Am Donnerstagnachmittag fuhr Nora zu Toms Wohnung in der Stauffenberg-Straße, die wie die Kriminalinspektion auf dem Großen Dreesch lag. Bevor zu Beginn der siebziger Jahre auf der gleichnamigen Anhöhe ein großes Neubauviertel entstand, war das Gebiet ödes Ackerland. Zu DDR-Zeiten waren die Wohnungen sehr begehrt. Das änderte sich nach der Wende. Etliche Häuser wurden abgerissen, andere verfielen, erst nach und nach wurden einige rekonstruiert. Bewohner zogen weg oder blieben in der lieb gewordenen Umgebung. Wie Tom. Er fühlte sich auf dem Dreesch zu Hause und hatte dort, wie er sagte, eine tolle Kindheit verbracht.

Nora war trotz der kurzen Entfernung von der Inspektion mit dem Auto zu Toms Wohnblock gefahren. Gestern Abend war ihr hier der Nacktflitzer begegnet, und sie hatte sich darüber amüsiert. Die Nacht mit Tom war schön gewesen, und einen Tag später schien alles kaputt. Ihr Privatleben wurde an die Öffentlichkeit gezerrt, und sie musste mit ihrem Chef und neu gefundenen Cousin Hansen über Sex reden. Das musste sie erst mal verdauen.

Nora stellte das Auto ab und sah sich um: ein paar junge Frauen mit Kinderwagen, eine ältere Dame mit Rollator und drei Männer mit dunklerer Hautfarbe und Vollbart, die miteinander palaverten.

Die Eingangstür von Toms Aufgang stand einladend weit offen und einem Impuls folgend, trat Nora ein. In der zweiten Etage angekommen, traute sie ihren Augen kaum. Jemand machte sich an Toms Wohnungstür zu schaffen! „Hey, Sie da! Polizei! Hände hoch!"

Der Jemand war ein junger schlanker Mann mit ungewöhnlich dichtem blondem Haar, das ihm bis in den Nacken fiel.

„Gesicht zu mir und Hände hoch!"

Der kleine Kerl drehte sich um, verblüfft, mit einem Anflug von Angst in den Augen. Doch seine Arme blieben unten. Langsam näherte er sich mit federnden Schritten.

„Hände hoch und an die Wand!"

Auf seinem glatten Gesicht breitete sich ein Lächeln aus, als er bemerkte, dass keine Waffe auf ihn gerichtet war. Bei diesem eher privaten Gang hatte Nora ihre Pistole im Büro gelassen. Ohne da zu stehen, irritierte sie für einen Augenblick, und der junge Mann nutzte ihre Unaufmerksamkeit. Er rannte plötzlich auf sie zu, stieß sie erstaunlich kraftvoll beiseite und flüchtete die Treppe hinunter. Ein, zwei Sekunden vergingen, bis Nora ihr Gleichgewicht wieder fand. Als sie endlich loslief, hatte sie keine Chance mehr. Der Flüchtige war sehr sportlich und konnte eine halbe Treppe auf einmal nehmen. Im Erdgeschoss keine Spur mehr von ihm.

Noras Herz hämmerte, und sie wurde daran erinnert, dass sie ihre Fitness sträflich vernachlässigte. Sie fluchte vor sich hin. Hansen musste von dem Vorfall erfahren, doch wie ihm erklären, was sie vor Toms Wohnung wollte? Nur mal gucken?

Nora wartete im Auto. Zehn Minuten verstrichen, ihre Anspannung ließ langsam nach. Sie schaute zum Himmel, über den weiße Wolkentürme jagten. Sie liebte Wolken, doch diesmal konnte sie den Anblick nicht genießen. Gerade als Nora abbrechen wollte, sah sie den Verdächtigen. An seinem federnden Gang und den langen blonden Nackenhaaren war er leicht zu erkennen. Er ging zurück in Toms Platte. Nora folgte ihm. Der Typ nahm die erste Treppe, mehrere Stufen auf einmal, die zweite Treppe und die nächste. Dann war es still, und eine Tür fiel ins Schloss. Bevor Nora zur dritten Etage hochstieg, prüfte sie das Polizeisiegel an Toms Tür in der zweiten; es war erbrochen, sonst keine weitere Beschädigung. Sie war rechtzeitig zur Stelle gewesen.

Kinderstimmen erfüllten auf einmal das Treppenhaus. Nora wartete, bis Ruhe einkehrte. Nun musste sie sich entscheiden. Hinter welcher Tür war der mutmaßliche Einbrecher? Nora wählte im dritten Obergeschoss die rechte Wohnung; es war die über Toms. War nur so ein diffuses Gefühl, dass sie damit richtig lag. Auf dem Namensschild stand ‚Zellner'. Nora klingelte und stellte sich etwas seitlich, weg vom Spion. Alles blieb ruhig.

Nach einem zweiten Klingeln ebenso. Nora hämmerte an die Tür. „Öffnen Sie, Herr Zellner. Polizei!"

Es rührte sich nichts.

„Ich weiß, dass Sie zu Hause sind. Öffnen Sie!"

Ein argloses Gesicht erschien in der Tür. „Was wollen Sie? Warum verfolgen Sie mich?"

„Sind Sie Herr Zellner?"

Er nickte.

„Den Personalausweis, bitte." Sie postierte sich mit Blick in die Wohnung und versperrte den möglichen Fluchtweg. Die brenzlige Situation, in die sie sich hineinmanövriert hatte, löste sich nun hoffentlich auf.

Herr Zellner holte seinen Ausweis aus einer im Flur hängenden Jacke und reichte ihn Nora. Aus der Wohnung waberte Zigarettendunst.

„Zeigen Sie mal Ihre Dienstmarke, Lady. Sind Sie wirklich ein Bulle?"

„So was Ähnliches. In Wahrheit bin ich Hauptkommissarin. Warum wollten Sie bei Ihrem Nachbarn Thomas Weller einbrechen?"

„Ich?! Das ist eine glatte Unterstellung. Können Sie mir nie beweisen."

„Keine Spielchen, bitte. Sie sind vor mir geflüchtet, Herr Zellner. Sie haben ein Polizeisiegel zerstört. Das ist eine Straftat. Ihnen ist bekannt, dass bei Thomas Weller letzte Nacht eine Tote gefunden wurde. Was wollten Sie in seiner Wohnung? Antworten Sie! Oder soll ich Verstärkung rufen?"

Er wurde trotzig. „Hey, Ihre Bullenkollegen haben mich schon befragt. Ich habe keine Ahnung, was letzte Nacht in der Bude unter mir los war."

„Ihnen ist schon klar, dass Ihr Verhalten Sie verdächtig macht, oder? Sie haben mich angegriffen und sind vor mir weggelaufen. Sie müssen ein verdammt schlechtes Gewissen haben. Da müssen wir von der Mordkommission wohl noch mal ran ..." Diese Andeutung reichte.

Anton Zellner winkte die Kommissarin in seine Wohnung, die spärlich möbliert war und stark nach Zigarettenqualm roch. In einer Ecke ein Stapel Umzugskartons. Nora dachte unwillkürlich an ihre eigene Behausung, in der standen ebenfalls nur die nötigsten Stücke wie Bett, Tisch und Stühle. Aber sie wohnte ja erst seit einem Monat dort. „Ziehen Sie aus oder ein, Herr Zellner?"

„Das nennt man alternatives Wohnen, Lady. Zu viel Kram ist eine Belastung und ungesund. Hören Sie, das beim Weller verstehen Sie falsch. Ich war neugierig und habe entdeckt, dass das Siegel kaputt war. Ich bin ein besorgter und aufmerksamer Bürger", fügte er hinzu und lächelte Nora an.

„Ich sehe das anders. Entweder wollten Sie Ihren Nachbarn beklauen oder Sie wollten wie ein Mörder an den Tatort zurückkehren. Haben *Sie* die junge Frau getötet?"

„Ich?! Ich bin kein Mörder! Der Weller war's. Der wurde verhaftet."

„Herr Weller wurde keineswegs verhaftet, er ist lediglich Zeuge."

„Eine Krähe hackt der anderen kein Auge aus, was?" Er trat einen Schritt näher. „Kenne ich Sie von irgendwo her, Lady? Kann das sein?"

Nora sah ihn prüfend an. Dieses kräftige blonde Haar! „Wer weiß. Vielleicht kenne ich Sie ja auch von irgendwoher. Wir müssen uns in der Inspektion unterhalten. Kommen Sie freiwillig mit, oder muss ich eine Streife rufen?"

„Okay, keine Panik meinetwegen. Ist inzwischen geklärt, wer die Tote ist?"

„Nee, wissen Sie es?"

Zu ihrer Überraschung schlug er Nora einen Deal vor: „Wenn ich Ihnen den Namen verrate, vergessen Sie dann, dass ich vor Wellers Tür stand?"

„No deal. Nehmen Sie Ihren Schlüssel mit und Abmarsch!"

In der Inspektion erzählte Anton Zellner Hansen, dass die in Wellers Wohnung abgelegte tote junge Frau Marlene Kruse hieß, unverheiratet und 22 Jahre alt war. Zudem sei sie seine Ex-Freundin, Adresse: Von-der-Schulenburg-Straße.

Anton gab zu, die Polizisten angelogen zu haben, die ihn in der Nacht befragten. Er hätte einen Riesenschreck bekommen, als die ihm das Foto von der Toten unter die Nase hielten. Nie zuvor habe er eine Leiche gesehen, habe Marlene aber sofort erkannt. Dass ihre Leiche direkt in der Wohnung unter ihm gefunden wurde, hätte alles sehr viel schlimmer gemacht. Wegen diesem Schock habe er Marlene verleugnet.

Wieder einigermaßen bei sich, hätte er überlegt, zur Polizei zu gehen. Doch die Angst, in einen Mordfall verwickelt zu werden, sei zu groß gewesen. Weil er eben Marlenes Ex-Freund war. Und soweit er wisse, würden Freunde oder Ex-Freunde eines Opfers immer zuerst verdächtigt. Jetzt sei er unfreiwillig hier. Er bitte aber, ihm zu glauben, dass er von A wie Anton bis Z wie Zellner unschuldig sei, nichts Böses getan habe und bereit wäre, der Polizei so gut er könne zu helfen.

„Das ist ja wohl das Mindeste, was Sie für Marlene tun können", entgegnete Hansen schroff. Ihn nervten Antons Versuche, sich zu rechtfertigen und anzubiedern. Er ließ ihn zu Holger Klein bringen, der ihn weiter befragen sollte.

„Schon merkwürdig", wandte Hansen sich danach an Nora, „seine Angst vor der Polizei ist ihm bei Ihrem Anblick spontan vergangen. Wieso waren Sie überhaupt im Wohnblock vom Weller? Ich hatte Ihnen untersagt, in dem Fall zu ermitteln", schob er nach.

Weil Kollegen um sie herumwuselten, siezten sich Hansen und Nora wieder. Es war unnötig, denn in der allgemeinen Hektik nach der Identifizierung der Toten waren alle mit dringenden Aufgaben beschäftigt.

„Von Ermittlungen kann keine Rede sein", behauptete sie.

„Hat der Zellner Ihnen gegenüber zugegeben, dass er beim Weller einbrechen wollte?"

„Nein, mein Auftauchen hat ja den Einbruch verhindert. Wetten, dass wir an der Tür und am Siegel seine Fingerabdrücke finden werden?"

Hansen schaute Nora skeptisch an. „Ich könnte auch annehmen, dass Sie in die Wohnung vom Weller wollten."

„Warum sollte ich?"

„Um etwas zu verändern, zu vernichten, rauszuholen oder Ähnliches."

„Entschuldige, Berthold, das ist eine Unverschämtheit", zischte Nora ihn an. „Ich habe den Zellner erwischt und einen Einbruch verhindert. Und deshalb wissen wir endlich, wer die Tote ist."

„Muss ich dir wohl dankbar sein", raunte Hansen. „Mal anders gedacht: In welchem Stock wohnt der Zellner?"

„Eine Etage höher, genau über Tom."

Hansen ließ ein, zwei Sekunden verstreichen. „Zellner, Weller, klingt für meine Ohren sehr ähnlich. Oder?"

Nora schlug sich an die Stirn. „Natürlich! Hätt ich selbst drauf kommen können! Jemand könnte die Stockwerke wegen der Namen verwechselt haben. Das wäre eine Erklärung, Chef! Die Tote sollte in Zellners Bude!"

Hansen stimmte unter Vorbehalten zu. „Wäre schon logischer, die Tote beim Zellner, einem Ex-Freund von Marlene, abzulegen als ausgerechnet bei einem Polizisten. Wir müssen beweisen, dass es sich tatsächlich um eine Verwechslung von Zellner und Weller gehandelt hat. Ich muss jetzt dringend die Eltern von Marlene Kruse über den Tod ihrer Tochter informieren. Du kannst Feierabend machen." Hansen gab Antje ein Zeichen, ihm zu folgen.

6

Für Anton Zellner war der Aufenthalt in der Inspektion ein aufregendes und interessantes Erlebnis. Fast ein Geschenk des Himmels. Er wollte unbedingt Schauspieler werden. Deshalb sog er begierig alles auf, was um ihn herum geschah, was er hörte und sah. Möglich, dass er später Nutzen daraus ziehen konnte, falls er einmal in einem Krimi mitspielen sollte. Beinahe vergaß Anton den tragischen Anlass seines Hierseins.

Selbst die Befragung durch den zappeligen Kripobeamten nutzte Anton zum Studium. Lieber wäre ihm gewesen, mit der hübschen Kommissarin zu reden, die ihn hergebracht hatte. Er war sicher, dieser Frau schon einmal begegnet zu sein. Nur wo?

Anton versuchte, seine Hände ruhig zu halten. Für den Fall, dass er von irgendwo her beobachtet wurde, wollte er unaufgeregt erscheinen.

„Wer hat sich denn nun von wem getrennt", holte Holger Klein ihn in die Wirklichkeit zurück, „Sie sich von Marlene Kruse oder Marlene sich von Ihnen?"

„Wir beide uns voneinander. Ohne Zeck", fügte Anton hinzu.

„Also hat Marlene Kruse Ihnen den Laufpass gegeben", vermutete Holger, „wann war das?"

„Monate her. Silvester sind wir jeder zu einer anderen Party."

„Wann hatten Sie das letzte Mal Kontakt zu Marlene?"

„Vor Wochen. Ich rauch mal eine, ja?"

„Nix da! Hatte Marlene einen neuen Freund?"

„Hatte sie. Ich will rauchen."

„Und ich will den Namen des neuen Freundes von Marlene Kruse."

„Wenn ich den sage, kann ich dann eine paffen?", wollte Anton dealen.

Holgers Faust knallte auf die Tischplatte. „Kapieren Sie eigentlich den Ernst Ihrer Lage? Wir ermitteln in einem Mordfall und Sie sind ...“

„Ja, ja, ich bin der Ex", fiel Anton ihm ins Wort, „und damit verdächtig. Dabei bin ich von A bis Z unschuldig. Warum sollte ich ihr was getan haben?"

„Zum Beispiel, weil Marlene Sie wegen eines anderen verlassen hat. Den Namen von Marlenes Freund!"

„Nick Opitz. Und den hat sie erst kennengelernt, nachdem zwischen uns Schluss war. Kein Grund für Streit wegen dem."

„Haben Sie mit Nick Opitz persönlich zu tun?"

„Mit dem?!" Aufgebracht redete Anton weiter: „Der Opitz ist ein Arbeitstier. Immer auf Achse, im Stress. Total uncool. Sorry, aber mit dem hatte Marlene voll ins Klo gegriffen."

„Nachdem, was Sie hier von sich geben, scheinen Sie Nick Opitz doch zu kennen", sagte Holger.

„Weiß ich alles von Marlene."

„Mit der Sie seit Wochen keinen Kontakt hatten."

„Exakt."

„Wo waren Sie vergangene Nacht?"

„Zu Hause. Allein. Ich kam easy aus mit Marlene. Können Sie mir glauben."

„Fällt Ihnen jemand ein, der etwas gegen Marlene gehabt haben könnte?"

Anton überlegte keine Sekunde. „Na, der Opitz, dieser eifersüchtige Spacko! Der wollte Marlene am liebsten einsperren und ganz für sich haben. Deswegen gab es oft Streit. Den müssen Sie sich vornehmen."

„Woher wissen Sie von den Streitigkeiten?"

„Von Marlene. Außerdem machte sie einen ungechillten Eindruck, als ich sie das letzte Mal traf."

„Vor Wochen", erinnerte Holger ihn.

„Ja, und? Dauert das noch lange hier?"

„Es dauert. Wie ist Ihr Verhältnis zu Thomas Weller?"

„Der ist bei der Kripo wie Sie. Bei dem lag Marlene."

„Weiß ich, Mensch." Holger war ungehalten. „Ich habe nach Ihrem Verhältnis gefragt!"

„Löchern Sie den doch. Man ist sich mal über den Weg gelaufen. Das war's."

„Warum wollten Sie bei Weller einbrechen?"

„Wie kommen Sie darauf! Ich habe mir das Siegel angesehen und es aus Versehen angefasst. Es war schon kaputt." Anton hatte kein schlechtes Gewissen wegen des versuchten Einbruchs. Den Schauplatz eines Verbrechens direkt vor der Nase zu haben – das konnte er sich nicht entgehen lassen, selbst wenn die Ex-Freundin betroffen war.

„Was Ungewöhnliches gehört in der Nacht aus der Wohnung unter Ihnen, Herr Zellner?"

„Hatte Kopfhörer auf. Habe da mal ne Frage, Herr Kommissar. Wie wurde Marlene getötet?"

Statt zu antworten, schob Holger seinen Stuhl geräuschvoll nach hinten und stand auf.

„Was ist los? War's das?"

„Sie haben keinen Job, Herr Zellner. Niemand vermisst Sie dringend in den nächsten Stunden. Wir überprüfen Ihre Angaben und sehen uns Ihre Wohnung ein bisschen gründlicher an. Oder haben Sie was dagegen?"

„Einverstanden mit der Durchsuchung, wenn ich dabei sein darf. Ich will dabei sein. Geht das?"

Inzwischen waren einige Fakten über Anton Zellner verfügbar. Er war 22 Jahre alt, das einzige Kind der Apothekerin Ingrid Zellner, unverheiratet, hatte keinen Beruf erlernt und lebte aus polizeilicher Sicht unauffällig. Er bezog keine Sozialleistungen. Ab und zu arbeitete er als Model und ergatterte kleinere Jobs in Werbeclips. Nora konnte nachvollziehen, dass Werbefilmer von diesem besonderen Gesicht und der blonden, mit Wasserstoff gebleichten Strähnen durchsetzten Mähne angetan waren. Dass ihr Model schon mal im Adamskostüm durch das nächtliche Schwerin flitzte, würde den Filmemachern unter Umständen weniger gefallen.

Nora sah in Gedanken den nackten Anton an sich vorbei rennen. Sollte sie Hansen aufklären, dass Anton der Nacktflitzer war? Geistesabwesend prallte sie im Flur der Inspektion beinahe mit der Kollegin Gesine Romer zusammen. Die war für ihre sonst nüchterne Art ungewöhnlich munter. „Warum ist denn der Anton Zellner hier?"

„Hört sich an, als würden Sie ihn kennen."

„Anton war der Sohn einer ehemaligen Nachbarin. Mit dreizehn zog er mit seiner Mutter weg. Und der wollte bei Tom Weller einbrechen?"

Gesines ungewöhnlich tiefe Stimme gefiel Nora. Auch wenn sie manchmal zu kämpfen hatte, um sich gegen deren Bass durchzusetzen.

„Na ja, das mit dem Einbruch war wohl eher eine Dummheit. Interessant ist der Typ für uns als Marlenes Ex."

„Er und Marlene? Der arme Junge, was für ein Schock für ihn."

„Anton hat Marlene gestern Nacht verleugnet, als Kollegen ein Foto von ihrer Leiche im Haus rumzeigten. Also, er ist mit Vorsicht zu genießen. Wie war er als Kind?"

„Seine Mutter legte großen Wert auf Manieren. Eine patente Frau, besitzt eine Apotheke. Der Junge war phantasievoll und höflich. Grüßte mich, wenn wir uns begegneten, hatte Respekt."

„Weil er wusste, dass Sie Polizistin sind."

Gesine zeigte die Andeutung eines Lächelns. „Möglich. Und Anton wohnt über Tom Weller?"

„Ja. Ich habe ihn erwischt, als er an Toms Wohnungstür rumfummelte. Er behauptet steif und fest, unser Siegel *geprüft* zu haben. Einbrechen wollte er nie im Leben."

„Anton als Einbrecher kann ich mir schwer vorstellen. Tolle Haare hat er, Mann oh Mann. Die hätten mir in jüngeren Jahren auch gestanden."

Nora nickte zustimmend und griff sich unwillkürlich selbst ans Haar. Sie war mit deren Farbe und Beschaffenheit seit je zufrieden: blond und dicht. Ihre Naturwellen reichten bis in den Nacken. Dass Gesine mit ihrer grauen Kurzhaarfrisur haderte, fand sie unsinnig, denn die passte prima zu ihrer burschikosen Art.

Gesine grinste breiter. „Übrigens, Superidee Ihre Wohnungseinweihungsfeier am Samstag. Ich bin dabei. Unter einer Bedingung, wir beide duzen uns endlich. Sollte unter Kolleginnen üblich sein. Einverstanden?" Sie streckte Nora ihre kräftige Rechte entgegen. „Gesine, Tierkreis Waage, angenehm."

Nora erwiderte den Händedruck. „Tierkreis Zwillinge. Aber nichts stimmt bei mir, was einer Zwillingsfrau zugeschrieben wird. Wie ich heiße, weißt du ja. Und sicher noch Einiges mehr über mich", fügte sie hinzu.

„Ach! Ein bisschen Getratsche und Gestichel, das gehört dazu und geht vorüber." Gesine wandte sich halb ab. „Und die über dich und Thomas tratschen, die sind in Wirklichkeit schrecklich neidisch, weil sie selbst auf dem Trockenen sitzen. Bis später!"

„Ich hau ab, bin fix und fertig. War heute ziemlich schwierig alles. Bis morgen, Gesine."

Als Nora lustlos ihren Schreibtisch aufräumte, fiel ihr Ramses ein. Sie konnte ihn unmöglich hungern lassen.

7

Nora parkte ihr Auto vor Amalia Dorns Haus in Raben Steinfeld. Es lag etwa hundert Meter hinter dem Kreisel mit den auf großen Steinen thronenden Rabenfiguren, die jeden Besucher aus Richtung Schwerin begrüßten und ihm bewusst machten, wo er sich befand. Nora sperrte das Dorn-Haus auf, lief durchs Wohnzimmer zur Terrasse und öffnete sie, damit der Kater eine Chance auf Futter bekam. Sie blieb an der Tür stehen, sog die frische Luft ein und dachte an Tom. Wollte Hansen ihn wirklich über Nacht in der Inspektion behalten? Das wäre schon sehr ungewöhnlich. Sie konnten keine Verbindung von Tom zu der Toten gefunden haben, da war sich Nora sicher.

Der Kater ließ auf sich warten. Um die Zeit sinnvoll zu nutzen, begann sie, in Amalias Schränken sowie auf dem Dachboden und im Keller nach älteren und neueren Familienfotos zu suchen.

Zehn Alben und mehrere Papierumschläge mit Bildern trug sie zusammen. Als sie den ersten Packen im Kofferraum ihres Clio verstaute, bog ein Auto auf den Parkplatz der Meiers. Ein Mann so groß wie breit, mit Glatze am Hinterkopf und dünnem Oberlippenbart stieg aus. Er hievte mit beiden Händen einen Bierkasten aus dem Wagen und schleppte ihn Richtung Haustür.

Nora ließ den Kofferraumdeckel mit Schmackes ins Schloss fallen, und der wuchtige Kerl drehte sich halb zu ihr um. „Hallo, Herr Meier. Schön, dass ich Sie zufällig treffe", rief sie leutselig hinüber.

Er stellte den Kasten ab, indem er leicht in die Knie ging. Nora eilte quer über ein Stück Rasen zu ihm, wobei sie darauf achtete, keine Krokusse zu zertreten. „Schweres Zeug. Richtiges Heben will gelernt sein. Sie verhalten sich vorbildlich rückengerecht, Herr Meier. Das wird Ihre Frau freuen. Ist sie da?"

„Warum?"

Wegen seiner hohen Fistelstimme, die nicht zu seinem voluminösen Körper zu passen schien, musste sich Nora ein Lächeln verkneifen.

„Ach, es tun sich halt neue Fragen auf, und Ihre Frau weiß gut über Amalia Bescheid. Das hilft uns. Sie, Herr Meier, hatten ja auch ein enges Verhältnis."

Der mächtige Mann mit dem dünnen Stimmchen widersprach lau. „Was heißt *Verhältnis*? Ich habe ihr geholfen, wenn ich konnte. Das war's." Diesmal verzichtete er auf die Kniebeuge, zerrte den Bierkasten über seinen Bauch und trippelte mit hastigen kurzen Schritten zum Haus. Da hatte sie wohl ins Schwarze getroffen. Der Herr Meier und Amalia?

Nora lief ihm nach. „Ihre Frau war heute so nett, mich zum Mittagessen einzuladen. Donnerstag ist wohl Ihr Kohlrouladen-Tag?"

„Ja, im Winterhalbjahr jede zweite Woche am Donnerstag Kohlrouladen."

„Ich musste leider absagen. Essen Sie immer erst nach eins?"

„Wie kommen Sie denn auf diese Idee. Feste Essenszeit ist Viertel eins. Sie müssen sich wohl verhört haben. Noch was?"

„Ich warte auf Ramses. Es kümmert sich niemand um ihn. Sie haben eine Katzenallergie?"

Mit einem unwirschen Seufzer fummelte Reinhard Meier in der Hosentasche nach dem Schlüssel, fiepste etwas Unverständliches vor sich hin und schlug die Tür hinter sich und dem Bierkasten zu.

„Sie mich auch", murmelte Nora.

Sie rief Tina Jahn an, die Tochter von Amalia, und bat um ein Treffen, morgen gegen neun im Haus der Mutter. Tina sagte zu.

Von Ramses keine Spur. Nora schloss die Terrassentür und spürte dabei ein leichtes Bedauern. Wer sollte sich um den Kater kümmern? Wenn die Nachbarn hartherzig waren oder von Allergien geplagt wie der Meier, hatte er wirklich schlechte Aussichten ... Plötzlich ein Poltern aus dem ersten Stock. Jemand war im Haus! Der nächste Einbrecher? Vorsichtig stieg Nora die Treppe hoch. Kein weiteres Geräusch und keine Person. Im oberen Stockwerk gab es drei Räume.

Das vormals eheliche Schlafzimmer und zwei kleinere Zimmer für die Kinder, in denen inzwischen die Enkel schliefen, wenn sie die Oma besuchten. Einzig die Tür zum Schlafzimmer stand einen Spalt auf, durch den sich niemals ein Mensch zwängen konnte. Ramses lag in einer tiefen Kuhle im Federbett von Amalia. Einzig die linke Seite des Doppelbettes war hergerichtet, rechts der nackte Lattenrost.

Nora setzte sich in gebührendem Abstand zum Kater, der sie neugierig und durchdringend mit ungewöhnlich grünen Augen anschaute. Sie verspürte den Wunsch, sein golden schimmerndes Fell zu berühren, ihn zu streicheln. War ihr aber zu intim nach der kurzen Bekanntschaft. „Hör zu, Ramses, du hast hier keine Bleibe mehr. Verstehst du? Du musst Amalia vergessen, sie ist im Himmel und kommt nicht zurück. Such dir ein neues Zuhause, sonst musst du ins Heim."

Der Kater, die pure Langeweile, gähnte ausgiebig. Nora hätte am liebsten mit gegähnt. Ihr Handy klingelte. Toms Nummer! Endlich! Er redete aufgeregt auf sie ein. „Nora, weißt du es schon? Die Tote aus meiner Wohnung heißt Marlene Kruse. Kruse! Sagt *dir* der Name was?"

„Beruhige dich, Tom. Wo bist du? In der Inspektion?"

„Hansen hat mich gerade gehen lassen. Ich bin wieder ein freier Mann, wurde ja höchste Zeit. Was ist, kennst du die Kruse?"

„Nein, woher denn. Wo bist du jetzt?"

„Im Auto", antwortete er, „meine Bude ist versiegelt. Können wir uns bei dir treffen?"

„Ja, natürlich, bin in einer halben Stunde da. Muss nur noch Ramses rausschmeißen."

„Wen?"

„Unwichtig. Bis gleich, Tom."

Nora steckte das Handy weg. „Tut mir leid", sagte sie, bevor sie das Federbett unter dem Kater wegriss und ihn aus dem Zimmer scheuchte.

Ramses nahm es ungerührt hin und wartete in der Küche auf sein Fressen. Sie fertigte ihn ab und fuhr nach Hause.

Hansen schloss die Wohnung von Marlene Kruse in der Schulenburg-Straße auf, hielt Antje zurück, die vorwärts stürmen wollte und ließ den Kollegen der Spurensicherung den Vortritt. Sie sollten herausfinden, ob Marlene bei sich zu Hause getötet worden war. Den Schlüssel hatte er von Marlenes Mutter. Sie war in seinen Armen zusammengebrochen, nachdem sie von ihm erfahren hatte, dass ihre Tochter ermordet worden war. Diesen Schmerz konnte wohl nur jemand nachvollziehen, der ihn schon selbst erlebt hatte. Obwohl er auch Vater war, meinte Hansen, bloß eine schwache Ahnung davon zu haben. In solchen oder ähnlichen Situationen fühlte er stets eine große Ohnmacht und Hilflosigkeit. Deshalb war er froh, dass Antje ihn begleitet und sich rührend um Marlenes jüngeren Bruder Marvin gekümmert hatte. Wie sollten die Eltern von Marlene und Marvin in dieser schweren Stunde getröstet werden können? Er, Hansen, machte erst gar keinen Versuch und hielt sich daran, niemals zu versprechen, den Mörder zu fassen.

Endlich durften Hansen und Antje die Wohnung betreten. Zuvor zogen beide einen Schutzanzug und Handschuhe an, um eigene Spuren zu vermeiden. Neidvoll betrachtete Hansen Antje, die ohne Probleme in das Teil schlüpfte, während er sich mühevoll hineinzwängen musste. So gekleidet, könnte sie zu jeder Party gehen, dachte er, elegant wie sie sich bewegte, wie eine Katze. Wieso kam er auf *Katze*? Wegen Nora mit ihrem Dorn-Kater.

Nora, Nora. Dass seine Cousine sich mit dem Weller eingelassen hatte! Auf einen Durchschnittstypen. Ein einmaliger Ausrutscher, das konnte passieren. Doch gleich ein monatelanges Verhältnis? Wenn das Gerücht stimmte, dass Antje auch mit dem Weller ... Musste irgendwas dran sein an ihm. Weiber, absolut unverständlich.

Weil im Wohnzimmer noch einige Kollegen bei der Arbeit waren, inspizierte Hansen zuerst die Küche. Er registrierte eine gewisse Ordnung. Auf dem Herd standen eine ölige Pfanne und auf der Abstellfläche daneben benutztes Geschirr und zwei Biergläser. Hinterlassenschaft eines Abendessens. Vom Flur aus warf er einen Blick ins Bad. Auf dem Wandtrockner hingen ein Badeanzug und ein größeres Handtuch. Die Waschmaschine signalisierte mit Blinken das Ende eines Waschvorganges.

Auf dem stark gemusterten Wohnzimmerteppich hatten Kollegen kleine Blutflecken entdeckt; mit ungeschultem Auge kaum wahrnehmbar. „Hier wird es wohl passiert sein", stellte Antje fest. Hansen nickte; das war kein kompliziertes Rätsel.

„Ich habe folgendes Szenario vor Augen, Chef. Marlene hat den Täter gekannt, keine Einbruchsspuren an der Tür. Abendessen, arglose Unterhaltung, kein Sex, keine Drogen, kein Alkohol, bis auf Bier, wie wir schon von der Obduktion wissen. Nachdem sie in der Küche gegessen haben, gehen sie ins Wohnzimmer und fangen an zu streiten, der Streit eskaliert. Er nimmt den berüchtigten stumpfen Gegenstand, diesmal etwas Rundes, möglicherweise Glas, haut in seiner Wut zu, sie ist auf der Stelle tot. Panik. Er zieht sie teilweise aus und legt sie ins Bett. Aus irgendeinem Grund überlegt er es sich anders und kommt auf eine verrückte Idee ..."

„Wieso immer *er*?", unterbrach Hansen, „keine aus der Luft gegriffenen Festlegungen auf Männlein oder Weiblein."

„Aber Marlene war bis auf den Slip nackt in der Decke", wagte Antje einen Widerspruch.

„Was das zu bedeuten hat, wissen wir noch nicht."

„Okay, Chef. Der Täter oder eben die Täterin kommt auf die Idee, die Leiche aus der Wohnung zu schaffen, um jemanden anderen zu belasten. Den Ex-Freund. Wenn unsere Annahme stimmt, verwechselt er oder sie dabei die Wohnungen Weller und Zellner. Dieses idiotische

Verhalten spricht eher für einen Mann als Täter. Meiner Meinung nach."

„Sie sind mir zu fix, Kollegin. Womit hat er oder sie die Leiche transportiert?"

„Auto?"

„Hatte Marlene eins?"

„Keine Ahnung."

„Überprüfen."

„Okay. Falls der Täter ein Auto hatte, könnte er das benutzt haben."

„Das sehen wir, wenn wir den Täter oder die Täterin haben. Marlenes Handy gefunden?"

„Sogar zwei. Beide passwortgeschützt. Und ein Laptop ohne Passwort."

„Zur KTU."

„Schon erledigt. Ich informiere Holger, dass wir den Tatort haben."

„Aber dalli. Er soll Nick Opitz auftreiben und feststellen, ob der ein Auto hat. Falls ja, ab damit in die KT."

Während Antje telefonierte, inspizierte Hansen das Zimmer genauer. Auf einem Tischchen entdeckte er eine Sammlung von Schneekugeln. Auf einer breiten Couch lagen mehrere bunte Kissen und eine zerwühlte Wolldecke. Als hätte sich jemand dort ausgeruht und wäre gerade aufgestanden. „Ist das fotografiert worden?", rief er in den Raum, auf die Couch zeigend.

„Alles fotografiert", bestätigte ein Kollege.

„Und die Waschmaschine ... ich will eine genaue Aufstellung von den Wäschestücken drin", wies der Chef an.

Auf einer Vitrine entdeckte Hansen mehrere Familienfotos. Marlene schien auf allen Bildern froh und glücklich mit sich und der Welt. Sie trug ihr langes dunkelbraunes Haar offen, war kaum geschminkt. Eine natürliche Schönheit, dachte Hansen. Ein Bild zeigte eine lachende Marlene mit einem jungen Mann, dessen Gesicht durch eine dunkel gerahmte Brille eine strenge Kontur bekam. Nick Opitz. Er schien ein viel ernsterer Typ zu sein als dieser halbgare Anton Zellner. Hansen spürte Antje neben sich und fragte sie nach ihrem Eindruck von Marlenes Freund. Antje ließ sich Zeit mit der Antwort. „Weniger attraktiv", bemerkte sie, und Hansen ahnte, dass sie Nick mit Anton verglich.

„Dafür ziemlich männlich, zielstrebig", urteilte Antje weiter, „einer, der für alles einen Plan hat."

8

Toms Handy war ausgeschaltet. Nora konnte ihren Ärger kaum noch beherrschen. Erst schmiss er sie nach dem Leichenfund aus der Wohnung, und nun ließ er sie ohne Nachricht sitzen. Dabei gab es viel zu bereden, oder war ihm auf einmal alles piepegal? Um sich abzulenken, begann Nora, die Fotoalben von Amalia Dorn zu durchforsten. Sie suchte Aufnahmen vom Wohnzimmer und von der Küche. Sie hatte sich ohne Ergebnis durch eine Menge Kinderfotos, Schnappschüsse von Familienfeiern, Reisen und Katzen gekämpft, als ihr Telefon klingelte: Robert. Meist sprachen sie abends miteinander.

„Wie ist es dir ergangen, Nora-Schatz?"

„Heute war's besonders anstrengend. Ein Wettrennen mit einem jungen Mann hab ich auch verloren, muss dringend was für meine Fitness tun."

„Wie das? Wo du doch jeden Tag um den Pfaffenteich joggst."

„Sehr witzig. Nein, ich kriege eben die Quittung dafür, dass ich mich nicht dazu aufraffen kann. Wie läuft dein Termin?"

„Ich werde etwas länger auf Sylt bleiben. Nora, das Licht hier ist einzigartig. Du müsstest es sehen ..."

„Du bist auf einer Insel, ringsum Wasser. Vielen Dank!"

„Ach, Gott, Noralein. Ich dachte, du hast dich langsam mit dem nassen Element arrangiert. In der Stadt der sieben Seen und seitdem du auf diesem Dampfer warst, um Daphne vor einem irren Mörder zu retten."

„Ist schon besser geworden. Hast du von Daffi gehört?"

„Nee, die ist bei Jakob. Und da der Bulle ist wie du, ist sie einigermaßen in Sicherheit, vermute ich. Sonst was Neues bei dir?"

Eine Schrecksekunde lang dachte Nora, er wüsste, was ihr und Tom in der Nacht passiert war. „Oh ich, also ich, na ja", stotterte sie, „ich muss mich um einen Kater kümmern." Sie war froh, die Kurve gekriegt zu haben. „Er heißt Ramses und wird einer mörderischen Tat verdächtigt."

Robert lachte. „Nora, ich bitte dich. Ein Kater als Mörder? Ist das dein Ernst?"

„Könnte traurige Wirklichkeit sein. Ich muss jetzt Schluss machen. Hab noch zu arbeiten."

„Wie immer. Schatz, gönn dir mal Ruhe. Und eh ich es vergesse ... wir müssen über Ostern reden. Ob du nach Berlin kommst oder ..."

„Ja, ja, ein anderes Mal, Robert, bitte. Mir schwirrt heute der Kopf."

„Dann geh ins Bett", sagte er in barschem Ton, „ich unternehme einen Strandspaziergang und lach mir eine Nixe an. Gute Nacht."

„Nacht." Viel Spaß mit der Nixe, hätte sie gerne hinzugefügt. Beinahe wünschte sie, Robert würde wieder eine Affäre anfangen. Seit Wochen verhielt er sich ungewohnt anhänglich. Ob er spürte, dass sie sich innerlich von ihm entfernte?

Es klingelte; das musste Tom sein. Bevor sie ihm verzieh, würde sie ihm ordentlich die Leviten lesen. Doch statt Tom stand Hansen vor der Tür. „Begeisterung sieht anders aus", spielte er auf ihre enttäuschte Miene an. „Darf ich trotzdem rein?"

„Im Prinzip schon. Aber ich warte auf Tom, er kann jede Minute auftauchen. Und dass mir ein ordentliches Stück Schlaf fehlt, ist dir ja bekannt."

„Ja, und? Da musst du durch."

Nora nahm ihm die Jacke ab und führte ihn ins Zimmer. Wenn er sich dafür interessieren würde, könnte Hansen keine Veränderung seit seinem ersten Besuch vor knapp drei Wochen feststellen: ein Sofa, ein Esstisch mit zwei Stühlen, eine Stehlampe, ein Fernsehgerät, eine Mini-Stereoanlage, eine Palme in der Ecke und auf dem Fußboden einige CDs und übereinander gestapelte Bücher. Als einziger Hinweis auf eine persönliche Note hingen an einer Wand drei Wolkenfotos in Schwarz-weiß von Robert. Nora bildete sich ein, ihr fehle die Zeit, ihre

Einrichtung zu vervollständigen. In Wahrheit gefiel ihr der provisorische Zustand. Ihr Blick ging zu den zwei Elefantenfiguren auf der Fensterbank. Die hölzerne war ein Geschenk von Robert und die kleinere, aus Rosenquarz, eins von Tom. Beide Rüssel berührten sich fast, unklar, ob sie sich bekämpfen oder anfreunden wollten.

„Wo möchtest du Platz nehmen?" Eine scheinheilige Frage, denn auf dem Sofa lagen die Alben. Hansen räumte sie beiseite und machte sich breit, als wäre das Sofa für ihn angeschafft worden.

„Deine Fotobücher, Cousinchen?"

„Wo denkst du hin. Klebe keine Fotos mehr ein. Bin mit einem Fachmann verheiratet und der ist längst digital. Diese Bilderbücher von anno dunnemals gehören Amalia Dorn. Einen Teil habe ich bereits gecheckt."

„Was suchst du?"

„Bilder von der Küche, vor und nach der Renovierung, und vom Wohnzimmer. Am besten ohne Leute. Welche, auf denen Möbel und Nippes deutlich zu erkennen sind. Kannst du mir helfen. Spendier auch einen Roten."

„Ich bin dabei. Sag, wer singt da? Hört sich an wie einer, der auf dem Friedhof spazieren geht."

„Beleidige nicht meinen Lieblingssänger, Bert. In dem Punkt bin ich empfindlich!" Trotzdem übte Nora Nachsicht und schaltete den Player aus. Sie hörte Leonard Cohen sowieso lieber allein.

Nach einer Weile ließ Hansens Enthusiasmus beim Durchblättern der Alben deutlich nach. „Die Fotos, die du gern hättest, sind bestimmt ganz unten im Stapel." Er folgte seiner Vermutung, und wenig später goss er sich enttäuscht den Rest Wein in sein Glas. „Kein Fang, nix!"

Beinahe im selben Moment war Nora erfolgreich. Amalia hatte die Renovierung ihrer Küche vor zwei Wochen fotografiert, unter anderem ihre Nachbarn Meier beim Streichen der Decke. Diese Bilder waren in eine Tüte mit alten Fotos gerutscht, wo sie bestimmt nicht hingehörten.

Eine Aufnahme zeigte den neuen Zustand der Küche, und es war deutlich zu sehen, dass ausschließlich Bierkrüge auf den Hängeschränken standen. Auf einem Foto saß sogar Ramses zwischen den Krügen.

„Unser Tatverdächtiger", meinte Hansen, „der glotzt ziemlich dämlich."

„Von wegen! Guck lieber, wie brav er ist. Der ist kein Kaputtmacher. Wär zu blöde, wenn er an Amalias Tod schuld sein sollte."

„Doch ein Unfall ohne Kater? Einfach weil sie eine alte Frau war und ihr auf der Leiter schwindlig wurde?"

„Amalia war keine siebzig. Sie war rüstig und bei guter Gesundheit. Bestätigen Nachbarn, Familie und ihr Hausarzt. Warum sollte ihr auf einer normalen Leiter schwindlig werden? Morgen weiß ich vermutlich mehr. Ich möchte mit Antje fahren."

„Warst du zufällig mal in ihrer Wohnung?"

„War bisher keine Gelegenheit. Du, Bert?"

„Man arbeitet seit Jahren zusammen und hat keinen Schimmer vom Leben des anderen. Was für eine Welt", sinnierte er.

„Lad dich einfach mal bei ihr ein. Wie bei mir", fügte Nora spitz hinzu. „Was ist nun, kann sie mit mir mit?"

„Du schnappst dir einen anderen Kollegen. Antje bleibt bei mir", bestimmte Hansen, „außerdem würdet ihr beide über den Fall Marlene quatschen. Da hab ich was dagegen."

„Vorschlag. Ich köpfe eine zweite Flasche, und *du* quatschst mit mir über den Fall Marlene. Okay?"

„Bei so einer spendablen Cousine lass ich mich überreden."

Nora holte Nachschub. Hansen goss ihr und sich ein, und sie prosteten sich flüchtig zu. Er nahm einen großen Schluck. „Erst mal den Stand im Fall Stubentiger. Und keine verquasten Andeutungen."

„Ich habe einen Widerspruch. Christa Meier behauptet, um Viertel nach eins bei Amalia gewesen zu sein, um sie zum Essen einzuladen und hätte dabei die Leiche gefunden. Laut Ehemann essen die Meiers immer zur selben Zeit, und zwar um Viertel nach zwölf. Warum belügt Frau Meier mich um eine Stunde? Sinnvoll wäre gewesen, wenn sie Amalia um zwölf Uhr aufgesucht hätte, um sie zum Essen zu bitten. Das wäre dann genau in der Tatzeit zwischen elf Uhr dreißig und halb eins gewesen."

„Diese Lüge allein wird nicht reichen, um die Meier ernsthaft zu verdächtigen."

„Völlig meine Meinung. Mir fehlt das Tatmotiv, und ich brauche dringend die KT-Ergebnisse. Die Kollegen sind vorrangig mit dem Fall Marlene Kruse beschäftigt. Du könntest bei denen ein bisschen Druck machen, dass sie die Scherben untersuchen, die auf Amalia Dorn lagen. Morgen früh treffe ich die Tochter von Amalia; die könnte mich weiter bringen. Ja, und das eine oder andere Foto, das sich in einem der restlichen Alben versteckt. Lass mir noch einen Tag freie Hand."

„Genehmigt. Zum Abend liegt der Bericht auf meinem Tisch. Ich freue mich übrigens schon auf deine Feier am Samstag. Soll ich dir helfen?"

„Komme zurecht. Wird eh kein großes Ding. Gibt Bier, Rotkäppchen und ein paar Schnittchen. Ich hoffe, die Leute bleiben nicht lange", fügte sie flapsig hinzu.

„Wird Robert da sein?"

Jetzt war ihr Cousin zu neugierig. „In Wirklichkeit interessiert dich, ob Tom dabei ist, stimmt's?"

Hansen hob in gespielter Empörung seine Hände. „Du wirst es schon richten." Er gönnte sich einen kräftigen Schluck. Nora ahnte, warum er heute mehr und schneller trank als gewöhnlich. „War es sehr schlimm, Marlenes Eltern die Todesnachricht zu überbringen?", fragte sie behutsam.

Hansens Blick ging ins Leere. „Als ich jünger war, glaubte ich, dass mir das mit den Jahren leichter fallen würde, aber im Gegenteil." Leiser fuhr er fort. „Es macht mich fertig. Antje hat sich dafür erstaunlich gut gehalten. Sie hat so was Natürliches, Positives und gar keine Scheu. Das hat geholfen, besonders Marvin, Marlenes Bruder." Er schnaufte tief durch und nannte Nora einige Details: „Die Eltern haben Marlene identifiziert. Sie wurde bei sich zu Hause erschlagen. Wahrscheinlich mit einem massiven stumpfen Gegenstand aus Glas. Tatzeit Mittwoch zwischen einundzwanzig und zweiundzwanzig Uhr. Die Decke, in der die Leiche eingewickelt war, gehörte Marlene. Sie trug einzig einen Slip. Auf ihrem linken Oberarm ein kleines farbiges Tattoo, zwei verschlungene Herzen mit den Buchstaben M und A."

„Marlene und Anton?"

„Könnte man annehmen."

„Verrückt. Ein kitschiges Tattoo vom Ex?"

„Ich bin ja gegen diese Tattoo-Scheiße. Die wird man doch nie wieder los. Stell dir all die jungen Weiber in vierzig Jahren vor, wenn ihre Haut runzlig wird ..."

„Bert, lass die jungen Weiber, du wolltest mir von Marlene erzählen."

„In der Decke, in die Marlene eingewickelt war, befanden sich ein paar Kleidungsstücke von ihr. Das Merkwürdige ist, es waren andere als die, die sie am Abend getragen hatte, als sie mit ihrem Freund Nick Opitz zusammen war. Die Sachen in der Decke kamen frisch aus dem Schrank: Jeans, Pulli, BH. Was das bedeuten soll, ist mir erst mal schleierhaft. Kein Einbruch bei Marlene. Sie muss den Täter oder die Täterin gekannt haben. Nach Antjes Meinung kann der Verbrecher nur ein Mann sein."

Er redete mit düsterer Miene weiter: „Einen männlichen Täter angenommen, könnte man sich Folgendes vorstellen: Marlene wird von einem Freund besucht, mit dem sie im Bett landet. Kein Sex, weil sie anfangen zu streiten. Also wieder raus aus der Kiste. Der Streit eskaliert, Schlag auf Marlenes Kopf. Sie ist tot. Totschlag im Affekt. Was nun? Der Täter will die Leiche aus der Wohnung haben. Gleichzeitig die Frage: Kann ich den Totschlag jemand anders anhängen? Es fällt ihm der Ex von Marlene ein, Anton Zellner. Er kennt seine Adresse."

„Richtig", bestätigte Nora, „und wenn man so gut Bescheid weiß, muss man schon ziemlich eng mit Marlene sein wie dieser Nick."

„Nick Opitz. Er sagte aus, dass er bei Marlene war und dass es eine kleine Reiberei zwischen ihnen gab. Irgendwelche Banalitäten. Weil ihm das zu nervig wurde, ist Nick Opitz gegen einundzwanzig Uhr in seine eigene Bude, ziemlich genau zur Tatzeit. Für seinen Abgang und für die weitere Nacht hat er allerdings keine Zeugen."

„Dein Eindruck von ihm?"

„Ernsthafter Typ mit festem Job in Hamburg, ist Pendler. Sein Auto ist in der KTU. Wenn er derjenige war, der Marlene zu Weller brachte, finden wir Spuren."

„Eine Tat mit sexuellem Hintergrund?"

„Keine Vergewaltigung und kein Sex vor der Tat. Ansonsten, zu früh für Festlegungen."

„Marlenes Handy, Laptop?"

„In der KT."

„Sein Handy?"

„Ebenso. Fand sich in Marlenes Wohnung. Nick Opitz behauptet, es dort bei seinem überstürzten Aufbruch vergessen zu haben."

„Was Auffälliges in Anton Zellners Wohnung gefunden?"

„Die Durchsuchung seiner Bude war für ihn ein Jux, so was wie eine private Theatervorstellung. Kein Ergebnis. An dem bleiben wir dran."

„Und Tom?", wagte Nora sich vor, „willst du an ihm auch dran bleiben, obwohl Marlenes Leiche durch eine Verwechslung in seinem Flur landete?"

„Diese Verwechslung ist bisher lediglich eine Theorie, Nora."

„Du hast Tom aus irgendeinem Grund auf dem Kieker und bist deswegen voreingenommen."

„Blödsinn. Ich ermittle mit aller möglichen Sorgfalt, damit nicht der kleinste Verdacht an Thomas Weller hängenbleibt. Ich weiß jetzt zum

Beispiel, was er in dieser langen angeblichen Toilettenpause veranstaltet hat."

„Bin ganz Ohr."

Hansen ließ Nora etwas zappeln, bevor er sie aufklärte: „Wir haben seinen Computer untersucht, den Browserverlauf oder wie das heißt. Dein Thomas hat in der Nacht zwischen zwei Uhr fünf und zwei Uhr dreißig fleißig im Internet gesurft." Sichtlich stolz auf sich, solche Fachbegriffe zu kennen, fuhr er fort: „Keine Pornos. Er hat sich über Reisen informiert. Will zu Ostern in die Ferne. Meer, Sonne, Strand. Für zwei Personen."

„Sieh an", meinte Nora nach außen regungslos, während sie Freude, Erleichterung und Angst gleichzeitig fühlte. Eine gemeinsame Reise? Wie dachte sich Tom das? Sie einfach zu verplanen! Seit sie mit ihm zusammen war, hatte sie Feiertage stets mit Robert und Daphne oder im Dienst verbracht. Und nun eine Reise. Noch dazu ans Meer, wo sie sich unbehaglich fühlen würde. Hatte er ihre Angst vor offenem Wasser vergessen?

Hansen rutschte zur Sofakante vor und starrte Nora mit leicht trunkenen Augen an. „Auf Thomas Weller ist kein Verlass. Du wartest auf ihn, und wo ist er?"

„Das ist meine Angelegenheit, Berthold."

„Ich habe dich gewarnt, der Kerl sitzt nicht zum ersten Mal in der Scheiße, er zieht das Unglück an."

„Wow, das hört sich ja an. Raus mit der Sprache!"

„Frag ihn selbst. Sonst heißt es wieder, ich hab ihn auf dem Kieker." Er hievte sich in die Höhe, ging zwei schwere wacklige Schritte Richtung Tür und blieb abrupt stehen. „Schon allein seine Wohnungstür, Nora." Er klopfte sich mit dem rechten Zeigefinger an die glänzende Stirn. „Ein Beamter vom Einbruch! Was hat der denn für ein Schloss an seiner Tür. Das kriegt ein Kind mit dem Daumen auf!"

In dem Punkt musste Nora ihm recht geben: Toms Türschloss. Sie hatte ihn vor einiger Zeit ebenfalls auf das harmlose Schloss angesprochen, und er meinte, bei ihm gäbe es nichts zu klauen. Sein Herz hing lediglich an seinem Boot; sein bescheidenes restliches Eigentum war ihm relativ egal.

Nora half Hansen in den Anorak und brachte ihn zum Ausgang. „Wie geht es Jack? Gibt's Fortschritte?", fragte sie unvermittelt, wobei sie den Spitznamen von Hansens Sohn Johannes benutzte.

„Wie man es nimmt. Johannes hat das erste Mal seit seiner Kindheit wieder gemalt. Ich freue mich sehr darüber. Er ist begabt, weißt du, wirklich, glaube mir, und er darf am Wochenende Besuch empfangen."

Nora merkte, dass Hansen froh war, mit jemandem ein paar Worte über seinen drogenabhängigen Sohn reden zu können. Mit seiner Frau und den Kollegen wollte oder konnte er nicht, blieb nur sie.

„Ist doch eine tolle Nachricht", ermunterte sie ihn. „Und ich bin keineswegs böse, wenn du dich zu meiner Party verspätest. Jack geht auf alle Fälle vor. Wenn ich dran denke, wie knapp es damals mit ihm war. Diese Überdosis, schrecklich! Und nun die Therapie in Schwerin. In deiner Nähe. Wie du es wolltest. Hast du endlich Kontakt mit deiner Frau?"

„Warum sollte ich?"

„Du bist ein Sturkopf ersten Ranges, ein meckelbörgischer Dickschädel, Bert."

Hansen lachte. „Seit wann kennst du dich mit Platt aus?"

„Bin an einem Kindergarten vorbei, der trug dieses merkwürdige Wort im Namen." Sie knuffte ihn leicht. „Berthold, im Ernst. Es würde Jack sicher helfen, wenn sein Vater und seine Mutter trotz der Trennung einen einigermaßen vernünftigen Umgang miteinander haben. Und vernünftig ist, wenn man miteinander redet. Zusammen den Sohn im Krankenhaus besucht. So was in der Art."

Hansen schüttelte sich bei dieser Vorstellung.

„Dickschädel", wiederholte Nora zum Abschied.

9 Freitag

Ein feuerroter Kater warf mit Bierkrügen nach ihr. Zerrupfte die Couch unter seinen Tatzen, fauchte und führte einen furchterregenden Tanz auf. Und sie war wehrlos; Arme und Beine wie festgenagelt. Dazu dieser ohrenbetäubende Lärm!

Schlagartig war Nora wach. Kein Kater weit und breit, dafür Krach und Alkoholdunst. Die Ursache für beides war Tom, der neben ihr mit offenem Mund schnarchte wie eine Dampflok. Tief in der Nacht hatte er sie aus dem Schlaf geklingelt. Er war schwer betrunken, und sie hatte ihn ins Bett bugsiert, wo er umgehend eingeschlafen war.

Noras Blick fiel auf die Uhr. Oh je, gleich acht. Um neun war sie in Raben Steinfeld mit der Tochter von Amalia Dorn verabredet, und sie wollte halbwegs pünktlich sein. Sie stupste Tom an. „Aufwachen! Wir sind spät dran."

Er knurrte unwirsch und drehte sich auf die Seite.

„Wir haben verpennt. Auf, auf! Ich gehe duschen. Hörst du?"

Als Nora aus dem Bad zurück kam, hatte Tom sich keinen Millimeter bewegt. Sollte sie ihn schlafen lassen? Wenn er blau machte, wäre neuer Ärger programmiert. Nora setzte sich aufs Bett und rüttelte ihn, bis er die Augen aufschlug.

„Tom, wir kommen zu spät. Dein Chef wird ..."

Er streckte seine Glieder. „Kein Chef heute, bin krankgeschrieben. Legt sowieso momentan niemand großen Wert auf meine Gesellschaft. Und ich muss das alles erst mal sacken lassen."

„Und ich habe die halbe Nacht auf dich gewartet!", sagte Nora betont frostig, „hab nur deine Mailbox erreicht. Du hättest dich wenigstens melden können."

„Oh ja. Waren ein paar Bierchen zu viel gestern. Entschuldige bitte, mea culpa, mea culpa." Er richtete sich auf und wollte sie küssen. Nora wich ihm aus.

„Böse, Rehlein?"

„Ich dachte, ich kann mich auf dich verlassen."

„Natürlich kannst du das. Wieso zweifelst du?"

„*Wieso?!* Deinetwegen habe ich mich absolut dilettantisch verhalten! Könnte mir jetzt noch sonst wohin beißen, dass ich auf dich gehört habe. Den ganzen Tag versuche ich zu erfahren, wie es dir geht und was Stand der Dinge ist. Abends können wir uns endlich sehen. Ich renne nach deinem Anruf nach Hause, und wo bist du? Besäufst dich irgendwo und lässt mich sitzen. Soll ich das toll finden?"

Nora stieß Tom zurück und ging in die Küche. Er folgte ihr mit schlurfenden Schritten in Unterwäsche. Auf seinen Wangen dunkle Bartstoppeln, die Haare zerzaust und die Augen verquollen.

Stumm saßen sie sich am Tisch gegenüber. Nora aß ein Toastbrot, während Tom einen Kaffee schlürfte. „Du hast recht, Nora, ich habe mich saublöd verhalten. Tut mir leid. In der Nacht, als ich die Tote sah, war ich einfach außer Kontrolle, totale Panik. Und der Tag gestern war durch und durch beschissen." Er verstummte kurz. „Was Neues zur Toten?"

„Ich bin da raus. Woher soll ich das wissen?", log Nora. Sie kam sich vor wie eine Lehrerin, die einen ungezogenen Schüler abkanzelte.

„Du hast einen Draht zu Hansen und bist seine Cousine. Du hast sicher bei ihm auf den Busch geklopft", drängte er.

„Zwecklos. Er ist wütend auf mich, weil ich mich vom Leichenfundort entfernt habe."

„Ja, ja, meine Schuld."

„Was sagt denn der Arzt zu deiner Panikattacke?"

Tom winkte ab. „Lass mich mit dem Psychokram in Frieden."

„Wenn ich gewusst hätte, dass du krankgeschrieben bist, hätte ich dich nicht geweckt."

Er lächelte sie verschmitzt an. „Melde dich doch auch krank. Dann könnten wir zusammen entspannen."

„Vergiss es. Außerdem habe ich einen wichtigen Termin in Raben Steinfeld, den muss ich wahrnehmen."

„Mit Antje?"

„Nein, nur ich."

„Was dagegen, wenn ich dabei bin?"

„Allerdings. Ich bin im Dienst, du außer Gefecht."

„Triffst du diesen Typen, diesen Ramses?"

„Wir reden abends, falls du dich *heute* dazu in der Lage fühlst. Ach ja, zieh dir was Frisches an. Irgendwo müsste ein Shirt von dir hier rumliegen. Und rasier dich. Vielleicht lässt Hansen dich für ein paar Minuten in deine Wohnung. Oder kauf dir was. Ist mir egal. So siehst du unmöglich aus. Tschüss."

Im Auto erhielt Nora eine Nachricht von Tina Jahn, der Tochter von Amalia Dorn, dass sie sich etwas verspäten würde. Nora war schon am Ortsrand von Raben Steinfeld und folgte kurzentschlossen einem Schild mit der Aufschrift ‚Findlingsgarten'. Sie stellte das Auto auf einem kleinen Hügel ab und lief zwischen den beeindruckenden Zeugen der Erdgeschichte herum. Bis zu zwei Milliarden Jahre waren manche der Felsbrocken alt. Dagegen war das eigene Leben weniger als ein Wimpernschlag. Dieser Gedanke war ernüchternd und holte Nora in die Gegenwart zurück.

Um halb zehn parkte ein schwarzer BMW vor dem Haus von Amalia Dorn. Die elegante Dame, die ausstieg, trug einen hellen wadenlangen Wollmantel und schwarze Schaftstiefel. Das Haar war am Hinterkopf zu einem kunstvollen Knoten geformt. Es war Tina Jahn.

Die Frauen begrüßten einander mit Handschlag, und Amalias Tochter entschuldigte sich für die Verspätung. Nora schloss das Haus auf und ließ Tina den Vortritt. Die ging zögernd hinein und sah sich bei jedem Schritt prüfend um. Sie war das erste Mal seit dem Tod ihrer Mutter hier.

„Dass Mutti so sterben musste", seufzte sie. „Wie soll ich Friedrich und Wilhelm sagen, dass ihre Omi tot ist? Beide haben sehr an ihr gehangen." Tina verstummte und schaute Nora mit tränenverhangenen Augen an. „Haben Sie inzwischen mehr Klarheit, ob Unfall oder Verbrechen?"

„Leider nein. Ich hoffe, unser Gespräch kann etwas weiterhelfen. Setzen wir uns, ja?"

Tina schlug den Mantel fest um sich und nahm auf einem Sessel Platz. Sie fühlte sich sichtlich unwohl. „Eigentlich müsste ich um diese Zeit bei Gericht sein. Bitte, stellen Sie Ihre Fragen."

„Ihr letzter Kontakt mit Ihrer Mutter war Sonntagabend", begann Nora, „sie haben ungefähr eine halbe Stunde miteinander telefoniert. Was haben sie besprochen?"

„Das Übliche. Sie erkundigte sich nach den Kindern. Ein unerschöpfliches Thema, sie sind ja mit vier und sechs in einem niedlichen Alter, aber stellen auch schon allerhand Dummheiten an. Mutter gab mir – wie immer – gute Ratschläge. Ich sollte weniger arbeiten, den Stress reduzieren und so weiter. Das habe ich Ihnen schon erzählt. Sie wollen sicherlich was anderes von mir. Kommen Sie ruhig ohne Umwege zum Kern, das wäre mir lieber."

Verbindlich, zielgerichtet, souverän – der merkt man den Anwaltsberuf an, dachte Nora. Wenn sie es zuließe, würde Tina Jahn im Handumdrehen die Gesprächsführung übernehmen. „Der Kern ist folgender. Wie war das Verhältnis Ihrer Mutter zu Reinhard Meier?"

Tina überlegte einen Augenblick und schüttelte ratlos den Kopf. „Was soll ich dazu sagen. Über den hat sie fast nie geredet. Vermuten Sie irgendwas?"

Nora lächelte. „Selbst wenn Sie mir die Frage übelnehmen sollten: Hatte Ihre Mutter eventuell ...?"

Tina ahnte, was sie meinte. „Nein! Wo denken Sie hin! Ausgeschlossen. Sie war Jahrzehnte sehr glücklich mit meinem Vater verheiratet. Meines Wissens gab es nie eine Ehekrise oder Affären. Und überhaupt. Meine Mutter hatte kein Interesse mehr an Männern."

„Das glaube ich gern. Doch letztlich kann man nie wissen, was in einem anderen Menschen oder in der eigenen Mutter vorgeht. Sie lebte ja seit etlichen Jahren allein. Und die Meiers sind ebenfalls Rentner und daheim. Herr Meier ist ein imposanter Mann."

„Finden Sie, Frau Kommissarin? Der ist eher eine Lachnummer."

„Wie das?"

„Haben Sie mal seine Stimme gehört? Er mag imposant auf manche Frau wirken. Wenn er allerdings den Mund aufmacht, ist es aus mit der Faszination. Jedenfalls für meine Mutter war es das, und ich konnte ihr nur zustimmen." Tina fröstelte. „Ich sollte uns einen Kaffee kochen, sonst erfrieren wir." Es kostete sie sichtlich Überwindung, die Küche zu betreten, den Raum, in dem ihre Mutter auf tragische Weise ums Leben gekommen war.

Während Tina Jahn beschäftigt war, hielt Nora an der Terrassentür Ausschau nach Ramses. Vergeblich. Sie ließ die Tür minimal offen und ging in die Küche. Die Kaffeemaschine lief. Tina nahm zwei Pötte aus dem Schrank. „Wie trinken Sie ihn? Pur?"

Nora nickte und zeigte ihr ein paar der auf ihrem Handy gespeicherten Fotos. „Die habe ich aus den Fotoalben Ihrer Mutter. Ich muss gestehen, dass ich die Alben bei mir vergessen habe. Ich gebe sie garantiert zurück."

„Ist schon in Ordnung. Haben diese Fotos eine besondere Bedeutung?"

„Das will ich rausfinden. Fällt Ihnen was an ihnen auf?"

„Nein. Das Wohnzimmer wie es ist und die Küche vor und nach der Renovierung. Mutti war mächtig stolz, dass sie das meiste selbst gemalert hat. Reinhard und Christa haben natürlich geholfen."

„Wann war diese Renovierung?", vergewisserte sich Nora.

„Ende Februar, ungefähr vor zwei Wochen. Es war ein bisschen früh im Jahr, aber wenn Sie sich erinnern, es war fast wärmer als jetzt. Meine Mutter hatte die fixe Idee, dass es genau die richtige Zeit fürs Malern war, und wenn sie sich was in den Kopf gesetzt hatte, zog sie es durch."

„Etwas machte mich stutzig. Wieso diese Putzarbeiten so kurz nach dem Streichen?"

„Mutti musste wegen einer Erkältung unterbrechen. Wir hätten geholfen, wenn wir davon gewusst hätten."

„Ich hatte befürchtet, Ihre Mutter wäre putzsüchtig gewesen."

Tina lächelte und deutete auf das Foto mit dem Kater auf den Hängeschränken. „Ramses wie er leibt und lebt. Der arme Kerl wird ins Tierheim müssen. Ich finde niemanden, der ihn nehmen kann."

„Ramses gehört zum Erbe Ihrer Mutter. Seit Tagen ist er sich selbst überlassen."

„Als ich ihn einfangen wollte, ist er mir entwischt. Ich hätte ihn ins Tierheim gebracht."

„Ob das die beste Lösung ist, Frau Jahn?"

„Ich erkenne keine andere. Wie Sie wissen, habe ich einen Hund, der Katzen angreift."

„Kann Ramses schon eine neue Futterstelle haben? Jedenfalls taucht er heute nicht auf."

„Ach, Sie müssen die Terrassentür bewegen, er hört das leise Quietschen. Wahrscheinlich hockt er in irgendeiner Hecke und belauert uns."

Wenig später saßen beide im Wohnzimmer und tranken den Kaffee. Nora nahm das Gespräch wieder auf. „Frau Jahn, seit wann wohnten Ihre Eltern mit den Meiers quasi Tür an Tür?"

„Kurze Zeit nach der Wende, seit rund fünfundzwanzig Jahre. Die Vorbesitzer dieses Hauses sind gestorben, und die Besitzer des Meier-Hauses sind ausgewandert. Ich glaube, nach Australien. Christa zeigte ein paar Mal Ansichtskarten rum, die mussten von denen gewesen sein. Ayers Rock. Meine Eltern und die Meiers haben sich bei den Hausbesichtigungen kennengelernt. Sie waren beide scharf auf dieses Haus hier, es hat eine bessere Bausubstanz. Mein Vater hat sich durchgesetzt, er war sehr willensstark." Sie schwieg einen Moment. „Und Vater hatte eine absolut männliche Stimme, einfach umwerfend", fügte sie lächelnd hinzu.

Nora erwiderte ihr Lächeln. „Verstehe. Dann gab es also zwischen Ihrer Mutter und Reinhard Meier keine noch so kleine Neckerei."

„Wo Sie es sagen ... Eine komische Art *Neckerei* fällt mir ein. Ist eine Weile her, vorigen Sommer. Da stand der Meier plötzlich im Garten meiner Mutter. Nackt wie Adam! Eine peinliche Nummer. Der dachte doch tatsächlich, dass meine Mutter nichts gegen ein Techtelmechtel hätte! Weil sie beim Sonnenbaden im Garten stets nur das Allernötigste anhatte und wenn's richtig heiß wurde noch weniger. Sie war eine Sonnenanbeterin. Die Sonne muss an die Haut, meinte Mutti immer. Sie war völlig konsterniert vom Meier und hat ihn weggescheucht." Tina zuckte mit den Achseln. „Der hat ihre Freizügigkeit einfach falsch verstanden."

„Und was geschah nach dieser Episode?"

„Spärlicher Kontakt."

„Kein gemeinsames Mittagessen mehr?", erkundigte sich Nora.

„Allgemeine Sendepause. In letzter Zeit wurde es besser, und sie haben manchmal wieder miteinander gegessen. Meine Mutter stand ungern allein für sich am Herd."

„Und beim Renovieren der Küche hat Herr Meier auch geholfen."

„Ja, unter Christas Aufsicht. Die hat ihren Mann sicher ordentlich in die Mangel genommen."

„Frau Meier hat von dem plumpen Anmachversuch erfahren?"

„Ist zu vermuten. Christa lässt ihren Reinhard fast nie aus den Augen. Für sie *ist* er ein beeindruckender Mann. Wieso beißen Sie sich eigentlich so an Reinhard Meier fest? Kann es sein, dass Sie ihn verdächtigen?"

Nora beschwichtigte. „Ich möchte ein möglichst vollständiges Bild vom Leben Ihrer Mutter in den Wochen vor ihrem Tod. Und die Meiers gehören dazu, einschließlich ihrer Hilfe beim Renovieren."

Tina Jahn hatte ihren Kaffee ausgetrunken und drängte zum Aufbruch. „Können Sie mir sagen, wann wir Mutti beerdigen können?"

„Ich gebe Ihnen sofort Bescheid, wenn Ihre Mutter zur Bestattung freigegeben wird."

„Diese Ungewissheit, ob Mutti einem Verbrechen zum Opfer fiel, ist schrecklich. Wir können nichts tun, nur warten und uns den Kopf zermartern, was passiert sein könnte." Sie seufzte hörbar. „Bis wann ist hier versiegelt?"

„Ein paar Tage wird es noch dauern. Was haben Sie mit dem Haus vor?"

„Verkaufen. Ich besitze Vollmacht von meinem Bruder. Wir sind uns in allen Punkten einig. Er kann erst zur Beerdigung herfliegen. Ich regle alles, bin schließlich Anwältin, allerdings für Familienrecht." Sie streckte Nora ihre Hand entgegen: „Auf Wiedersehen. Und vielen Dank."

Als Tinas Auto aus ihrem Blickfeld verschwunden war, öffnete Nora die Terrassentür weit. Keine Sekunde verging, und Ramses spurtete über den Rasen auf sie zu. Nach wenigen Metern verlangsamte er sein Tempo, nahm einen gravitätischen Gang an und tat gelangweilt. Nora stellte ihm sein Futter hin, schaute zu, wie er sein hoheitsvolles Gehabe ablegte und sein Fressen hinunterschlang. Sie wartete, bis er fertig war und bugsierte ihn gegen seinen Protest ins Freie. Ist wenigstens kein Frost mehr, beruhigte sie ihr Gewissen.

Ihr Handy signalisierte den Empfang einer SMS, ein knapper Bericht von den Kollegen der KTU: die farbigen Keramikscherben im Fall Dorn ergaben zwei Bierkrüge und eine Amphore; die an einigen Scherben sichergestellten Fingerabdrücke konnten teilweise Amalia Dorn und ihren Familienangehörigen zugeordnet werden. Die Verletzungen im Gesicht der Dorn stammten ausschließlich von der Amphore.

Per SMS dankte Nora für die Infos. Sie überdachte, was sie erfahren hatte und meinte nun klar zu sehen, was sich an jenem Tag in Amalia Dorns Küche zugetragen hatte. Sie tätigte einen Anruf. Danach trat sie auf die Terrasse, um frische Luft zu tanken, das half bei der Konzentration. Auf einmal spürte Nora, dass sich was verändert hatte. Es war jemand da; sie wurde beobachtet. Im nächsten Augenblick hielten zwei Männerarme sie von hinten gefangen. Nora versteifte sich, um dem Angreifer Widerstand zu bieten. „Polizei! Sofort loslassen!"

Sie hörte ein bekanntes Lachen, der Griff lockerte sich, und Nora stand Tom gegenüber. „Bist du verrückt! Was zum Teufel soll das! Was willst du hier?"

„Dich beschützen."

„Ich brauche keinen Schutz." Misstrauisch beäugte sie ihn. Tom hatte geduscht und sich rasiert, und er trug eins der Shirts, die er bei ihr gebunkert hatte. Seine Augen waren weniger strahlend als gewöhnlich. Nora hatte einen Verdacht: „Bist du etwa Auto gefahren? Mit dem Restalkohol intus?"

„In dem Punkt bist du überkorrekt. Aber gegen alle Regeln allein losziehen, das ist in Ordnung, ja? Dass mit dem Beschützen war ernst gemeint. Was liegt an, wen triffst du jetzt?"

„Eine gewisse Frau Meier, die Nachbarin der Verstorbenen." Nora wollte Tom loswerden. „Entweder du rufst dir ein Taxi und fährst sonst wohin oder du machst dich unsichtbar und gibst keinen Mucks von dir."

„Und dieser Ramses, was ist mit dem?"

Sie zeigte in den Garten hinein. „Der hockt vermutlich unter einer Hecke dort." Nora ging ins Haus, zog die Terrassentür hinter sich zu und wartete darauf, dass es klingelte.

10

Aus Nick Opitz' Wohnung drangen Schreie und Gepolter. Weil die Tür offen stand, stürmten Hansen und Holger Klein mit gezogenen Waffen hinein, stellten jedoch schnell fest, dass keine ernste Gefahr drohte. Auf dem Wohnzimmerboden rangen Marlenes Freund Nick Opitz und ihr kleinerer Bruder Marvin Kruse miteinander. Es war ein unfairer Kampf, denn der erwachsene Nick war viel stärker als der fünfzehnjährige Marvin. Nick kniete auf den Armen von Marvin und drosch auf ihn ein.

„Polizei!", rief Holger, „auseinander, sofort auseinander!"

Hansen zog Nick am Kragen in die Höhe, und Holger stellte Marvin auf die Beine, der aus der Nase blutete. Marlenes Bruder schrie außer sich vor Wut: „Nick war's! Der hat sie umgebracht! Er war's!"

„Ruhe!", brüllte Hansen, „hinsetzen! Alle beide."

„Keinen Schritt, meine Brille!", warnte Nick und tastete hektisch den Teppichboden ab, bis er sie fand.

Holger Klein forderte einen Rettungswagen an, der Marvin versorgen sollte. Nick dagegen hatte kaum eine sichtbare Spur der Prügelei davon getragen.

„Warum seid ihr aufeinander los?", fragte Hansen und suchte sich einen Sitzplatz.

„Der Arsch hat mich angegriffen", rechtfertigte sich Nick, „mich als Mörder zu bezeichnen! Überfällt mich in meiner Wohnung! Ich musste mich verteidigen!" Er begutachtete seine Brille. „Kannst froh sein, dass die heilgeblieben ist!"

„Halten Sie den Mund!", fuhr Hansen ihn an und wandte sich an Marvin. „Wieso glaubst du, dass Nick deine Schwester getötet hat?"

„Wer sonst", schnaufte der Junge trotzig, „es kann nur Nick gewesen sein. Marlene hatte die Nase voll von ihm. Sie wollte ihn verlassen.

Darum hat er sie umgebracht." Erregt sprang er auf. „Das wirst du büßen!"

Holger verhinderte, dass der kleine Kampfhahn erneut auf Nick losging.

„Du spinnst, du Arsch!" Nick war in Rage. „Der Kerl, bei dem Marlene gefunden wurde, war der Mörder! Sie wollte mich nicht verlassen! Herr Kommissar, wir waren glücklich. Manchmal war Marlene genervt, weil wir zu wenig Zeit miteinander hatten. Mag sein, sie hat sich bei Marvin darüber beschwert. Ich habe einen Job in Hamburg, pendle jeden Tag. Das war unser Problem, die Zeitnot."

Der Rettungswagen traf ein. Hansen bestand darauf, dass Marvin ins Krankenhaus gebracht wurde. Holger sollte ihn begleiten und seine Eltern benachrichtigen, damit sie sich um ihren Sohn kümmern konnten.

„Nun können wir uns noch einmal in Ruhe unterhalten und Ihre Aussage von gestern präzisieren", meinte Hansen, als er mit Nick Opitz allein war. „Ein Glück, dass ich Sie zu Hause antreffe, wo Sie ja in Hamburg arbeiten."

Nick empörte sich. Seine Freundin sei ermordet worden! Sollte er einfach zur Tagesordnung übergehen? Sein Chef hätte Verständnis für ihn und ihm für heute frei gegeben. Morgen müsse er wieder antanzen, wenn er Ärger vermeiden wolle.

„Sind Sie so wichtig in dieser Fahrstuhl-Firma?", fragte Hansen herablassend.

„Allerdings." Nick putzte seine Brille mit einem Zipfel seines Hemdes. „Ich koordiniere den kompletten Service, halte Kontakt zu den Kunden. Wenn Not am Mann ist, springe ich selbst vor Ort ein. Bei mir laufen alle Fäden zusammen." Er merkte, dass er etwas übertrieben hatte und korrigierte sich: „Mit mir läuft's eben etwas reibungsloser. Ich weiß, dass jeder zu ersetzen ist. Einzig Marlene ist für mich durch niemanden zu ersetzen. Sie fehlt mir schrecklich. Hat der Mann gestanden, bei dem sie gefunden wurde?"

„Der Mann, in dessen Wohnung Marlene lag, sieht sich als Opfer einer fiesen Intrige und weist jegliche Tatbeteiligung entschieden von sich. Es steht also keineswegs fest, *wer* Marlene umgebracht hat."

„Das Schwein! Der will doch nur seine Haut retten!"

„Das ist eine verzwickte Geschichte, Herr Opitz. Kennen Sie Thomas Weller?"

„Wen?"

„Weller, Thomas. Schon mal gehört?"

„Wer ist das?"

Hansen ließ effektvoll ein paar Sekunden verstreichen. „Das ist der Mann, in dessen Wohnung Ihre Freundin Marlene lag, tot. Kennen Sie ihn?"

Nick fiel die Kinnlade herunter. „Bei dem wurde Marlene gefunden?"

„Ja. Wo dachten Sie denn?"

„Ich?! Na, hören Sie mal!"

„Hat Marlene den Namen *Weller* mal erwähnt?"

„Nein oder doch, kann sein." Nick begann, im Zimmer auf und ab zu laufen. Er postierte sich vor dem Fenster mit dem Rücken zum Ermittler. Hansen vermutete, auf einer Spur zu sein. Nick Opitz war bestürzt gewesen, als er hörte, bei wem seine Freundin tot aufgefunden worden war. „Hatten *Sie* Kontakt zu Weller?"

„Ich sag doch, ist mir völlig unbekannt der Typ!"

„Marlene wurde bei sich getötet, in ihrer eigenen Wohnung. Können Sie sich erklären, warum ihre Leiche weggeschafft wurde?"

„Als ich von Marle weg bin, lebte sie, Herr Kommissar. Sie war sogar putzmunter, denn wir hatten einen Streit. Es ging um unser leidiges Thema, dass sie sich mehr Zeit mit mir wünschte. Sie beklagte sich auch, dass die meiste Hausarbeit an ihr hängenblieb." Nick hatte sich gefasst und drehte sich wieder dem Beamten zu. „Ich war in einer Zwickmühle, hier in Schwerin gab's eben keine passende Arbeit für mich."

„Ihre Zeitnot haben Sie mir mehrfach ausführlich erklärt." Hansen strich sich über seine Glatze. „Ich glaube ja, dass dieser Streit einen anderen Grund hatte, den Sie vor uns verbergen wollen. Nämlich Ihre Eifersucht! Sie sind vorbestraft wegen schwerer Körperverletzung. Sie haben jemanden krankenhausreif geschlagen, weil der Ihre Freundin eine Sekunde zu lange angestarrt hat."

„Halt! Das ist alles verjährt, war eine Jugendstrafe. Damals war ich saublöd. Zugegeben, ich habe mich öfter geprügelt. Eine Frau habe ich niemals geschlagen. Nie!"

„Vielleicht bis Mittwoch?"

„Nein! Marlene war mir das Liebste auf Erden!"

„Und Sie waren wahnsinnig eifersüchtig auf jeden, der ihr nahe kam. Dazu haben wir Aussagen Ihrer Freunde und von Marlenes Freundinnen."

„Haben überall rumgeschnüffelt! Vielen Dank! Und was jetzt? Wollen Sie mich etwa verhaften, weil ich eifersüchtig bin?"

„Ich kann ja mal drüber nachdenken. Setzen Sie sich."

Hansen wartete mit seiner nächsten Frage, bis Nick Opitz sich auf den Rand eines Stuhls hockte. „Wann genau waren Sie Mittwochabend bei Marlene?"

„Gegen acht."

„Wann sind Sie von Marlene weg?"

„Eine Stunde später ungefähr. Bin zu mir gefahren und dort geblieben."

„Also, vom Dreesch zur Feldstadt. Wie sind Sie denn zu sich gekommen?"

„Na, mit meinem Auto. Wann krieg ich das zurück?"

„Es ist noch in der KTU."

„Und mein Handy?"

„Dito. Waren Sie mit Marlene Mittwochabend im Bett?"

„Nein. Wir haben Abendbrot gegessen und danach leider gestritten."

„Was trug Marlene, als Sie von ihr weg sind?", fragte Hansen.

„Haben ich Ihnen doch gestern schon alles erzählt!"

„Antworten Sie!"

„Ihre Jogginghose und einen Pulli."

„Welche Farbe hatte der Pulli?"

„Schwarz, grau oder braun. Jedenfalls dunkel."

„Keine Strümpfe, BH und so?"

„Natürlich. Sie wollen es aber super genau wissen. Slip und BH und Kniestrümpfe. Marlene liebte Kniestrümpfe und lief gern auf ihnen durch die Wohnung."

„Woher wissen Sie, dass es Kniestrümpfe waren und keine Socken zum Beispiel?"

„Ich habe sie nie in Socken gesehen."

„Und wann haben Sie die Waschmaschine angestellt?"

„Was?" Nick war sichtlich überrascht. „Wovon reden Sie? Ich und Waschmaschine? Niemals. Marlene ließ mich nie an ihre ran. Sie hatte Schiss, ich würde die Maschine falsch einstellen und irgendein wertvolles Teil würde einlaufen. Warum interessiert Sie das?"

„Weil ich neugierig bin, Herr Opitz. Was anderes. Wie stand Marlene zu Anton Zellner, ihrem Ex?"

„Der Zellner? Hat der was mit Marlenes Tod zu tun?"

„Wir überprüfen Marlenes Kontakte, alle. Also, wie war das mit den beiden?"

Nick Opitz sprang wieder auf. „Wenn der Marlene ermordet hat, bringe ich ihn um!"

„Mal sachte, ja! Keine Morddrohungen in meiner Gegenwart! Hinsetzen!"

Widerwillig kam Nick der Aufforderung nach, regte sich aber weiter auf. „Der Anton, der war scharf auf Marlene. Wenn er nach mir bei ihr aufgekreuzt ist und ..."

„Was sollen denn diese dämlichen Vermutungen, Herr Opitz. Lassen Sie das. Wir bleiben bei den Fakten. Besuchte Anton Marlene oft?"

Nick lachte höhnisch auf. „Besuch?! Ha! Der wollte Geld schnorren. Das ist Fakt! Der ist spielsüchtig, damit Sie's wissen! Ständig bettelte er die gutmütige Marlene um Geld an. Ich hätte ihm längst die Tür vor der Nase zugeknallt." Nick vergrub sein Gesicht in den Händen. Ein Beben ging durch seinen Körper. Weinte der Mann etwa?

Hansen versuchte, sich Marlene und Nick als Paar vorzustellen. Wahrscheinlich hatten sich hier Gegensätze angezogen. Der große, kräftige Kerl und die eher zierliche junge Frau, kaum 1,60 Meter groß. Die ruhige sanfte Marlene und der ehrgeizige, zum Jähzorn neigende Typ.

„War Anton Zellner der wirkliche Grund für Ihre Streitereien mit Marlene?"

Nick hob den Kopf und wischte sich über die Augen. „Natürlich ging es mir auf den Sack, dass Anton immer wieder auftauchte, Marlene schöne Augen machte und sie anschnorrte. Höhepunkt war ein gemeinsames Tattoo mit M und A auf dem Oberarm. Streit wegen dem gab es schon mal, aber es flogen nie die Fetzen. Den kann ja keiner richtig ernst nehmen. Lauter Flausen im Kopf. Will Schauspieler werden! Bin nie einem talentlosen Menschen begegnet. Für mich absolut unverständlich, wieso Marle mal auf den abgefahren ist." Nick schniefte und rang sich ein Lächeln ab. „Nicht umsonst hat Marlene den nur ein paar Monate ausgehalten und dann in die Wüste geschickt. Das Tattoo wollte sie sich längst wegmachen lassen."

„Ich finde, Sie haben sich widersprochen. Einerseits halten Sie Anton für einen möglichen Mörder und andererseits für einen Kasper. Sei's drum, kann im Eifer des Gefechts passieren.

Seit wann waren Sie denn mit Marlene zusammen?"

„Angefangen hat es im November vorigen Jahres."

„Was dagegen, wenn ich mich ein wenig in Ihrer Wohnung umschaue?"

„Wieso denn? Was suchen Sie?"

„Das werden wir sehen", meinte Hansen und kramte in seinen Anzugtaschen. „Wo ist er nur", knurrte er. „Also, eben hatte ich ihn noch."

„Den Durchsuchungsbeschluss", erklärte er auf Nicks fragenden Blick hin. „Es muss alles seine Ordnung haben. Bei mir jedenfalls. Habe ich den etwa im Büro liegengelassen?"

Es klingelte. Hansen mühte sich von seinem Sitzplatz hoch. „Das sind sicher die Kollegen. Und die haben den Beschluss hoffentlich dabei." Er klopfte dem verblüfften Nick leicht auf die Schulter und öffnete die Tür.

11

Christa Meier folgte der Kommissarin mit zögernden Schritten in die Küche von Amalia Dorn. „Sie haben mich angerufen. Worum geht es, Frau Graf?"

Nora wollte mit der Nachbarin den Ablauf am Tattag nachstellen. „Möchten Sie ablegen? Es dauert einen Moment."

Frau Meier behielt ihren Mantel an. Nora ignorierte die Kälte und zog ihre Jacke aus. Sie legte ihr Handy auf den Küchentisch und stieg die Leiter hoch, die sie zuvor an die Küchenzeile herangerückt hatte. Die zweite der drei Stufen der Trittleiter hätte Nora gereicht, um auf den Hängeschränken zu putzen. Weil Amalia Dorn aber einen Kopf kleiner gewesen war als sie, benutzte sie die dritte Stufe. Da wurde die Angelegenheit schon etwas wackliger.

„Reichen Sie mir bitte den Putzeimer, Frau Meier."

Die Angesprochene bewegte sich keinen Millimeter.

„Hallo! Den Eimer, bitte."

Endlich bequemte sich Frau Meier.

Nora stellte den Behälter auf die dafür vorgesehene oberste Fläche. „Nun sollte es so sein, wie am Dienstag. Kommt das hin?"

„Woher soll ich das wissen?"

Nora lächelte unverfänglich. „Ah, richtig. Als Sie die Küche betraten, lag Amalia am Boden, und Leiter samt Eimer waren umgestürzt." Nora hielt kurz inne. „Wir müssen jetzt unsere Fantasie bemühen, Sie und ich. Ich bin Amalia. Kater Ramses hockt mir gegenüber auf einem Hängeschrank und schaut mich neugierig an. Können Sie sich das vorstellen? Statt mich festzuhalten, strecke ich Ramses beide Hände entgegen. Jetzt kommt's. Achtung! Ramses springt mich plötzlich an. Was passiert?"

„Sie stürzen."

„Wir gehen das Punkt für Punkt durch, schlage ich vor. Zuerst bin ich erschrocken, dass Ramses direkt auf mich springt. Denn damit habe ich nie im Leben gerechnet, oder?" Nora behielt ihr Lächeln bei. „Als nächstes merke ich, dass ich mein Gleichgewicht verliere, und vermutlich steigt Panik in mir auf. Kann sein, ich glaube den Bruchteil einer Sekunde, dass ich mich retten kann. Ich muss den Kater loswerden und mein Gleichgewicht zurückgewinnen. Das geschieht natürlich alles blitzschnell."

„Hören Sie auf. Das ist ja furchtbar."

„Wir spielen die Situation zu Ende durch, Frau Meier, jede Zehntelsekunde. Muss sein. Also, mir wird klar, dass ich fallen werde. Der Kater ist ebenso entsetzt wie ich. Er springt von mir runter, aber das nützt mir nichts mehr. Ich rudere mit den Armen, und im Stürzen reiße ich Leiter und Eimer mit mir. Wie lande ich?"

„Was meinen Sie mit *landen*?"

„Na, wie falle ich, wie bleibe ich liegen?"

„Auf dem Rücken wahrscheinlich."

„Wo sind meine Arme?"

Christa Meier überlegte. „Über dem Kopf?"

„Richtig, die Arme sind ungefähr in Schulterhöhe oder über dem Kopf. Wie es bei Frau Dorn war. Erinnern Sie sich? Sie haben Ihre Nachbarin gefunden." Nora hielt einen Augenblick inne. „Soweit alles stimmig. Bleibt als Problem die Decke auf dem Küchentisch." Noras Handy meldete sich, sie ignorierte es. „Ein Zipfel des Tischtuches hing fast bis zum Fußboden. Wir dachten, Frau Dorn hätte ihn im Sturz zu fassen gekriegt, wodurch ein oder zwei Bierkrüge vom Tisch herunterfielen und zerbrachen."

Das Handy klingelte ununterbrochen. „Gehen Sie doch endlich ran!"

Nora stieg eilig herunter und sah aufs Display: ihr Mann Robert. Gerade extrem ungünstig, deshalb lehnte sie den Anruf ab. „Die Decke und die Scherben sind sehr wichtig, Frau Meier."

„Warum?"

„Wenn Amalia die Tischdecke herunter gezogen hätte, müsste zumindest ein Arm anders gelegen haben, viel mehr seitlich, zum Tisch hin. Stimmen Sie mir zu?"

Christa Meier schluckte heftig und zuckte mit den Schultern.

Nora zeigte ihr ein Tatortfoto, das sie auf ihrem Handy gespeichert hatte. „Die Arme waren beide über ihrem Kopf. Sie lagen so, dass sie das Tischtuch niemals beim Fallen zu fassen gekriegt hätte, und deswegen konnte sie keine Humpen herunterreißen. Es war jemand anderes. Derjenige hat wahrscheinlich zuerst Amalia zum Stürzen gebracht und in seiner Wut ein, zwei Humpen auf den Boden geworfen und einige Scherben auf die Gestürzte. Vielleicht ist der Jemand etwas zur Besinnung gekommen und wollte einen Unfall vorgaukeln. Deshalb zog er die Tischdecke herunter. Dann unterlief ihm der entscheidende Fehler."

Nora sah Christa Meier direkt in die Augen, in denen sich Angst eingenistet hatte. „Oder *sie* machte den Fehler. Wir müssen immer auch mit einer Täterin rechnen."

„Welchen Fehler?", krächzte Christa Meier.

„Der- oder diejenige holte eine der ägyptischen Amphoren aus der Souvenirsammlung im Wohnzimmer und schlug damit auf die am Boden Liegende ein." Nora schwieg, damit ihre Worte mehr Gewicht gewannen. „Die Kollegen von der kriminaltechnischen Untersuchung haben die auf dem Gesicht gefundenen Scherben wieder zusammengesetzt. Es waren keine Scherben der Bierhumpen, sondern die Überreste einer für Touristen produzierten ägyptischen Amphore."

Sie zeigte der Nachbarin ein weiteres Handyfoto: eine Aufnahme vom Wohnzimmer und deutete auf eine Stelle. „Genau hier auf diesem Tischchen im Wohnzimmer, Frau Meier, ist der Platz der Amphore, deren Bruchstücke wir in der Küche fanden. Wie ist sie in die Küche gekommen?"

„Ja, und? Das Ding war früher im Wohnzimmer. Nach dem Renovieren hat Amalia die Amphoren umgeräumt und eine auf die Hängeschränke gestellt."

Nora rief ein zweites Foto auf. „Nach der Renovierung ... nur Humpen auf den Hängeschränken. Wie also ist die Amphore in der Küche gelandet? Ist sie von selbst geflogen?"

„Woher soll ich das wissen!"

„Ihre Fingerabdrücke waren drauf."

„Na und. Ich war oft hier, habe ich das Teil eben mal angefasst."

„Wann essen Sie zu Mittag?"

Überrumpelt antwortete Christa: „Viertel eins."

„Wann haben Sie am Dienstag Ihre Nachbarin zum Essen eingeladen?"

Christa presste ihre Lippen aufeinander.

Nora tat einen Schritt auf sie zu. „Sie essen *immer* Viertel eins zu Mittag. Eine unverrückbare Zeit, wie Ihr Ehemann aussagte. Sie waren am Dienstag um zwölf herum bei Frau Dorn und nicht erst eine Stunde später um Viertel zwei, wie Sie behaupten. Ihre Nachbarin starb zwischen elf Uhr dreißig und halb eins. Sie, Frau Meier, haben die Leiter umgekippt und die Bierkrüge zerdeppert und die Reste auf Amalia geworfen. Um ganz sicher zu sein, dass sie tot ist, holen Sie die Amphore aus dem Wohnzimmer und zertrümmerten die auf dem Kopf Ihrer Nachbarin. Daher die Verletzungen auf deren Gesicht. Sie stammen eindeutig und ausschließlich von Tonscherben der Amphore. Sie haben Amalia umgebracht, Frau Meier."

„Um Gottes Willen! Sie spinnen! Warum sollte ich das getan haben?"

„Weil Sie seit ewigen Zeiten eifersüchtig auf sie sind. Auf das schönere Haus, die harmonische und glückliche Ehe, auf ihre Kinder- und Enkelschar. Die Krönung war, als sich Ihr Reinhard auch noch an Amalia ranmachte. Sie konnten beobachten, wie Ihr Mann nackt in deren Garten stand und waren überzeugt, zwischen beiden lief was. Das brachte das Fass endgültig zum Überlaufen!"

„Reinhard und Amalia? Absurd. Niemals!"

„Leugnen ist zwecklos, diese Geschichte ist belegt. Zurück zum Tathergang. Als Ihre Nachbarin auf der Leiter ins Wackeln kam – sei es wegen des Katers oder aus einem anderen Grund – da nutzten Sie die Gelegenheit. Gestehen Sie!"

Christa wich vor der Kommissarin zurück und stotterte: „Sie haben keine Beweise. Nur diese Scherben und wie Amalia am Boden lag. Und Vermutungen und Unsinn!"

„Ihre Fingerabdrücke waren an der Leiter."

„Ja, und? Ich habe die beim Renovieren angefasst, als ich einen Teil der Decke gestrichen habe. Es war ein Unfall, ein Unfall mit Ramses!"

„Versuchen Sie schon wieder, dem Kater alle Schuld zuzuschieben? Sie allein sind für den Tod von Frau Dorn verantwortlich, Frau Meier."

Noras Handy meldete sich erneut, und sie sah nach, ob der Anruf eventuell dienstlich war. Fast gleichzeitig spürte sie einen krachenden Schmerz am Kopf. Es wurde schwarz vor Noras Augen, und sie sackte bewusstlos auf den Küchenfußboden.

12

Mit geschlossenen Augen tastete Nora ihren Kopf ab und erfühlte ein größeres Pflaster. Vorsichtig öffnete sie die Augen und sah die verschwommenen Umrisse einer weißen Gestalt, deren Konturen allmählich deutlicher wurden. Es roch nach Desinfektionsmittel und sie trug eines dieser scheußlichen Krankenhaushemden. Trotzdem wollte Nora das Offensichtliche nicht wahr haben. „Wo bin ich?"

„In guten Händen", versicherte die Gestalt lächelnd. „Erinnern Sie sich an mich?"

Das Gesicht kam Nora bekannt vor; der dazugehörende Name entglitt ihr immer wieder. Der Arzt wartete ein paar Sekunden auf ihre Antwort: „Wissen Sie denn wenigstens, wer *Sie* sind?"

Nora nickte.

„Wie heißen Sie?"

„Nora Graf. Und Sie sind Doktor ... Doktor ...?"

„Peters ist der Name. Wie geht's Ihnen, Frau Graf?"

„Ja, klar, Doktor Peters! Ich kenne Sie. Sie waren der Arzt von ... na, von ..."

„Haben Sie Probleme, sich zu erinnern?"

„Nein, alles okay. Bin nur etwas müde. Was ist passiert?"

„Können Sie mir sagen, welchen Tag wir heute haben?"

„Einen weniger schönen, vermute ich. Die Wahrheit, bitte, was ist mit meinem Kopf?"

„Gewöhnlich stellt der Arzt die Fragen, Frau Graf, und die Patientin antwortet brav. Nun, können Sie mir den Namen unseres Bundespräsidenten nennen?"

„Das finde ich albern. Leide doch nicht an Demenz", gab Nora sich bockig.

Doktor Peters zog einen Stuhl an ihr Bett und setzte sich. „Frau Graf, Sie wurden niedergeschlagen. Die konkreten Umstände sind mir unbekannt. Zum Glück hat Ihr Kollege Sie sofort gefunden und zu uns gebracht. Er wartet übrigens vor der Tür. Äußerlich ist Ihre Verletzung höchstens mittelschwer, das wird bald wieder. Aber Sie waren einige Zeit bewusstlos. Deshalb habe ich zur Vorsicht ein MRT und ein paar weitere Untersuchungen angeordnet. Reine Routine. Insgesamt besteht kein Grund zur Besorgnis."

„Sie betonen mir ein bisschen zu doll, dass ich mir keine Sorgen machen soll."

„Das liegt wohl an Ihrem beruflichen Misstrauen, Frau Kommissarin. Haben Sie Schmerzen?"

„Fast keine. Sie haben mich ausreichend betäubt."

Der Arzt hielt ihr einen erhobenen Zeigefinger vor die Augen, bewegte ihn langsam von links nach rechts und zurück. Nora folgte dem Finger. „Sieht gut aus", meinte er, erhob sich und stellte den Stuhl an die Wand.

„Und wann kann ich nach Hause, Doktor Peters?"

„Das entscheiden wir später. Diese Nacht werden Sie hier bleiben müssen. Bis gleich."

Sobald der Arzt draußen war, stürmte Tom ins Zimmer. „Wie geht es dir? Was hat der Doktor gemeint? Ist alles in Ordnung mit dir?" Er fasste ihre Hand und streichelte sie.

Nora war froh, sofort zu wissen, wer sich da mit tiefblauen Augen besorgt über sie beugte.

„Was war denn los, Tom? Ich war im Haus Dorn, stimmt das? Irgendetwas wollte ich tun …"

„Die Meier befragen. Vergiss das alles. Du musst dich schonen, Rehlein, und ratz batz gesund werden."

„Wo ist die Meier?"

„Ich hab sie nur gesehen, wie du sie ins Haus gelassen hast. Später war sie verschwunden. Ich habe Hansen informiert, was geschehen ist. Er wird sich kümmern."

„So ein Mist!"

„Bleib ruhig. Ich hab dir ein einfaches Handy gekauft. Die Meier hat deins geklaut. Hansen und ich sind eingespeichert. Vielleicht solltest du wegen dem Kopf erst mal aufs Telefonieren verzichten."

„Stopp, Tom! Wieso hast *du* mich gefunden? Warst du auch in Raben Steinfeld?"

„Logo. Habe dir eben davon erzählt. Hast du etwa einen Filmriss?"

„Mir fehlen lediglich ein paar Details. Sag mir mal den Namen unseres Bundespräsidenten."

„Warum?"

„Du weißt ihn nicht."

„Na, hör mal! Bin ich gaga?"

„Der Doktor hat mit mir einen doofen Test gemacht. Als ob ein Name irgendetwas bedeutet. Die Meier ist verschwunden?"

„Offensichtlich ist sie geflüchtet, nachdem sie dich niedergeschlagen hat. Ich bin ins Haus, weil dieser rote Kater an der Terrassentür rumkratzte und rein wollte. Hat sich ausgezahlt, dass ich gegen deinen Willen in der Nähe geblieben bin. Du lagst in der Küche auf dem Boden. Fahndung nach der Meier und Ortung deines Smartphones läuft." Er küsste ihre Stirn. „Nora, ich freue mich, dass du einigermaßen heilgeblieben bist. Das Ganze hätte viel schlimmer ausgehen können."

„Bleib mal auf dem Teppich. Die Meier wollte mich schließlich nicht umbringen."

„Aber sie ist eine Mörderin! Du wirst sie damit konfrontiert haben. Wieso sonst schlägt sie dich nieder und flüchtet, wenn sie unschuldig ist?"

„Ja, ja, mein Kopf. Ich habe mich wohl sehr dumm verhalten."

„*Dumm* ist eine glatte Untertreibung. Du hast gegen alle Regeln verstoßen, deine Eigensicherung sträflich vernachlässigt! Hansen ist stinksauer auf dich!"

„Leiser, Tom. Und keine Vorwürfe. Ist die Meier mit meinem Auto geflüchtet?"

„Nein, das steht in Raben Steinfeld. Ich hole es nachher, wenn du mir den Schlüssel gibst. Den hast du doch?"

„Muss in der Jackentasche sein." Plötzlich pochte ihr Herz vor Schreck. Hatte die Meier etwa ihre Waffe? Sie traute sich kaum danach zu fragen. „Sag mal, meine Pistole, hast du die verwahrt?"

„Da war keine. Du bist bestimmt wieder ohne los."

„Hoffentlich", murmelte Nora. Das fehlte noch, dass die Meier mit ihrer Waffe durch die Gegend lief. „Gib mir das neue Handy, bitte, Tom. Ich muss meinen Mann anrufen, damit er mich erreichen kann. Und ich muss die Tochter von Amalia Dorn vorsichtshalber vor der Meier warnen. Ich zahle dir das Handy natürlich. Danke, dass du daran gedacht hast."

„Nach meiner Sauftour habe ich ja auch was gutzumachen."

„Wenn du schon dabei bist, dann fahre morgen früh nach Raben Steinfeld und füttere Ramses, der wird hungrig sein."

„Ja und? Der kann woanders was schnorren."

„Der arme Kerl. Wenn ihn niemand versorgt, kann ich kein Auge zu tun."

Tom rang mit sich. „Okay, weil du es bist, Rehlein. Für dich spiele ich sogar den Katzen-Knecht." Er gab ihr einen flüchtigen Kuss auf die Wange. „Du, kann ich die Nacht noch mal in deiner Wohnung schlafen?"

13 Samstag

Am Samstagmorgen wartete Nora ungeduldig auf Doktor Peters, der ihr die Entlassungspapiere bringen wollte. Die Untersuchungen hatten ergeben, dass sie vom Niederschlag keine größeren Schäden davongetragen hatte. Bis auf ihr Kurzzeitgedächtnis: ihr fehlte jede Erinnerung an das, was nach dem Gespräch mit Tina Jahn in Raben Steinfeld am gestrigen Tag geschehen war.

Wenn sie tatsächlich von der siebzigjährigen Meier ohne Weiteres niedergeschlagen und außer Gefecht gesetzt worden war, musste sie sich verhalten haben wie eine blutige Anfängerin. Einer Mordverdächtigen arglos den Rücken zukehren! Von Hansen hatte sie sich deswegen eine Strafpredigt anhören müssen, die sich gewaschen hatte.

Robert hatte am Telefon in dieselbe Kerbe gehauen, bevor seine Vorhaltungen in Sorge umschlugen. Er beschloss spontan, seinen Aufenthalt auf Sylt abzukürzen und sie heute zu besuchen. Er wollte sehr früh los und spätestens um elf Uhr in Schwerin sein. Nora war kein vernünftiger Grund eingefallen, warum sie das hätte ablehnen sollen. Nun hatte sie ein Problem. Tom schlief in ihrem Bett und reagierte auf keinen ihrer Anrufe. Sie musste verhindern, dass beide Männer aufeinander trafen.

Um zehn wurde es Nora zu bunt; Robert konnte bald da sein. Sie verließ das Krankenhaus auf eigene Faust und ohne Arztbrief und fuhr mit einem Taxi zu sich in die Schelfstraße. Sie fand Tom friedlich schlafend in ihrem Bett. Nora schüttelte ihn. „Tom! Du musst verschwinden. Hörst du?"

Er blinzelte sie überrascht an. „Nora, schon entlassen?"

„Mein Mann schneit gleich durch die Tür. Krankenbesuch. Tom, du musst aufstehen. Sofort, sonst geschieht ein Unglück."

„Lass dich anschauen. Du siehst blass aus. Und die Ärzte haben dich in diesem Zustand wirklich nach Hause geschickt?"

Nora setzte sich auf die Bettkante. „Ich bin okay. Du musst hier raus, und deine Sachen müssen weg."

„Zeig mal deine Wunde. Ah, nur noch ein kleines Pflaster. Sehr fein. Und keine Schmerzen mehr?"

„Anziehen", flüsterte Nora mehrmals eindringlich und holte frische Bettwäsche.

„Wo wirst du unterkommen, Tom?"

„Es wird sich was finden."

„Vielleicht kannst du ein, zwei Nächte bei deinem Kumpel Holger schlafen."

„Hilfe! Weißt du, wie es bei dem zugeht? Kindergeschrei ohne Ende. Lass gut sein, Nora. Ich penne nicht unter einer Brücke, keine Angst." Er nahm ihr die Bettwäsche aus der Hand. „Ist keine Arbeit für eine Kopfgeschädigte." Routiniert erledigte er das Beziehen des Doppelbettes. „Dann hau ich jetzt ab. Ein Kuss zum Abschied." Nora ließ sich küssen, obwohl sie immer ungeduldiger wurde. Robert konnte jede Minute eintreffen.

„Ich schreib dir später", sagte Tom und drückte sie noch einmal fest an sich. „Ach ja, ich füttere den Kater. Keine Sorge. Und sei brav. Vorsicht mit dem Kopf und überhaupt, du weißt, was ich meine." Er nahm seinen kleinen Rucksack und ging.

Nora inspizierte in aller Eile die Wohnung auf verräterische Tom-Spuren, als sie eine SMS von Hansen erhielt. Nach seinem Wutanfall ihretwegen hatte er sich beruhigt und fragte, ob er was für sie tun könne. Dazu die Info, dass er die für heute geplante Feier mit den Kollegen bei ihr gecancelt hätte und hoffte, in ihrem Sinne gehandelt zu haben. Oh je, die Feier hatte sie ja ganz vergessen! Nora schrieb, dass sie okay sei, inzwischen zu Hause wäre und Robert sie besuchen würde. Sie bedankte sich, dass er an die Feier gedacht hatte. Nach einigem Zögern erkundigte Nora sich nach dem Verbleib von Christa Meier; gab es Neues? Darauf reagierte Hansen nicht.

Nora schluckte eine Kopfschmerztablette, legte sich ins Bett und schlief fast auf der Stelle ein.

Hansen hätte sich gern mit eigenen Augen überzeugt, dass Nora wieder auf dem Posten war. Doch ihm brannte Einiges unter den Nägeln. Noras Fehler in Raben Steinfeld fiel auch auf ihn als Chef zurück. Was war bloß los?! Erst die Leiche beim Kollegen Weller und einen Tag später die verletzte Nora und eine flüchtige Mordverdächtige! Dieser Negativtrend musste schnellstens beendet werden. Ergebnisse mussten her! Hansen rief seine Truppe zusammen. Ohne ein weiteres Wort schnarrte er Holger Klein im Kommandoton an: „Was Neues im Fall Marlene Kruse?"

Holger, etwas pikiert ob des harschen Tones, antwortete lahm: „Wir haben nur Nick Opitz. Wir müssen uns den Kerl mal ordentlich vornehmen, der lügt, wenn er den Mund aufmacht. Er hat kein Alibi und hat schon mal einen aus Eifersucht krankenhausreif geschlagen. Auf Marlene war er total eifersüchtig. Vielleicht war es diesmal im Jähzorn ein Schlag zu viel."

Hansen war wenig überzeugt. „Ich habe einen zweiten Lügner und zwar Anton Zellner. Er hat behauptet, seit Wochen keinen Kontakt zu Marlene gehabt zu haben. Und zwei Tage vor dem Mord hat er mit ihr telefoniert. Worum ging es in dem Telefonat?"

Gesine ließ ihren Bass vernehmen: „Anton erzählte mir, er wollte sich ein paar Euro von Marlene leihen; deshalb der Anruf am Montag. Marlene hat ihn abgewimmelt. Zu einer möglichen Spielsucht habe ich ihn befragt, er hat sie abgestritten. Übrigens, Chef, ich kenne Anton als ehemaligen Nachbarsjungen."

„Wieso erfahren wir das erst jetzt?"

„Ein Versehen. Er war dreizehn, als seine Mutter mit ihm wegzog. Anton hatte damals allerlei Flausen im Kopf, und so scheint es immer noch zu sein. Er träumt sich durchs Leben, will Schauspieler und berühmt werden ..."

„Letzteres ist bekannt", unterbrach Hansen sie ungeduldig. „Sie nehmen Antons finanzielle Situation peinlich genau unter die Lupe, Kollegin Romer. Ich will von jedem Euro wissen, woher er den hat und wem er eventuell Geld schuldet."

Gesine nahm den Faden auf: „Ich vermute ja, Anton wird finanziell hauptsächlich von seiner Mutter über Wasser gehalten. Ingrid Zellner ist Witwe, ihr Mann, der Vater von Anton, starb bei einem Wohnungsbrand, da war Anton vier. Sie hat seine Apotheke erfolgreich weitergeführt. Anton ist ihr einziges Kind. Im Ernstfall fällt er ziemlich weich."

„Fassen wir zusammen, was wir über Anton Zellner haben", sagte Hansen, „er ist wahrscheinlich spielsüchtig und braucht mehr Geld, als er zur Verfügung hat. Das wird von Kollegin Romer weiter beackert. Für die Tatzeit hat der Zellner keine Zeugen. Er hat abgestritten, dass er noch kurz vor Marlenes Tod Kontakt zu ihr hatte. Anzunehmen, dass er seine prekäre finanzielle Lage vor der Kripo verheimlichen wollte. Das alles lässt ihn schlecht aussehen. Was zu seinen Gunsten spricht: Die Wohnungsdurchsuchung bei ihm verlief ergebnislos. Er hat kein Auto, um eine Leiche zu transportieren. Ja, und man könnte glauben, dass die tote Marlene in *seine* Wohnung sollte. Wenn wir die Namensverwechslung Zellner/Weller in Betracht ziehen, lässt sich schlussfolgern, dass der Zellner kaum der Täter ist. Oder?"

Gesine nickte zustimmend, Antje zuckte unschlüssig mit den Achseln.

Holger reckte sich. „Und dass er bei Tom Weller einbrechen wollte, darüber sehen wir großzügig hinweg? Und dass er Polizisten angelogen hat? Er hat damit die Ermittlungen behindert!"

„Durchaus korrekt", meinte Hansen, „das wird der Staatsanwalt prüfen. Zu Nick Opitz. Er hat ebenso wenig ein stichfestes Alibi wie der Zellner. In seinem Auto waren überall Spuren von Marlene, aber keine frischen, die vom Transport der Leiche herrühren könnten. Keine Blut- oder Faserspuren von der Decke, in der die Tote eingewickelt war. Die Wohnungsdurchsuchung war auch bei ihm ergebnislos. Auf seinem Handy und in den sozialen Kontakten nichts Auffälliges."

„Noch ein Unschuldslamm", warf Holger in die Runde.

Hansen überging die laxe Bemerkung. „Eins hat mich bei Nick Opitz schon sehr stutzig gemacht. Er war deutlich überrascht, als er von mir erfuhr, *wo* Marlene gefunden wurde. Ein weiteres Indiz für die Verwechslung der Wohnungen Zellner/Weller. Mal rein theoretisch angenommen, dass *er* Marlene in einem Eifersuchtsanfall getötet hat ... womit hat er die Leiche transportiert? Sein Auto ist raus. Marlene hatte keins. Wäre ein Fahrrad möglich? Oder ein Kinderwagen oder sonst was?"

Allgemeine Ratlosigkeit.

Hansen zeigte mit dem Finger auf Holger. „Überprüfen! Wie hat Nick Opitz oder ein anderer Täter oder auch eine *Täterin*", betonte er mit Blick zu Antje, „die Leiche in der Nacht transportieren können."

„Das war ja wohl nur ein Mann", Gesine solidarisierte sich mit Antje, ohne es zu ahnen, „ein Kerl mit kräftigen Armen, wie Nick Opitz einer ist, kann Marlenes zartes Gewicht von rund fünfzig Kilo durchaus ein Stück weit tragen. Zumindest von ihrer Wohnung in der Schulenburg-Straße bis zum Block des Kollegen Weller in der Stauffenberg-Straße."

Hansen äußerte Bedenken. „Um allein von einem männlichen Täter auszugehen, wissen wir zu wenig. Also Suche nach einem geeigneten Transportmittel im Wohnblock Zellner/Weller, in Marlenes Platte, im Umfeld und so weiter. Übernimmt Holger Klein. Und hören Sie sich im Umkreis von Nick Opitz um, was die über seine Eifersucht, die Beziehung zur Freundin wissen."

„Mit seinen Kollegen habe ich schon gesprochen." Holger ratterte herunter, was er erfahren hatte: „Als kompetent und einsatzfreudig schätzen ihn die Männer ein, als arbeitswütig, stur und manchmal launisch beurteilen ihn die Frauen. Keine Klagen über Übergriffe irgendeiner Art. Ach ja, eine Kollegin erklärte, er sei kein echter Ossi, was immer das bedeuten soll."

„Hat sich eben angepasst und sich genauso hochnäsig aufgeführt wie ein Wessi", meinte Antje und fuhr sich aufreizend durch ihr Haar.

„Muss man ja, wenn man sich im Westen behaupten will", stimmte Holger zu. Beide lächelten sich an.

Hansen fiel zum ersten Mal auf, wie intensiv sich Antje und Holger ansahen. Und diese übertriebene Kabbelei zwischen ihnen ... lief da was? Möglich wäre es. Antje war hübsch und temperamentvoll, und sie war Single, soweit er wusste. Und Holgers Lebens- und Liebeslust schien ungebremst, obwohl er in jungen Jahren geheiratet hatte und bereits zweifacher Vater war.

„Keine Zeit für dämlichen Ossi-Wessi-Quatsch! Beim Thema bleiben", verlangte Hansen. „Was haben wir zu dem Abend, an dem Marlene starb?"

Unaufgefordert legte Antje los: „Marlene Kruse war Optikerin; sie hatte am Tattag um 18 Uhr Feierabend und verließ das Geschäft in der Altstadt pünktlich. Nach einem Einkauf am Marienplatz, belegt durch Kassenzettel, fuhr sie mit der Straßenbahn nach Hause. Nick Opitz sagte aus, am Mittwoch wenige Minuten nach acht Uhr abends bei Marlene eingetroffen zu sein. Er fuhr mit seinem Auto von der Arbeit in Hamburg ohne weitere Umwege zu ihr. Zwischen Nick und Marlene kam es nach seinen Worten zu einem Streit. Es ging aber vermutlich nicht um mehr gemeinsame Zeit und Hausarbeit, wie er behauptet. Entweder stritten sie wegen seiner Eifersucht oder wegen Anton oder wegen beidem.

Die Nachbarn über Marlene wollen ungefähr um neun Uhr den Knall einer zugeschlagenen Tür gehört haben. Sie sind sich sicher, dass es die Wohnungstür von Marlene war. Nick will zu der Zeit mit eigenem Auto zu sich nach Hause in der Feldstadt unterwegs gewesen und dort geblieben sein. Dafür hat er keine Zeugen. Ebenso wenig für die Zeit, in der Marlenes Leiche zu Thomas Weller gebracht worden sein muss. Vermutlich ist das zwischen zwei Uhr fünfzig und vier Uhr erfolgt. Diese Zeitspanne ergibt sich aus Folgendem: Kollegin Graf ist vier Uhr vier aufgewacht und hat die Leiche wenig später entdeckt. Und Kollege Weller surfte zwischen zwei Uhr drei und zwei Uhr dreißig im Internet.

Als er ins Bett ist, war in seiner Wohnung alles in Ordnung. Wir müssen ein paar Minuten dazu rechnen, bevor er eingeschlafen ist."

Antje unterließ den Hinweis auf den Sex zwischen Nora und Tom. Sie wartete, ob jemand deutlicher werden wollte. Weil alle schwiegen, sprach sie weiter: „Marlene wurde zwischen einundzwanzig und zweiundzwanzig Uhr durch einen Schlag auf den Hinterkopf in ihrem Wohnzimmer getötet. Mit etwas hartem Runden. Die KT hält es für möglich, dass es eine ihrer Schneekugeln war. Zwölf davon befanden sich im Wohnzimmer und eine dreizehnte im Bad, die größte. Das war die mit dem Schweriner Schloss drin; sie fehlt. Das wissen wir von Nick Opitz und Marlenes Bruder. In den Wohnungen von Nick und Anton wurde keine Schneekugel gefunden. Auch bei Tom Fehlanzeige."

Antje hatte weiterhin herausgefunden, dass Marlene Mitglied einer Tanzgruppe war, die wöchentlich trainierte und öffentlich auftrat. An diesen Auftritten hatte sich Nick Opitz ebenfalls gestört. „Marlene hat unter Nicks Eifersucht gelitten. Aber sie hatte keinesfalls die Absicht – wie ihr Bruder Marvin unterstellt – sich deswegen von ihm zu trennen. Das belegen die Aussagen ihrer Freundinnen. Sie hoffte, Nicks Eifersucht würde sich mit der Zeit legen. Marlene liebte seine Tatkraft und seine Zielstrebigkeit, dass er anfing, Pläne für die Zukunft zu schmieden."

„Ach Gottchen, ein Nestbauer", steuerte Gesine bei.

„Ja", sagte Antje treuherzig, „raue Schale, weiches Herz. Es hat zwar hin und wieder mal Streit gegeben, aber nach Aussagen der Freundinnen und der Mädchen ihrer Tanztruppe hat Nick Marlene kein einziges Mal bedroht oder gar geschlagen. Gewalt hätte Marlene nie akzeptiert."

„Was soll das!", empörte sich Holger, dem Antjes Verständnis für Nick Opitz eindeutig zu weit ging. „Bist du sein Verteidiger?"

„Wenn, dann wäre ich seine *Verteidigerin*. Ohne wirkliche Beweise müssen wir auch Nicks Unschuld in Betracht ziehen!"

„Absolut korrekt", beendete Hansen das Geplänkel, „bleiben zwei Punkte: die laufende Waschmaschine und die Klamotten, die mit der toten Marlene in der Decke waren. Wer will?"

Holger raffte sich auf. „Das Bedienfeld der Waschmaschine wurde sorgfältig abgewischt, keine Spuren, weder von Marlene noch von sonst wem. In der Maschine befanden sich eine graue wollene Freizeithose, ein schwarzer langärmeliger Pulli, dunkelblaue Kniestrümpfe mit Blümchen und ein weißer Büstenhalter. Alles Teile, die nach Aussage von Nick Opitz von Marlene am Tatabend getragen wurden. Zumindest solange, wie er sich bei ihr aufhielt. Das Gerät war irrerweise auf neunzig Grad eingestellt; die gesamte Wäsche war verfärbt und eingelaufen. Kein Blut, und Fremdspuren nicht mehr nachweisbar." Er verstummte.

„Das Bedienfeld wurde gesäubert ... das spricht für Nick Opitz' Unschuld", schlussfolgerte Gesine. „Wenn er die Sachen gewaschen hätte, wieso sollte er seine Fingerabdrücke wegwischen, wo sie sonst überall in Marlenes Wohnung zu finden sind? Das wäre unlogisch."

„Deine Argumentation ist hinfällig, wenn es stimmt, dass Nick die Maschine nie bedient hat", meinte Holger.

Hansen resümierte: „Zum Punkt laufende Waschmaschine scheint festzustehen, dass der Täter oder die Täterin Marlenes Sachen gewaschen hat, um mögliche Spuren zu beseitigen."

„Das wäre dann wohl geklärt", warf Holger trocken hin und fuhr sachlicher fort. „Zu den Klamotten in der Decke: Sie wurden aus Marlenes Schrank genommen. Jeans, Pulli und BH. Wozu? Ich denke, der Täter wollte den Eindruck erwecken, dass Marlene *dort* getötet wurde, wo er sie hinbringen wollte. Diese Aktion mit den anderen Klamotten war meines Erachtens ein Trugschluss und ein Zeichen der Panik des Täters. Aus folgendem Grund: Wenn Marlene an dem Abend nach neun zu einer anderen Person gegangen wäre, hätte sie sich sicher vollständig angezogen, auch Schuhe, Strümpfe und eine dickere Jacke, und nicht nur Hausklamotten."

Zustimmend nickend, schlossen sich alle dieser Vermutung an.

„Die Aufgaben sind verteilt. Mir fehlt die Auswertung von Marlenes Smartphone. Antje?"

„Ich bin dran, Marlene hat viel gechattet. Das Übliche, nichts Verdächtiges."

Hansen griff zum Telefonhörer. Das Signal fürs Ende der Sitzung.

„Was ist mit Christa Meier? Eine Spur von ihr?", erkundigte sich Gesine.

„Weiter auf der Flucht, wie vom Erdboden verschwunden." Mit dem Hörer in der Hand wartete Hansen, dass sich der Raum leerte.

„Und Kollegin Graf? Wie geht's ihr?", fragte Antje.

„Ist sicher bald wieder arbeitsfähig", antwortete Hansen.

„Lässt sich von einer Alten außer Gefecht setzen, das ist wirklich amateurhaft!", höhnte Holger.

Antje und Gesine erstarrten. Hansen glaubte, sich verhört zu haben. Was erdreistete Holger sich! Dass jemand aus seinem Team in diesem widerlichen Ton über eine abwesende Kollegin herzog, konnte Hansen nicht dulden. Als ob Holger noch nie ein Fehler unterlaufen war! Hansen schnaufte wütend, schickte die beiden Frauen weg und nahm sich Holger vor.

14

Beim Spaziergang mit Robert am frühen Samstagnachmittag fühlte sich Nora körperlich wieder fit. Eine Mütze verbarg das Pflaster am Hinterkopf. Die Wunde würde heilen, die Fäden sich von selbst auflösen und die Haare um die Narbe nachwachsen. Um ihr Gedächtnis sorgte sich Nora mehr. Das schwarze Loch vom Schlag der Meier blieb. Die Fahndung nach ihr war bisher erfolglos, ihr Haus in Raben Steinfeld wurde von Zivilstreifen observiert. Noras Handy, das die Meier geklaut hatte, war nicht zu orten.

Nora spürte, wie Robert schützend einen Arm um ihre Schulter legte. Sie liefen wie ein glückliches Paar durch die Gegend, was ihr fast peinlich war. Sie musste sich eingestehen, dass sie sich bei Robert nach wie vor wohl und geborgen fühlte. Er war ein intelligent wirkender und gut aussehender Mann mit breiten Schultern, von denen stets eine Kamera baumelte. Sein graues Haar trug er länger als heutzutage üblich, sein Kinn gewann Kontur durch einen gepflegten Dreitagebart.

Ihr Spaziergang hatte sie vors Schloss geführt, das Robert verächtlich *Zuckerbäckerschloss* nannte. Nora wusste, dass er sie nur aufziehen und zum Widerspruch provozieren wollte. Heute hatte sie keine Lust auf dieses Spielchen. Um des lieben Friedens willen zog sie ihn weiter Richtung Altstadt. Robert war fasziniert von der markanten Stele auf dem Markt mit den drastischen figürlichen Darstellungen und fotografierte sie ausgiebig von allen Seiten. Als sie sich von der Mecklenburgstraße dem Pfaffenteich näherten, scannte Robert mit professionellem Blick die Umgebung nach weiteren lohnenswerten Motiven. „Rechts oder links um den Teich, Schatz? Oder wollen wir umkehren? Du musst sagen, wenn es dir zu anstrengend wird."

Die Rückkehr in Noras neues Zuhause, wo sie beide allein wären, wollte sie möglichst lange hinauszögern.

„Links am Arsenal vorbei, die Alexandrinenstraße lang", entschied sie. Sie wurde auf einmal von der Vorstellung geplagt, Tom könnte sich in die Pension auf der rechten Seite eingemietet haben, in der sie zu

Anfang ihrer Zeit in Schwerin viele Wochen verbracht hatte, und sie könnte ihm, umarmt vom Ehemann, begegnen.

Robert erinnerte sich. „Beim letzten Mal wolltest du lieber rechts lang. Auf der linken Seite hast du deine tote Lehrerin im Wasser treibend gefunden. War ein Schock für dich."

„Das ist über ein halbes Jahr her. Bin drüber weg", versicherte Nora.

„Wie du meinst." Er zückte seine Kamera. „Stell dich mal dahin. Ein Foto mit dieser komischen Riesenfigur am Ufer. Unsere Daphne wird sich amüsieren."

„Von wegen *komische Riesenfigur*! Das ist Nandolino, der Schutzpatron des weltbekannten Drachenbootfestes auf dem Pfaffenteich."

„Wahnsinn! Dann stell dich mal da hin. Du und ein Drache. Ein schönes Paar." Robert drückte ein paar Mal auf den Auslöser. „Perfekt." Er schmiss sich die Kamera über die Schulter. „Ob mit oder ohne Drachen, du bist immer sehr fotogen, Schatz."

„Hast du mir schon tausendmal gesagt, mindestens. Komm weiter." Ohne Vorwarnung zog Robert sie an sich und wollte sie küssen. Nora drehte den Kopf zur Seite, und seine Lippen trafen ihre Wange. Als sie aufschaute, sah sie über Roberts Schulter in ein belustigtes Augenpaar. Der junge Mann drehte sein Käppi nach hinten, so dass der Schirm seine blonde Mähne bedeckte, deutete eine Art militärischen Gruß an und war vorüber.

„Kanntest du den, Nora?"

„Nein." Anton Zellner gehörte zu ihrem Berufsleben, und das war für Robert tabu.

„Der hat dich aber unverschämt direkt angeglotzt. Ein interessanter Typ und das in Schwerin."

„Interessante Typen laufen selbstverständlich nur in Berlin rum", entgegnete Nora gereizt. Sie hatte es plötzlich satt, Theater zu spielen. *Sag es ihm*, flüsterte ihre innere Stimme. Sag ihm, dass du dich in einen anderen verguckt hast und mit ihm ins Bett gehst. Hatte Robert schon öfter fertiggebracht und hilflos umschrieben: *Du, Nora, ich bin da in was reingerutscht.* Jedes Mal war er, angeblich ohne eigenes Zutun, auf mysteriöse Weise in eine Affäre geschlittert.

„Was ist denn los?", fragte Robert, „du ziehst ein Gesicht wie sieben Tage Regenwetter."

Nora verschob die Beichte; auf die Schnelle und auf der Straße vor Publikum war ein ernsthaftes Gespräch unangebracht. „Ach, hab leichte Kopfschmerzen."

„Lassen wir das Rumlaufen um den Teich lieber. Setzen wir uns in ein Café. Ist eins in der Nähe?"

Nora deutete auf ein größeres Eckhaus mit auffälligen Säulen an der Vorderfront. „Das Haus liegt übrigens am Anfang der Friedrichstraße."

„Friedrichstraße? Echt?"

„Ja, auch die ist kein Alleinstellungsmerkmal für Berlin."

Bei Kaffee und Kuchen brachte Nora das Gespräch auf ihre gemeinsame Tochter Daphne.

In letzter Zeit stritt sie sich häufig mit der Tochter, weil die ihre Ausbildung zum Wunschberuf Polizistin auf den Sankt-Nimmerleinstag verschob.

„Noch Funkstille zwischen euch?", erkundigte sich Robert.

„So ziemlich."

„Ich werde mal ein gutes Wort für dich bei Daffi einlegen." Robert war sichtlich stolz, dass es zwischen Vater und Tochter besser lief.

„Daphne wollte seit ihrem achten Lebensjahr Polizistin werden. Wenn sie es sich anders überlegt hat, ist es für mich okay. Nur diese ewige Unentschiedenheit nervt mich. Ich wüsste gern, wie es weitergehen soll. Daffi ist schon ein ganzes Stück über zwanzig."

„Wie du ja gerade erlebt hast, ist Polizistin ein lebensgefährlicher Beruf. Ich sehe nicht ein, dass sich Daphne ohne Not solcher Gefahr aussetzt. Schlimm genug, wenn du es tust."

„Soll sie Fotografin werden?"

„Sie soll und darf werden, was ihr gefällt oder ihren Neigungen entspricht. Darin waren wir uns einig, Schatz. Es dauert halt ein bisschen lang; müssen wir eben weiter Geduld aufbringen. Außerdem können wir ihr sowieso keine Vorschriften mehr machen."

Zahlen dürfen wir trotzdem, dachte Nora. Sie stocherte in ihrem Kuchen herum, während Robert sein Stück regelrecht verschlang.

„Keinen Appetit, Schatz? Rührt das von diesem Schlag her? Wie konnte das überhaupt passieren? Welcher Idiot hat da gepennt?"

„Niemand. War allein mein Fehler. Das habe ich dir vorhin ausführlich erklärt."

„Das sehe ich anders. Dein Chef hätte dafür sorgen müssen, dass du nicht in Gefahr gerätst. Unnötig, die Schuld freiwillig auf dich zu nehmen."

„Weißt du, Robert, du redest, wie ein Blinder von der Farbe. Es gibt eine Verantwortung des Chefs und eine Eigenverantwortung, und dieser blöde Niederschlag war eindeutig mein Bier."

„Und was ist das Ende vom Lied?", die Kuchengabel anklagend erhoben, spann er seinen Gedanken weiter, „jemand, der dich umbringen wollte, läuft frei in Schwerin rum!"

„Ach, Robert. Vergiss es."

„Nein. Was ist, wenn der plötzlich vor deiner Tür steht?"

„Niemand kennt meine Adresse. Es besteht keine Gefahr, weil derjenige, der mich niedergeschlagen hat, sich vor Angst verkriecht. Der spaziert nirgendwo einfach durch die Gegend. Nach dem wird mit aller Kraft gefahndet." Absichtlich verschwieg Nora, dass es sich um eine Frau handelte.

Schlagartig fühlte sie sich erschöpft. In ihrem Kopf pochte es, die Beine waren schwer. Sie sah sich in einem der an der Wand hängenden Spiegel und war über ihren blassen Anblick erschrocken. Wie sollte sie diesen Tag nur überstehen?

Wieder auf der Straße, bat sie Robert, sie nach Hause zu bringen. Sie habe sich zu viel zugetraut und brauche dringend etwas Schlaf. Während sie sich ausruhe, könne er sich ja ein wenig in der Stadt umsehen. Nach einigem Hin und Her willigte Robert ein, obwohl er lieber bei ihr geblieben wäre.

Das Abendessen verlief harmonisch. Nora tischte üppig von den Lebensmitteln für die abgesagte Feier auf. Robert aß viel, das Essen zog sich in die Länge, und schließlich langte auch Nora zu. Obwohl es sie drängte, konnte sie sich nicht dazu aufraffen, Robert ihr Verhältnis mit Tom zu offenbaren. Robert umsorgte sie, war aufmerksam und versuchte, sie vor allen Übeln zu bewahren. Und morgen würde er nach Berlin fahren. War es wirklich nötig, heute eine Auseinandersetzung mit ungewissem Ausgang anzuzetteln?

Später entkorkte Robert eine mitgebrachte Flasche Rotwein und reichte seiner Frau ein Glas. Er zog sie zu sich aufs Sofa. „Du, Nora, ich habe eine wundervolle Idee. Erinnerst du dich an mein Buchprojekt ‚Wer hat was auf dem Dach?'? Als wir vorhin über den Markt schlenderten und ich diesen goldenen Reiter hoch über dem Rathaus entdeckte, war es wie ein Weckruf für mich. Vielleicht ist jetzt der richtige Zeitpunkt, die Idee zu realisieren. Was sagst du?"

„Ein Fotobuch über die Dachfirste von Schwerin?"

„Nein, die Motive kämen natürlich von überall aus Norddeutschland. Das Projekt wäre ein Anlass für einen längeren Aufenthalt bei dir. Wir hätten endlich mehr Zeit für uns und könnten in aller Ruhe über unsere Zukunft nachdenken." Er rückte nah an sie ran. „Ich vermisse dich, Schatz."

Nora führte schnell ihr Weinglas zum Mund, damit er sie nicht küssen konnte. Wie liebevoll er sie ansah! Erwartete er etwa mehr in dieser Nacht? Sie stöhnte auf und fasste sich demonstrativ an die Kopfwunde. „Mir brummt der Schädel. Ja, unsere Zukunft. Ich bin ein halbes Jahr in Schwerin. Woher soll ich wissen, wie sich alles entwickelt?"

Robert rutschte von ihr ab. „Ich bin immer davon ausgegangen, dass dein Schwerin-Aufenthalt zeitlich begrenzt wäre. Du brauchtest Abstand zu den Berliner Kollegen. Inzwischen sollte sich die Sache aufgeklärt haben. Inzwischen sollten alle begriffen haben, dass du damals am Tod deines Partners unschuldig warst, und du kriegst den alten Job zurück."

„Mich hat niemand gefragt, ob ich das überhaupt will, Robert. Außerdem fühle ich mich in der neuen Truppe wohl."

„Ja, mit deinem Chef kommst du prima aus, weil der dein Cousin ist. Über die anderen hab ich dich nur meckern hören."

„Von wegen! Antje mag ich, sie erinnert mich an Daphne. Und Gesine Romer ..."

„Ja, ja, und was ist mit unseren Freunden in Berlin und deinen Freundinnen? Und deine Brüder, Neffe und Nichte und dein Vater? Der wird langsam richtig alt. Wer soll sich um ihn kümmern?"

„Ach, da liegt der Hase im Pfeffer! So siehst du mich in Zukunft? Als Pflegekraft? Vielen Dank! Mein Vater würde das nie wollen!" Nora war über ihren aggressiven Ton selbst verwundert.

„Das habe ich weder gesagt noch gedacht. Was bist du denn empfindlich!"

Eine Weile schwiegen sie. Nora nippte an ihrem Wein, und Robert stellte sein Glas beiseite. „Nora, ich begreife dich nicht. Als ich von diesem Anschlag auf dich erfuhr, bin ich so schnell wie möglich her. Ich habe mir ernste Sorgen gemacht. Zum Glück geht's dir einigermaßen. Wir könnten ein gemütliches Wochenende verbringen, Pläne für Ostern schmieden. Aber du ziehst es vor, dich zu ärgern, weil dir dieser

Fehler unterlaufen ist und vermiest unsere Zeit mit deiner schlechten Laune. Ich habe heute kein einziges nettes Wort von dir gehört. Ich habe das Gefühl, dir wäre lieber, ich wäre weggeblieben."

„Nein, nein", widersprach Nora hastig, „es ist, wie du sagst. Ich ärgere mich gewaltig über mich. Und dann diese lästigen Kopfschmerzen. Ich hätte keinen Wein trinken sollen." Sie hielt kurz inne, und einem plötzlichen Gedanken folgend, sagte sie: „Es wird das Beste sein, ich geh früh ins Bett."

Robert schaute sie konsterniert an. „Es ist immer das Gleiche in letzter Zeit. Wenn ich dich überhaupt mal zu sehen kriege. Du entziehst dich mir und weichst jeder Diskussion über uns aus." Wütend verfiel er ins Berlinern: „Weest du wat, Nora? Jetzt hab ick ooch keene Lust mehr, ick fahre morjen früh zurücke."

Die Stimmung blieb gedrückt und unfroh. Robert schlief auf der Couch und schlich sich Sonntagfrüh um sechs aus der Wohnung, ohne sich von Nora zu verabschieden.

15 Zweite Woche, Montag

Es war der erste Tag, an dem Nora auf Schmerztabletten verzichtete. Doch der Filmriss bestand fort. Hansen wollte sie nach Hause schicken; was sollte er mit einer Mitarbeiterin ohne Gedächtnis? Sie sei krank und gehöre ins Bett.

Hab den ganzen Sonntag mit meinem Lieblingssänger Cohen im Bett gelegen, dachte Nora. Hab mich selbst als Feigling beschimpft, weil ich die Aussprache mit Robert wieder verschoben habe. Entgegen seiner sonstigen Gewohnheit hat er sich auch nicht gemeldet und ist telefonisch unerreichbar.

Sie widersprach ihrem Chef. „Ich bin topfit. Mir fehlt lediglich das letzte Gespräch mit Christa Meier, alles andere ist glasklar, Berthold. Kannst mich gern testen. Frag mich was zu deinem Sohn."

„Wieso zu Johannes?"

„Hast du ihn am Wochenende besucht?"

Hansen brubbelte Unverständliches vor sich hin. „Arbeite, wenn du unbedingt willst, aber ohne besondere Schonung, verstanden?"

Nora nickte heftig.

„Du hast dich in Raben Steinfeld wie eine Anfängerin verhalten. Ich hoffe, dass war eine einmalige Geschichte. Ich will schnellstens einen vollständigen Bericht über den Meier-Fall. Die Flüchtige hat dein Handy. Ist es ein Problem, wenn Sie deine gespeicherten Fotos löscht?"

„Nein, ist kaum was drauf. Und die Alben der Dorn mit den Originalen habe ich zu Hause, falls du die meinst. Die betreffenden Seiten sind gekennzeichnet. Morgen bringe ich die Fotos mit."

„Wenigstens hat die Meier dir nicht die Waffe abgenommen, mit der sie weiteres Unheil anrichten könnte. Wo ist die?"

„Was?"

„Deine Dienstwaffe!"

„Gesichert im Büro."

Hansen kritisierte sie trotzdem. „Du läufst oft ohne los, wie ich erfahren habe. Hör zu, ab sofort trägst du deine Waffe, wenn im Geringsten eine Gefährdung deiner oder anderer Personen bestehen könnte. Und brisante Aktionen nur noch zu zweit, wie ich es auch für diesen Fall angeordnet hatte."

„Versprochen."

„Das war eine Dienstanweisung!"

„Verstanden, Chef. Sag, Bert, was ist mit Toms Wohnung? Wann ist die frei?"

„Fällt er dir schon auf den Wecker?" Er grinste sie an. „Das wird heute, denke ich." Sein Grinsen verschwand. „Ach ja, Antje hat sich krank gemeldet. Du wirst Holger und Gesine im Fall Kruse unterstützen, wenn du den Bericht fertig hast. Mach dich mit dem Stand vertraut."

„Selbstverständlich. Ist es schlimm bei Antje?"

„Am Telefon klang sie normal. Ich vermute irgendein Frauengedöns."

„Was soll das denn heißen!"

Er nickte Richtung Tür. „Ran an die Arbeit. Und keine Alleingänge!"

Nora erhob sich zögernd. „Es tut mir herzlich leid, wenn du meinetwegen Ärger hattest, Berthold."

Er zuckte mit den Achseln. „Ich habe breite Schultern, da können die Oberen ruhig mal richtig raufkloppen, ohne dass ich in die Knie gehe!"

In Noras Kopf lief spontan ein Film ab: Hansen mit dem breiten Kreuz, auf den ununterbrochen eingeprügelt wurde, bis er sich beugte, in die Knie sank, immer stärker der Erde zu, bis ins Grab und Erde drüber. Nora war irritiert: Seit wann plagten sie Visionen?

„Wieso starrst du mich an?", wollte Hansen wissen.

„Ach, ich dachte nur, wenn ich einen Resetschalter hätte wie beim Computer, dann könnte man mich in den Originalzustand zurückversetzen, und alle Erinnerungen wären wieder da."

Sollte ein bisschen witzig sein, aber Hansen guckte missmutig. „Was für ein Ding?"

Eine halbe Stunde saß Nora lustlos vor dem Computer, ohne eine einzige Zeile zu schreiben. Schließlich bildete sie sich ein, es läge an Roberts vermasseltem Besuch, dass sie unkonzentriert war. Er wusste doch, dass sie unruhig wurde, wenn er längere Strecken mit dem Auto unterwegs war. Wieso gab er kein Lebenszeichen von sich?

Die Bürotür wurde heftig geöffnet und Tom platzte herein. Er trug keine Jeans wie gewöhnlich, sondern eine dunkle Stoffhose, Hemd und Pullover. Nora gefiel sein neuer Look auf Anhieb; er wirkte seriöser, weniger jungenhaft.

„Guten Morgen, Rehlein." Er kam um den Schreibtisch, zog sie zu sich heran und küsste sie. „Lass das, Tom", wehrte sie ihn halbherzig ab. „Du siehst gut aus. Wie war dein Wochenende?"

„Das wollte ich dich auch fragen. Wie war's?"

„Furchtbar. Ich hasse mich, Tom."

„Was war denn so furchtbar?"

„Keine Aussprache wegen uns. Sonst lauter Missverständnisse. Robert ist früher abgehauen und seitdem herrscht Sendepause."

„Hauptsache überstanden. Wie geht's deinem Kopf?"

„Es wird. Und du? Noch krankgeschrieben?"

„Ja, danke der Nachfrage. Du hast mich gerade an die Leiche in meiner Wohnung erinnert, die ich mal für fünf Minuten vergessen hatte. Sehen wir uns heute Abend? Samstag ohne dich, Sonntag ohne dich ... du fehlst mir. Heute Abend, ja?"

Nora nickte und befreite sich aus seinen Armen. „Hansen will einen Bericht zu Raben Steinfeld, und ich tue mich schwer."

„Wie wirst du meine Anwesenheit dort erklären?"

„Ach Gott! Mir wird was einfallen müssen. Immerhin, du hast mich gerettet."

„War mir ein Vergnügen. Wo ist Antje?"

„Sie fühlt sich krank und ist heute zu Hause geblieben. Wie wirst du den Tag verbringen?"

„Faulenzen. Dem Kater hab ich von dir erzählt, und er lässt dich grüßen."

„Ramses!", entfuhr es Nora, „oh je! Du hast ihn gefüttert?"

„Wie befohlen. Habe ihn übrigens über Nacht im Haus der Dorn gelassen. Ist alles glatt gegangen, bis auf ein paar Kratzer." Er krempelte seine Ärmel hoch. „Siehst du? Im Großen und Ganzen haben wir uns vertragen. Habe sogar das Katzenklo gesäubert." Er strahlte sie an. „Und? Wie bin ich?"

Kurzerhand drehte Nora die Reihenfolge ihrer Aufgaben um: erst Holger und Gesine im Fall Marlene unterstützen, dann den Bericht Dorn schreiben. Gesine war nirgends aufzutreiben; Holger saß vor einer Tasse Kaffee in der Cafeteria. Er schien in Gedanken versunken und schreckte hoch, als Nora ihn grüßte. Er starrte sie unfreundlich an. „Tach, Frau Graf."

Sie setzte sich ihm gegenüber und lächelte ihn möglichst unverfänglich an. „Ich soll Sie in die Seite treten, meint der Chef. Was liegt an?"

„Sehr witzig! Sie mich unterstützen?", knurrte er sie an.

Was hab ich dem denn getan, fragte sich Nora unsicher und stellte sich etwas dumm. „Ja, ich. Weisung vom Chef. Haben Sie damit ein Problem?"

„Sie sind wieder im Dienst?"

„Ja."

„Und Ihr Gedächtnis?"

„Ist erste Sahne. Also, was liegt an?"

Die gemeinsame Suche von Holger und Antje nach einem geeigneten Transportmittel für die Verbringung der Leiche von Marlene war am Wochenende ergebnislos verlaufen. Heute hatte er mit ihr einen weiteren Anlauf unternehmen und sich dabei auf die Suche nach einem Fahrrad konzentrieren wollen. Dass ausgerechnet Nora der Ersatz für die erkrankte Antje sein sollte, wurmte Holger. Er hatte noch an dem Anranzer von Hansen zu kauen, den er sich wegen seiner unkollegialen Äußerungen über Nora von ihm eingefangen hatte.

„Was anliegt, ist eine Fahrradsuche auf dem Dreesch", sagte Holger knapp.

„Wollen wir gleich los?"

„Im Grunde bräuchten wir eine Hundertschaft, um die Gegend komplett abzusuchen. Wir zwei sind ein sehr kleines Team, Frau Graf."

„Sie allein wären gar keins", entgegnete sie. „Haben Sie ein Auto zur Verfügung?"

„Wir suchen ein Fahrrad in einem großen Wohngebiet, das Dreesch heißt, Kollegin, und unsere Dienststelle *ist* auf dem Dreesch, und deshalb gehen wir zu Fuß. Zumal es schwierig sein dürfte, Innenhöfe mit einem Auto abzusuchen. Ich hole meine Jacke, wir treffen uns draußen."

Und die Waffe nicht vergessen, fügte Nora im Stillen hinzu.

Holger schritt zügig aus, als wolle er vor Nora fliehen, und sie hatte Mühe mitzuhalten. Nach einer Weile platzte es aus ihm heraus: „Ich bin mir sicher, dass der Opitz ein Fahrrad benutzt hat, um Marlenes Leiche zu Tom zu schaffen. So war's, ich spür's regelrecht. Die Vorstellung von Gesine, der Opitz hätte Marlene selbst zu Tom getragen, auf den Armen, wie eine Opfergabe ..." – er schüttelte heftig den Kopf – „absurd!"

„Ja, das wäre schon ungewöhnlich", pflichtete Nora bei. „Haben Sie was anderes als Ihr Gespür, weshalb Sie glauben, dass Nick Opitz Marlene zu Tom brachte? Halten Sie ihn auch für den Täter?"

Holger verringerte sein Tempo und schaute Nora ins Gesicht. „Sie sind wohl nicht auf dem Stand?"

„Aktenmäßig schon. Nick Opitz hat ein Motiv, seine Eifersucht, und keine Alibis für die Tatnacht. Und dieser Streit mit Marlene am Tatabend. Außerdem wusste er von der Schneekugel im Bad, der Tatwaffe; ist in Marlenes Wohnung schließlich ein und aus gegangen."

„Bravo. Die Schneekugel im Bad. Genau. Ein Fremder hätte von der keine Ahnung gehabt. Also müssen wir mit einem Täter rechnen, der sich in Marlenes Wohnung auskannte und Motiv und Gelegenheit hatte. Wie Nick!"

„Die nicht identifizierbaren Fingerabdrücke in Marlenes Wohnung weisen eventuell auf jemand Fremdes. Oder Kollege Klein?"

„Und geht der dann bei ihr aufs Klo?"

„Wäre denkbar. Ein menschliches Bedürfnis kann jeden mal schnell heimsuchen. Und es waren auch im Bad fremde Spuren."

Holger war skeptisch. Sie warteten an einer vielbefahrenen mehrspurigen Straße aufs Ampelgrün. „Der Dreesch ist viel größer, als ich dachte", bemerkte Nora.

Holger verdrehte die Augen und begann ungeduldig, von einem Fuß auf den anderen zu treten.

„Diese Von-der-Schulenburg-Straße, wo Marlene wohnte, wo ist die?", fragte Nora.

„Wir steuern direkt drauf zu. Wieso?"

„Ich will mir den Tatort ansehen."

„Den kenne ich!"

„Ja, Sie, aber ich nicht." Nora sah zu ihm hoch. Zwei Strähnen seines lockigen Haars fielen ihm in die Stirn. Die Augen huschten unentwegt von einem Punkt zum anderen. „Begleiten Sie mich, bitte", forderte sie ihn auf und rechnete mit einer patzigen Entgegnung. Scheinbar schluckte er sie hinunter. „Wohnungsschlüssel dabei, Kollegin?"

„Hab ich."

„Na, klar, die Gräfin denkt ja immer an alles", bemerkte er spitz. Er führte Nora die Straße hinunter und über einen großzügig geschnittenen Innenhof. Nora wollte hinter die Müllcontaineranlage schauen, Holger hielt sie ab. „Hier waren wir gestern schon."

Wenige Minuten später standen sie vor Marlenes Wohnblock. Die Haustür war verschlossen. Holger wippte auf den Füßen und studierte die Hausfassade; Nora drückte wahllos auf Klingelknöpfe, bis sich die Tür öffnete. Ein älterer, korpulenter Mann versperrte ihnen den Weg ins Haus mit einem Gehstock. Er trat erst beiseite, nachdem sie sich ausgewiesen hatten. Nach dem Mord an Marlene waren die Nachbarn besonders misstrauisch allen Fremden gegenüber.

Holger stieg die ersten Stufen hoch und Nora die Kellertreppe runter.

„Hey, die Wohnung liegt im zweiten Stock", rief er ihr zu.

„Ich will zum Fahrradabstellraum."

„Sie wollten zum Tatort!"

„Ja, gleich. Vorher einen Blick in den Keller."

„Die Räder im Haus haben wir untersucht, sind unauffällig. Und Marlene hatte keins."

Nora verschwand nach unten, und Holger folgte ihr mürrisch. Alles war sauber und aufgeräumt. Die einzelnen Kellerräume waren mit Nummern gekennzeichnet und die meisten mit Vorhängeschlössern gesichert. Der Fahrradabstellraum war ebenfalls verschlossen. „Haben Sie den Schlüssel, Kollege?"

„Woher denn! Können wir jetzt endlich in die Wohnung, habe keine Zeit zu verplempern. Muss zusätzlich Antjes Aufgaben übernehmen."

Schritte näherten sich. Eine ältere Frau, die mit dem linken Arm einen vollen Wäschekorb an die Hüfte presste, bog um die Ecke. Nora sprang auf den ersten Blick die Farbe ihrer Strumpfhose ins Auge: eine Mischung zwischen grün und dunklem Gelb. Ein netter Kontrast zu den lila Strähnchen im grauen Haar. Sonst war sie gekleidet wie eine Hausfrau – Rock, Pulli, bequeme Latschen.

Nora trat auf die Dame zu und zeigte ihren Ausweis. „Guten Tag, Kripo Schwerin, Nora Graf. Das ist mein Kollege Holger Klein. Wurde im Haus ein Fahrrad gestohlen?"

Die Mieterin beäugte sie misstrauisch. „Deswegen sind Sie im Keller? In diesem Haus wurde kein Fahrrad gestohlen, es wurde eine junge Frau umgebracht. Das sollten Ihnen eigentlich bekannt sein."

„Das ist es, Frau ... wie ist Ihr Name, bitte?", wollte Nora wissen.

„Hedi Pohl. Mein Ausweis liegt in der Wohnung. Wenn Sie ihn sehen wollen ... kann ich vorher die Wäsche aufhängen? Der Korb ist schwer."

Holger nahm ihr den Wäschekorb ab. „Wohin?"

Frau Pohl lief vor ihnen den Gang entlang und guckte alle paar Schritte über die Schulter, ob die Polizisten ihr folgten. „Wenn ich das meiner Freundin erzähle. Die Polizei trägt meine Wäsche." Im Trockenraum schaltete sie das Licht ein, und Holger stellte den Korb auf einen ausgeklappten Wäscheständer. „Kannten Sie Marlene Kruse näher?", fragte Nora.

„Ich bin schon Ihren Kollegen keine große Hilfe gewesen. Das arme Kind. Hatte das ganze Leben noch vor sich. So ein Unglück."

„Wie war Ihr Kontakt zu Marlene?"

„Sie gehörte zu einer anderen Generation, und die gehen ihre eigenen Wege. Wie es normal ist." Sie nahm ein Handtuch aus dem Korb, schüttelte es resolut aus und befestigte es mit zwei Klammern an einer Leine.

„Haben Sie einen Verdacht, wer Marlene getötet haben könnte?"

„Ich bin das alles schon gefragt worden", sagte die Mieterin, „mein Alibi und all diese Dinge. Das haben Sie doch bestimmt alles schriftlich vorliegen."

„Korrekt", lächelte Nora sie an, „Frau Pohl, könnten Sie den Fahrradraum für uns aufschließen, wenn Sie mit dem Aufhängen fertig sind, bitte?"

„Wenn's hilft, gern."

Der Fahrradabstellraum war leer.

„Totale Zeitverschwendung", beschwerte Holger sich leise. Während Frau Pohl munterer wurde, standen beide Kriminalisten etwas betreten herum.

„Die Fahrräder sind unterwegs. Da haben Sie Pech", bedauerte die Bewohnerin. „Sind alle funktionstüchtig. Ist ja eine Zumutung, wenn Leute ihre Räder ausrangieren und sie dann jahrelang rumstehen lassen. Oder noch schlimmer, beim Auszug vergessen. Damit wir den Ärger mit der Entsorgung haben."

Nora horchte auf. „Sie meinen, es gab Räder, die niemandem mehr gehörten?"

„Och, zuletzt nur eins. Ein altes Lastenfahrrad. Wie sie es bei der Post haben. Es stand lange rum."

„In diesem Raum?" Holger war plötzlich sehr interessiert.

„Nein, weiter vorne ist ein kleineres offenes Kabuff, wo die Leute ab und zu Gerümpel abstellen, dort war es."

„Seit wann ist das Lastenfahrrad weg?", fragte Nora.

„Dieser Tage irgendwann."

„Bei einer Entrümpelungsaktion?"

„Nein, die ist ja erst in zwei Wochen. Es verschwand einfach. Wie von Geisterhand."

16

Holger besprach vor dem Haus am Telefon mit Hansen das weitere Vorgehen. Nora nutzte die Gelegenheit, um sich auf die Schnelle in Marlenes Wohnung umzusehen. Im Wohnzimmer fiel ihr Blick auf die Sammlung Schneekugeln: es waren größere und kleinere, bunte und einfarbige, anspruchsvoll gestaltete und simpel-kitschige.

Im Bad ein Badeanzug auf einem Wandtrockner; Kosmetika für Mann und Frau. Neben dem Waschbecken eine Ablage, auf der die vermisste Schneekugel gestanden haben musste. War kein großes Ding, die klammheimlich einzustecken. Einfach, weil sie einem gefiel, überlegte Nora. Aber war es vorstellbar, dass ein Mörder, der die Wohnung nicht kannte, das Tatwerkzeug aus dem Bad holte?

Vor dem Spiegel ordnete Nora ihr Haar. Probierte, wie es wäre, eine Strähne über die Narbe zu legen ...

„Waren Sie etwa auf dem Klo?" Holger stand in der Tür und zog seine Augenbrauen hoch. „Ein schnelles menschliches Bedürfnis?"

„Suchen Sie sich was aus, Herr Kollege. Was gibt's vom Chef?"

„Folgendes. Hansen fordert einen Zug Bereitschaft an, um den Dreesch systematisch nach dem Lastenfahrrad abzusuchen. Generalstabsmäßig. Ich leite die Aktion", sprudelte er vor Tatendrang. „Wir finden das Rad, und dann ist der Opitz dran. Ach, übrigens, Sie können gehen. Ihnen fehlt hier ja sowieso die Orientierung."

„Ich kann mich sehr gut orientieren", widersprach Nora.

„Das habe ich gemerkt", mokierte er sich.

„Ohne mich wären Sie nie auf das Lastenfahrrad ..."

Seine dunklen Augen durchbohrten sie. Sie hatte das Gefühl, er wollte ihr mal richtig die Meinung sagen, so von oben herab, aus überlegener männlicher Perspektive. Er ließ es aber und wandte sich wortlos ab.

Zu Fuß machte Nora sich auf den Weg zur Inspektion. Auf dem Parkplatz vor dem Dienstgebäude traf sie Gesine. „Schon gehört?", fragte die im Vorbeigehen, „Holger hat einen Hinweis auf ein Lastenfahrrad, mit dem Marlenes Leiche eventuell transportiert wurde."

„Ja, wirklich super Arbeit", meinte Nora ironisch, „und wo willst du hin?"

„Apotheke Zellner am Marienplatz."

„Wegen Anton?"

„Wegen seiner Geldangelegenheiten und seiner Spielsucht. Mal horchen, was die Mama weiß. Kommst du mit?"

Noras Magen knurrte, es war längst Mittagszeit. Andererseits wollte sie die Mutter von Anton auch kennenlernen.

Als Nora und Gesine die Apotheke betraten, war Ingrid Zellner in ein Beratungsgespräch vertieft. Von Gesine erfuhr Nora, dass Antons Mutter vierundfünfzig Jahre alt war. Sie war fraulich gebaut, mittelgroß, schlank, und wirkte selbstbewusst. Nora verglich sie instinktiv mit der Angestellten, die wenige Meter entfernt von der Chefin bediente. Die schätzte sie auf Anfang zwanzig und damit hätte sie vom Alter her die Tochter der Apothekerin sein können. Jede war auf ihre Art attraktiv.

Als sie an der Reihe waren, ergriff Gesine das Wort. „Tag, Frau Zellner. Bin im Dienst. Das ist meine Kollegin Graf. Können wir irgendwo in Ruhe miteinander reden?" Gesine bemühte sich, leise und höher als gewöhnlich zu sprechen.

Ingrid Zellner, für einen Moment irritiert, fasste sich, raunte ihrer Angestellten ein paar Worte zu und führte die Kommissarinnen in ihr Büro. „Geht es um Anton? Er hat mir erzählt, was mit Marlene passiert ist. Furchtbar! Anton ist geschockt. Er wurde verhört. War's das, oder ist er etwa verdächtig? Soll ich ihm vorsichtshalber einen Anwalt besorgen?"

„Der Reihe nach, bitte. Anton wurde als Zeuge vernommen. Er war Marlenes Freund. Das ist Routine."

„Und die Durchsuchung seiner Wohnung?"

„Er war damit einverstanden, dass wir uns umsehen", tönte Gesine lakonisch.

„Also, kein Anwalt vorerst. Was wollen Sie von mir?"

„Anton hat keine Ausbildung und keinen festen Job. Wovon lebt er?"

Die Apothekerin lachte nervös auf. „Wovon? Sie sollten besser fragen, von wem. Ich gebe Anton Geld, ja. Jeden Monat. Mal mehr, mal weniger. Manchmal, wenn ich es satt habe, ihn auszuhalten, überweise ich lediglich die Miete. Das ist die Lage. Ich wünschte, er würde endlich auf eigenen Füßen stehen." Sie verstummte schuldbewusst. „Anton ist ein guter Junge. Er kann keiner Fliege was zu leide tun. In einigen Dingen ist er naiv. Mit zweiundzwanzig darf man das vielleicht noch sein."

Gesine nickte verständnisvoll, und Nora dachte unwillkürlich an ihre Tochter. Wurde Zeit, dass sie sich wieder vertrugen.

„Wovon lebt Anton denn, wenn Sie ihm mal nur die Miete zahlen?", schaltete Nora sich ein.

„Ab und zu hat er ja einen Job."

„Und wieso beantragt Anton keine Sozialleistungen?"

„Weil er zu stolz dazu ist. Er müsste seine Verhältnisse offenbaren, sich von irgendwelchen Bürokraten Löcher in den Bauch fragen lassen. Wer macht das schon gern? Und was hat das alles mit Marlenes Tod zu schaffen?"

Gesine übernahm. „Was wissen Sie über die Beziehung zwischen Anton und Marlene?"

„Die ging ziemlich an mir vorbei. Wenn Anton ein Mädchen hat, vergisst er seine Mutter. Ich habe Marlene zwei, drei Mal gesehen. Meist wartete sie draußen, wenn er mich hier besuchte. Lange sind beide ja kein Paar gewesen. Marlene war sicher ein besonders nettes Mädchen", fügte sie an.

„Können Sie was zum Trennungsgrund sagen?"

„Tut mir leid, nein."

„Anton hat sich von Marlene noch nach der Trennung regelmäßig Geld geliehen", sagte Gesine, „kleinere Beträge. Er ist spielsüchtig, dafür braucht er viel Geld. Und seine andere Sucht, das Rauchen, kostet auch. Kennen Sie Leute, denen Ihr Sohn Geld schuldet?"

Antons Mutter schüttelte heftig den Kopf, und ihre dunkelblonden Haare, die am Hinterkopf lose zusammengesteckt waren, gerieten in Unordnung.

Gesine versuchte sich an einem Lächeln. „Frau Zellner, niemand will Anton was. Wir überprüfen ihn wie jeden anderen in Marlenes Umfeld. Seine Spielsucht ist belegt, es gibt Zeugen. Nachweisbar sind Schulden zwischen fünf- und achttausend Euro. Wahrscheinlicher sind zehntausend plus X."

„Wenn Sie sowieso alles wissen, warum fragen Sie mich dann. Ja, er spielt oft, geht in Spielhallen, Wettbüros, das Meiste allerdings läuft über den Computer. Das verfluchte Internet!"

Gesine überschlug grob Antons monatlichen Geldbedarf. „Außer der Miete von dreihundert Euro braucht Anton pro Monat ungefähr vierhundert Euro. Wie viel davon bekam er von Ihnen?"

Die Mutter zierte sich ein Weilchen, der Kommissarin einen Betrag zu nennen. Es war deutlich zu spüren, wie peinlich ihr die Situation war: „Im Schnitt dreihundert. Mal etwas mehr, mal weniger."

„Und diesen Monat? Wie viel haben Sie ihm diesen Monat gegeben?"

„Hundertfünfzig Euro. Das ist das unterste Minimum. Ich will verhindern, dass Anton sich an einen festen Betrag gewöhnt und keine eigenen Anstrengungen mehr unternimmt."

„Werden Sie seine Schulden übernehmen, Frau Zellner?"

„Nein. Erst muss eine Tendenz zur Besserung erkennbar sein. Außerdem wird Anton mit seinem hohen Schuldenstand inzwischen wohl öfter vom Spielen und Wetten ausgeschlossen. Wenn ich zahlen sollte, kann er frisch und fröhlich weiter zocken."

„Wo waren Sie Mittwochabend ab einundzwanzig Uhr?", erkundigte sich Gesine zum Abschluss des Gesprächs.

„Ist das Ihr Ernst? Sie fragen mich nach einem Alibi? Das ist ja wohl die Höhe!" Sie zeigte zur Tür. „Gehen Sie, bitte. Wer gibt Ihnen das Recht, mich derart unverschämt zu behandeln! Auch, wenn wir mal in einem Haus gewohnt haben, Frau Romer. Mein Alibi! Soll ich was mit dem Tod der Kleinen zu tun haben? Wenn Sie mit Anton umspringen wie mit mir, werde ich einen Anwalt einschalten!"

„Das steht Ihnen alles frei." Gesine war ungerührt. „Erzählen Sie einfach, wo Sie letzten Mittwoch ab einundzwanzig Uhr waren. Mein Chef will darauf von uns eine Antwort. Ist Routine."

„Soll mich das beruhigen?" Im Widerspruch zu ihren vorwurfsvollen Worten, setzte sich die Apothekerin, wich den Augen der Kommissarinnen aus und steckte eine lose Strähne hinters Ohr.

„Anton ist ein hübscher Bursche", bemerkte Nora wie beiläufig.

Frau Zellner zuckte zusammen. „Was? Ach ja, das ist er."

„Und diese wunderbaren dichten blonden Haare. Hat er die vom Vater?"

„Ja, leider. Mir wäre lieber, Gerd hätte ihm was anderes als das Aussehen vererbt. Ein bisschen von seinem Ehrgeiz." Sie stockte kurz. „Waren *Sie* es, die Anton befragt hat?"

„Nein, ich habe ihn ertappt, als er in eine Wohnung einbrechen wollte."

„Was?! Anton, ein Einbrecher? Das wird ja immer schöner! Ich werde sofort einen Anwalt anrufen!"

„Erst Ihr Alibi", forderte Gesine.

Die Apothekerin griff nach ihrem Kalender und blätterte eine Seite zurück. Ihre Stimme klang resigniert. „Kein Termin. Ein normaler Tag. Werde ich im Geschäft gewesen sein. Wir haben bis neunzehn Uhr geöffnet, danach ist Bürokram dran. Bis halb neun war meine Angestellte Tabea Wolf mir behilflich. Ich bin gegen halb zehn nach Hause gefahren. Dort war ich allein. Wird Ihrem Chef das reichen?"

„Ich denke, ja", sagte Gesine, „auf Wiedersehen."

„Darauf kann ich verzichten", murmelte Frau Zellner.

Die junge Angestellte lief den beiden auf die Straße nach. „Entschuldigung, sind Sie von der Polizei?"

„Ja. Und wer sind Sie?"

„Tabea Wolf. Ich habe eine Frage wegen Julia. Ich habe gerade im Internet gelesen, dass sie wieder da ist. Stimmt das, oder sind das Fake News?"

Nora konnte mit dem Namen ,Julia' nichts anfangen; doch Gesine offenbar. „Es stimmt. Julia Korn ist wohlbehalten zurück bei ihren Eltern."

„Und wo war sie?"

„Darüber kann ich keine Auskunft geben. Sind Sie eine Freundin?"

„Ihre beste. Ihr Handy ist immer noch aus."

„Könnte der Akku sein", meinte Nora.

Diese Erklärung fand Tabea einleuchtend und wollte sich verabschieden.

Nora hielt sie auf. „Letzten Mittwoch, wie lange waren Sie in der Apotheke, Frau Wolf?"

Tabea überlegte einen Moment. „Ich glaube, bis halb neun ungefähr."

„Mit Frau Zellner?"

„Selbstverständlich mit der Chefin."

„Apartes Mädchen, diese Tabea", sagte Gesine, „könnte zu Anton passen."

„Verkuppeln wollen wir aber niemanden. Was war mit dieser Julia?" Nora spähte durch die Scheibe in die Apotheke. Ingrid Zellner redete heftig auf Tabea ein, worauf die junge Frau aus dem Kundenraum verschwand.

„Julia Korn. Sie wurde Freitagabend von den Eltern als vermisst gemeldet. Hat sich, wie wir nun wissen, eine kleine Auszeit genommen. Sie ist zu einem Freund nach Berlin, ohne jemanden einzuweihen. Handy ausgeschaltet, heute früh frisch und munter aufgetaucht."

„Und die Eltern haben das ganze Wochenende vor Sorge kein Auge zugetan", vermutete Nora. Ihr Handy piepte, eine Nachricht von Tom, seine Wohnung war freigegeben.

„Was Wichtiges?", erkundigte sich Gesine.

„Meine Tochter." Es war Nora peinlich, Gesine anzulügen. Sie waren auf dem Weg, Freundinnen zu werden. Sie wollte möglichst wenig über Tom reden; egal, mit wem.

„Kommst du?" Gesine schritt in flottem Tempo über den Marienplatz. Sie mussten zu den Parkplätzen des Schlosspark-Centers.

„Was denkst du über Antons Finanzen, Gesine? Ist ja ein ziemliches Durcheinander."

„Zusatzinformation. Anton hat Wertpapiere von seinem Vater geerbt. Er muss warten, bis er fünfundzwanzig ist, um ranzukommen. Vielleicht will er sich bis dahin irgendwie durchwursteln und nimmt deswegen seine Schulden auf die leichte Schulter."

„Und seine Mutter denkt wegen dem Erbe nicht daran, für seine Miesen aufzukommen", ergänzte Nora.

„Wenn meine Jungs so leben würden, denen würde ich kräftig den Marsch blasen."

„Du hast Kinder? Gleich mehrere?", wunderte Nora sich.

„Die Kerle sind alle aus dem Haus. Samt Vater." Gesine hielt inne. „Und Privates teile ich nur mit Leuten, die ich auch duzen mag", fügte sie mit einem Lächeln hinzu. „Und das tun wir ja nun. Alles okay mit deiner Tochter?"

„Ja."

„Hat Tom seinen Schock überwunden?"

„Wird allmählich. Du, entschuldige, ich muss weg, was Dringendes erledigen."

„Ich fahre dich", bot Gesine an.

„Danke, unnötig, lauf zu Fuß. Bis nachher."

17

Nachdem Gesine außer Sichtweite war, verabredete Nora mit Tom, sich gleich bei ihr zu treffen. Von der Schlossstraße bog sie in die Puschkinstraße. Seit ihrer Rückkehr nach Schwerin war ihr diese Ecke sehr lieb geworden. Aber sie verband mit ihr auch belastende Erinnerungen an ihren ersten Fall in Schwerin im vergangenen Sommer. In der Puschkinstraße hatte ihre ehemalige Grundschullehrerin an einer Geburtstagsfeier teilgenommen, bevor sie am selben Abend getötet worden war. Von Tamara, Noras engster Schulfreundin. Tage später war Tamara ebenfalls ermordet worden. Diese schrecklichen Geschehnisse verblassten nur langsam.

Nora lief die Straße bis zum Ende, ging an einer barocken Kirche vorüber, sah unterhalb einer schmalen Querstraße links den Pfaffenteich schimmern. Sie passierte den Schelfmarkt, der in die Schelfstraße mündete, und schritt rascher aus, damit Tom erspart blieb, länger auf der Straße auf sie warten zu müssen. Doch er saß im Haus, direkt auf der Treppe vor ihrer Wohnung und hatte einen bunten Strauß Tulpen für sie dabei.

Nora bedankte sich mit einem Kuss und schloss die Tür auf. „Ich liebe Tulpen. Das sind meine ersten dieses Jahr. Danke dir. Ich stell sie fix in die Vase, und wir können los. Du willst sicher zu dir."

„Das hat keine Eile."

Nora strich durch Toms Haare. Er nutzte ihre Körpernähe, um sie zu liebkosen. Er küsste ihren Hals, und seine Hände glitten unter ihren Pulli. Nora hätte sich am liebsten in seine Arme fallen lassen, aber irgendwie war sie blockiert. „Verzeih, ich bin zu angespannt. Wir sollten meine Mittagspause nutzen, um zu dir zu fahren. Unangenehme Dinge muss man gleich angehen, sonst türmen sie sich wie ein Berg vor einem auf und werden unüberwindlich. Ich möchte dabei sein, wenn du deine Wohnung das erste Mal wieder betrittst nach ... seit ... na, du weißt schon. Von dort kann ich dann zu Fuß zur Dienststelle.

Wie bist du denn vorhin ins Haus gekommen?" Nora ließ ein wenig Wasser in ihre einzige Vase laufen und stellte die Tulpen hinein.

„Wie schon. Eine nette alte Dame nahm mich mit rein. Einen Mann mit Blumen in der Hand hielt sie für harmlos. Das war's."

Nora stutzte. „Sag mal, Tom. Wie kam der Kerl samt Leiche eigentlich *bei dir* ins Haus?"

„Lass gut sein. Ich hab von dem ganzen Kram die Schnauze voll. Hast du zufällig was zu essen, Nora?"

„Und ob. Hab auch einen Riesenknast. Kalter Kassler ist da und anderes Zeug. Der Rest von meinem Wahnsinns-Festbankett für die Kollegen; das können wir verdrücken."

Etwas später standen Nora und Tom vor seiner Wohnungstür in der Stauffenberg-Straße. Das Schloss war ausgetauscht worden. Tom untersuchte es sorgfältig von außen und tastete umständlich an der Tür herum.

„Ist was nicht in Ordnung?", fragte Nora nach einer Weile.

„Scheint alles okay zu sein."

„Du hast die neuen Schlüssel, oder? Ja, dann. Schlüssel ins Schloss, vorwärts, ist ein Kinderspiel."

Tom kratzte sich am Kopf und zupfte an seiner Jacke herum wie ein nervöser Verdächtiger beim Verhör.

Nora beendete das Theater: „Ich schau, wie's aussieht."

Ohne seine Reaktion abzuwarten, drehte sie den Schlüssel um. Behutsam öffnete sie die Tür, schaltete das Licht ein und machte einen Schritt in den Flur. Sämtliche Spuren von dem Verbrechen waren beseitigt. Die Stelle, wo das tote Mädchen gelegen hatte, hätte sie trotzdem mit verbundenen Augen wiedererkennen können. Und Tom würde es erst recht so gehen. An jedem Tag, bei jedem Gang in die Wohnung und raus aus ihr würde er an dieser Stelle im Flur vorbei müssen und zwangsläufig an die Tote denken. Das gruselige Gefühl, das er dabei empfinden würde, konnte sie als leichten Krampf im Bauch sogar körperlich spüren. Und sie hatte keine Ahnung, wie sie ihm helfen konnte. Nora nickte Tom aufmunternd zu, und er wagte sich hinein. Mit sturem Blick hastete er an ihr vorbei ins Zimmer. „Wie ist es?"

„Ich schaff das schon, kein Problem."

„Möchtest du Kaffee?"

Er schüttelte den Kopf.

„Bier?"

„Nein, danke."

„Zieh wenigstens deine Jacke aus."

„Warum?"

„Weil du zu Hause bist."

„Verdammt, Nora", platzte es aus Tom heraus, „ich werde verrückt, wenn ich in dieser Bude wohnen bleibe! Verstehst du das? Ich will keine Leichen um mich herum haben, ob wirkliche oder eingebildete, ist fast dasselbe. Ich komme mir vor wie in einem Leichenschauhaus! Wie soll ich hier leben und schlafen, wir beide …"

„Stopp, Tom, stopp! Beruhige dich, bitte. Wir finden einen Weg, bestimmt." Überrascht von seiner anhaltenden Verunsicherung und Angst, schlug Nora ihm vor, die nächsten Tage bei ihr zu wohnen. Tom packte das Nötigste in eine Reisetasche. Nora entnahm dem Kühlschrank vergammelte oder kurz vor dem Verderben stehende Lebensmittel. Mit Tasche und Müllbeutel bepackt, öffneten sie die Tür und prallten beinahe auf einen Mann mit Brille, der in gebückter Haltung vor Toms Tür stand und sie offenbar genauer inspizieren wollte. Trotz dieses verdächtigen Verhaltens dachte Nora zuerst, einen Kumpel von Tom vor sich zu haben. Im nächsten Augenblick erkannte sie ihren Irrtum. Der Mann war zu jung, um zu Toms Clique zu gehören.

„Wer sind Sie?", fragte Nora und erfasste zugleich mit einem Blick, dass die Tür unversehrt war.

Der Fremde starrte sie entgeistert an, drehte sich um und stürmte die Treppe runter.

Nora ließ den Schmutzbeutel fallen und rannte ihm nach. „Stehenbleiben! Polizei!", rief sie. Tom holte sie ein und war wie der Unbekannte bald aus ihrem Blickfeld verschwunden. Sie hörte ihn „Polizei!" und „Stehenbleiben!" rufen und konnte die Fährte neu aufnehmen. Nach ungefähr zweihundert Metern war sie am Dreescher Markt. Lauter harmlose Leute um sie herum, die ihren Angelegenheiten nachgingen, einkauften oder zum Arzt wollten. Ein halbrundes Gebäude begrenzte den Markt, durch das in der Mitte eine Treppe hindurch führte. Nachdem sie wieder zu Atem gekommen war, lief Nora die Treppe hoch. Auf der anderen Seite ging es weiter, vorbei an Plattenbauten und quer durch Innenhöfe. Schließlich wurde ihr klar, dass sie wie gegen Anton auch diesen Wettlauf verloren hatte. Ihr Handy meldete sich, und Tom keuchte in ihr Ohr; ein Wort mit *Markt* am Ende, war das Einzige, was sie einigermaßen verstand, dann war die Verbindung tot. Nora rief Hansen an, schilderte in knappen Worten, was vorgefallen war und wo sie sich befand.

„Ist hier irgendwo ein Markt? Tom sagte so ein komisches Wort, das auf Markt endet."

„Köpmarkt?"

„Genau!"

„Ich schick eine Streife!"

Tom und Kollegen spürten den Flüchtigen in einem ‚Köpmarkt' genannten Einkaufszentrum auf und brachten ihn zur Inspektion. Es war Nick Opitz, der Freund von Marlene Kruse.

„Das ist ja mal eine Überraschung", meinte Hansen, „den Opitz wollte ich sowieso gerade einvernehmen. Holger hat auf dem Dreesch ein Lastenfahrrad gefunden, im Gebüsch oberhalb der Crivitzer Chaussee." Ein Blick zu Nora. „Na, der konkrete Ort sagt dir sowieso nichts. Das Allerbeste ist ...", er hob bedeutungsvoll die Stimme, „das Labor hat an dem Ding Spuren der Wolldecke sichergestellt, in die das Opfer eingewickelt war."

„Dann hat dieser Scheißkerl das Mädchen getötet und in meine Wohnung gebracht?", ereiferte sich Tom.

„Gemach, gemach. Ich knöpf mir den Opitz gleich vor, danach haben wir eventuell in einigen Punkten Gewissheit."

„Ich will dabei sein!", forderte Tom.

„Abgelehnt. Sie haben in meiner Ermittlung nichts verloren. Abmarsch!" Hansen zeigte zur Tür.

Tom blieb stur, obwohl Nora ihn bittend ansah. „Dieser Mordfall geht mich durchaus etwas an! Die Leiche war in *meiner* Wohnung! Der Kerl wollte mich als Mörder hinstellen! Ich habe ein Recht auf ..."

„Halten Sie den Mund, Kollege Weller. Soviel ich weiß, sind Sie krankgeschrieben und außer Dienst. Verlassen Sie umgehend mein Büro!"

Nora zog Tom beiseite. Sie erinnerte ihn, dass wegen der Verfolgung von Nick Opitz seine Wohnung seit geraumer Zeit für jeden offen stand. Bevor er sich bei ihr einniste, müsse er sich darum kümmern. Zähneknirschend machte Tom sich auf den Weg zu seinem Block.

„Und für dich habe ich auch einen Rat", pflaumte Hansen Nora an, sobald sie unter sich waren, „studiere endlich den Schweriner Stadtplan samt Köpmarkt und anderen Besonderheiten. Das wäre mal eine nützliche Abendbeschäftigung. Wieso hast du von einem *Unbekannten* geredet, der vor Toms Wohnung stand? Keinen Blick in die Akten geworfen?"

„Natürlich!" Nora war unangenehm berührt, weil sie Nick Opitz nicht erkannt hatte. „Jetzt lass das doch, Berthold. Kann wenigstens ich dabei sein, wenn du ihn befragst?"

„Damit du dem Weller alles brühwarm weitererzählst? Nein, danke. Was denkst du, was wollte der Kerl vom Weller? Mit ihm sprechen? Bei ihm einbrechen? Wenn ja, warum?"

„Vielleicht hat er sich verlaufen", antwortete Nora spitz.

Hansens Miene entspannte sich. „Bist wieder die Alte. Filmriss geklebt?"

„So la la. Denk dran, dass wir in Betracht gezogen haben, dass die Wohnungen Zellner und Weller verwechselt worden sind. Wenn Nick Opitz das war, hat er nachsehen wollen, warum ihm dieser Fehler passiert ist. Zufall, dass wir gerade in dem Moment die Tür öffneten. Ein paar Sekunden später wäre er verschwunden gewesen."

„Ich liebe hilfreiche Zufälle. Kannst bleiben, wenn du dich zurückhältst."

18

„Herr Opitz, was suchten Sie in dem Haus, in dem Weller und Zellner wohnen?", fragte Hansen.

„Ich wollte zu Anton, Anton Zellner."

„Haben Sie ihn angetroffen?"

„Nein."

„Warum wollten Sie zu ihm?"

„Ich musste mit jemandem reden, der Marlene kannte. Ich meine, richtig kannte."

Nora schlich aus dem Zimmer und rief Anton an. Der erzählte, er wäre zur fraglichen Zeit zu Hause gewesen, es hätte niemand bei ihm geklingelt, und seine Klingel wäre okay. Nora informierte Hansen per SMS und kehrte in den Raum zurück. Hansen hatte sein Handy in der Hand, nickte Nora fast unmerklich zu und stellte seine Fragen weiterhin in einer sehr ruhigen Art. „Wenn Sie zu Anton Zellner wollten, wieso standen Sie dann vor der Wohnung Weller?"

Nick drückte seine Brille fest auf die Nasenwurzel. „Sie haben mir gesagt, dass Marlene bei dem gefunden wurde. Ich musste einfach dorthin."

„Ja, was nun ... entweder zu Anton Zellner oder zum Weller?"

„Beides."

„Und rennen in Panik fort, wenn Sie auf Herrn Weller treffen?"

„Keine Ahnung, das war ein Reflex."

„Wieso arbeiten Sie heute nicht? Ich denke, Ihr Chef hat Ihnen nur einen Tag frei gegeben?"

„Geht Sie das was an? Ich habe genug Resturlaub und kann mich zurzeit schlecht konzentrieren. Und bevor mir auf Arbeit Fehler unterlaufen ..."

„Sie sind ein pflichtbewusster Mensch, Herr Opitz. Ich rate Ihnen, bei der Wahrheit zu bleiben." Hansen durchbohrte ihn mit strengem Blick. Nach ein paar Sekunden nickte er, als hätte er gesehen, was er sehen wollte und fuhr fort: „Kommen wir zum Tag des Mordes. Sie sind Mittwoch um acht bei Marlene aufgekreuzt, haben mit ihr zu Abend gegessen. Stimmt das?"

„Ja."

„Haben Sie an dem Abend was getrunken?"

„Bier", antwortete Nick.

„Wie viel?"

„Spielt das eine Rolle?"

„Lassen Sie das meine Sorge sein. Also, wie viel haben Sie zwischen acht und neun bei Marlene getrunken?"

Nick zählte auf: „Erst ein Glas Wasser und danach zwei Bier, glaube ich."

„Sind Sie bei Marlene auf die Toilette, bevor Sie von ihr weg sind?"

Die Antwort kam prompt. „Nein."

Hansen grinste. „Kein Druck auf der Blase?"

„Hören Sie mal! Ich geh nach der Arbeit pinkeln, bevor ich ins Auto steige. Aus Hamburg raus, muss man mit Stau rechnen."

„Sind Sie ins Bad, um sich die Hände zu waschen vor dem Essen?"

„Denk schon."

„Das ist wichtig. Stellen Sie sich die Szene vor: Sie betreten die Wohnung, ziehen die Jacke aus und ab ins Bad, Hände waschen. Kommt das hin?"

„Nein, Marlene kam aus der Küche und gab mir einen Kuss. Ich bin ihr nach."

„In die Küche?"

„Ja, ich sollte den Tisch decken. Hände habe ich kurz über dem Abwaschbecken abgespült."

„Sie haben in der Küche gegessen?"

„Ja."

„Und der Streit zwischen ihnen beiden. Wo und wann begann der?"

„Beim Essen in der Küche. Marle fing an, die alte Leier. Wieso ich ständig so spät käme und dann zu müde wäre, um was zu unternehmen. Ich war genervt und habe sie angeschrien."

„Und weiter?"

„Marle war bockig und legte sich auf die Couch im Wohnzimmer."

„Mit oder ohne Decke?"

„Mit."

„Wie viele Decken hatte sie denn?"

„Muss ich das wissen? Ich glaube zwei, für jeden eine."

„Und was hatte Marlene auf der Couch an?"

Nick stutzte. „Na, was sie eben anhatte, ihre Schlamperhose, Pulli, Kniestrümpfe."

„Haben Sie sich mit auf die Couch gelegt?"

„Nein, ich saß im Sessel."

„Und wie weiter?"

„Gegen neun bin ich abgehauen. War sinnlos zu bleiben. Wenn Marle erst mal sauer war, sagte sie keinen Ton mehr."

„Sie sind direkt vom Zimmer über den Flur raus aus der Wohnung?"

„Ja."

„Und haben mit der Tür geknallt?"

„Ja."

„Obwohl Sie schon ein Weilchen kein Wort mehr mit Marlene gewechselt hatten?"

„Das war aus Frust. Tut mir leid."

Hansen änderte abrupt die Tonlage. „Herr Opitz, wir haben auf dem Dreesch ein Lastenfahrrad gefunden. An ihm wurden Spuren sichergestellt, die beweisen, dass die tote Marlene Kruse mit diesem Rad transportiert wurde und dass Sie mit ihm zugange waren."

Nick war keineswegs eingeschüchtert. „Ja, und? War bestimmt das alte Ding, das im Keller von Marlenes Haus stand. Gehörte wohl niemandem. Ich habe es beiseite gestellt, irgendwann mal. Deshalb hatte ich mit dem Teil zu tun."

„Wann haben Sie das Rad beiseite gestellt?"

„Keine Ahnung, ist länger her wahrscheinlich."

„Es waren frische Spuren, Herr Opitz. Eindeutig. Wie erklären Sie das?"

Nick betrachtete schweigend seine Hände.

„Schluss mit den Lügen!", herrschte Hansen ihn an. „Grad eben versicherte Anton Zellner Kollegin Graf, dass heute niemand auf seine Klingel drückte, und die ist durchaus in Ordnung. Ich sage Ihnen, was Sie wirklich im Haus wollten: nachsehen, wieso Sie Marlene in der falschen Wohnung abgelegt haben! Sie waren deutlich überrascht, als Sie von mir von Ihrem Irrtum erfuhren. Von jetzt an vernehme ich Sie als Verdächtigen im Mordfall Kruse. Sie können die Aussage verweigern und haben das Recht auf einen Anwalt. Verstanden?"

„Wieso verdächtig? Ich bin unschuldig!"

„Ob Sie die Belehrung verstanden haben, will ich wissen! Ja oder nein!"

„Ja!", schrie Nick und sprang auf, „Sie sind verrückt! Ich war es nicht! Das ist die Wahrheit!" Hilfesuchend sah er zu Nora. „Setzen Sie sich wieder, Herr Opitz, und beruhigen Sie sich", sagte sie, „möchten Sie ein Glas Wasser?"

„Nein, verdammt! Ich will hier raus!"

„Setzen Sie sich", wiederholte sie, „wir reden miteinander, und alles wird sich klären."

Nick setzte sich, nahm die Brille ab und wischte sich über die Augen. „Das ist ein Irrsinn", schniefte er leiser, „ein Irrsinn. Aber ich bin kein Mörder."

„Erzählen Sie, was in der Nacht geschah, Herr Opitz", forderte Nora ihn auf.

„Diese Scheißnacht!" Er starrte an die weiß gestrichene Bürodecke, putzte sich die Nase und beruhigte sich. „Ich gebe Folgendes zu. Ich bin nach dem Streit zurück zu Marlene. Obwohl wir uns öfter stritten und am Abend trennten, hatte ich diesmal ein ganz blödes Gefühl. Ich wollte unbedingt, dass wir uns versöhnen. Als ich ankam, lag sie tot auf dem Teppich vor der Couch! Tot! Ich war fassungslos."

„Wann waren Sie wieder in Marlenes Wohnung?", fragte Hansen.

„Es war fast Mitternacht." Er war aufgewühlt und brauchte etwas Zeit, bis er weiter erzählen konnte. „Ich war hilflos, bin im Zimmer hin und her getigert. Marlene tot, der reine Horror! Und sie war fast nackt, keine Ahnung, wieso. Deshalb habe ich eine der Couchdecken über sie geworfen. Und wie sie so vor mir lag, habe ich den Anblick nicht ertragen. Ich wollte sie aus der Wohnung haben. Hatte auf einmal furchtbare Angst, dass man mir den Mord anhängt. Wegen meiner Vorstrafe, der Körperverletzung von damals."

„Woher wussten Sie, dass es Mord war?"

„Weil sie tot war, da war ein bisschen Blut an den Haaren zu sehen. Es musste sie jemand umgebracht haben, war ja logisch!"

„Logisch wäre gewesen, sofort Polizei und Notarzt zu rufen."

„Damit man mich verdächtigt?"

„Mit *man* meinen Sie uns?"

„Das kennt man doch. An mir wäre alles hängengeblieben."

„Da sieht es jetzt ja sehr viel besser aus für Sie", knurrte Hansen. „Sie haben sich vor allem um sich selbst gesorgt, als Sie Ihre Freundin, die Sie angeblich sooo sehr liebten, tot vorfanden, umgebracht, ermordet, wie Sie mit fachmännischem Blick erkannten. Und dann meinten Sie, die Leiche unbedingt wegschaffen zu müssen. Ist das korrekt?"

Nick wich seinen Augen aus.

Hansen bestand auf einer Antwort.

„Sie verstehen mich falsch", sagte Nick kleinlaut.

„Weiter im Text. Sie warfen eine Wolldecke über Marlene ..."

„Ja, und bevor ich sie einrollte, habe ich ein paar Klamotten von Marle mit in die Decke, damit es aussieht, als wäre sie woanders gewesen. Plötzlich fiel mir ein, dass es rauskäme, wenn ich sie mit dem Auto wegbringe. Also suchte ich was anderes, fand dieses alte Lastenrad im Keller. Das war's."

„Wohin wollten Sie Marlene bringen?"

„Zu Anton Zellner."

„Warum zu dem?"

„Er wohnt in der Nähe und war Marles Ex. Das war meine erste Idee, und was anderes fiel mir auch später nicht ein."

„Wie sind Sie ins Haus gekommen?"

„Die Tür unten war offen, oben habe ich etwas nachhelfen müssen, war trotzdem leicht. Ich bin ja gelernter Schlosser, und in dem Haus sind noch die alten DDR-Türen."

„Wie kam es, dass Sie die Leiche zu Herrn Weller in die Wohnung schafften?"

„Ich habe mich im Stockwerk geirrt."

„Es gibt Namensschilder an den Türen."

„Denken Sie, die habe ich großartig studiert? Ich dachte, richtig zu sein, bei Anton."

„Womit haben Sie Marlene getötet?", fragte Hansen.

„Ich habe sie tot gefunden! Das sage ich doch die ganze Zeit! Ich habe ihre Leiche weggebracht, und das war's. Wirklich!"

„Eine Leiche vom Tatort zu verbringen, ist kein Kavaliersdelikt! Das ist strafbar", drohte Hansen. „Ringen Sie sich zur vollen Wahrheit durch, Nick. Sie haben's schon fast geschafft. Na, los!"

„Mein Kollege hat recht", schaltete Nora sich ein, „sinnlos, den Mord oder Totschlag abzustreiten. Sie stecken einfach zu tief in der Sache drin."

„Sind hier denn alle blöd?!", erneut sprang Nick auf und gestikulierte wild herum, „Marlene war schon tot, als ich sie gefunden habe. Ich bin unschuldig!"

„Das wird der Haftrichter möglicherweise anders sehen", sagte Nora, „Sie waren zur ungefähren Tatzeit mit Marlene in ihrer Wohnung. Das ist ein starkes Verdachtsmoment. Sie haben ein Motiv, ihre unbändige Eifersucht, und zugegeben, sich heftig gestritten zu haben. Sie können sich schwer beherrschen, wenn Sie in Wut geraten. Das hat auch Marlenes Bruder Marvin zu spüren bekommen, als Sie auf ihn einschlugen. Herr Opitz, Ihnen fehlen Alibi oder Zeugen für Ihre Behauptung, Marlenes Wohnung gegen neun verlassen und bei sich zu Hause gewesen zu sein. Ein Türenschlagen, das Nachbarn gehört haben wollen, hilft da wenig. Und Ihr Handy ließen Sie bei Marlene. Das könnte man Ihnen als bewusste Täuschung auslegen." Sie hielt kurz inne. „Selbst wenn ich davon ausgehe, dass Sie Marlene tot vorgefunden haben, bleibt Einiges übrig. Sie haben einen Tatort verändert und dadurch Spuren vernichtet, die zum wahren Täter führen könnten. Sie haben die Leiche bewegt. Sie haben sie weggebracht, um einen anderen Mann zu belasten. Sie sind bei Herrn Weller eingebrochen. Das zusammengefasst, könnte man als Beihilfe zum Mord sehen. Es wird jetzt sehr schwer, Ihre eventuelle Unschuld an dem Verbrechen zu beweisen, Nick. Mit dem Wegschaffen der Leiche und der Veränderung des Tatorts haben Sie sich einen Bärendienst erwiesen."

„Scheiße, verdammte!", fluchte er, ließ sich erschöpft auf den Stuhl fallen und krümmte sich zusammen, als müsse er einen großen Schmerz erleiden.

„Wollen Sie wirklich keinen Anwalt?", hakte Hansen nach.

Nick Opitz verzichtete weiterhin auf anwaltlichen Beistand und blieb stur bei seiner Version des Geschehens: er hätte die Leiche von Marlene vorgefunden und wegen seiner Jugendstrafe Panik gehabt, in Verdacht zu geraten. Deshalb habe er die Tote zu Anton Zellner schaffen wollen, sich jedoch im Stockwerk geirrt. Sein unbedachtes Verhalten tue ihm im Nachhinein sehr leid.

Hansen ließ ihn in eine Zelle bringen. „Vielleicht denkt er über Nacht in Ruhe nach und gibt Mord oder Totschlag zu." Der Chef hatte seine Mitarbeiter um sich versammelt. Als Einziger zeigte Holger eine zufriedene Miene, weil er sicher war, durch das Aufspüren des Lastenfahrrades einen beträchtlichen Anteil am Ermittlungserfolg zu haben.

„Was ist? Wieso diese Stille?", wunderte sich Hansen.

„Weil wir keine Beweise für Nicks Schuld am Tod von Marlene haben", ließ sich Gesine vernehmen. „Wenn er daran unschuldig ist, läuft der Mörder oder die Mörderin noch frei herum."

„Ich muss zugeben, der Fall ist eckig, keine runde Geschichte", räumte Hansen ein. „Der Kerl wirkt überzeugend. Ein Punkt ist die Waschmaschine. Er fiel aus allen Wolken, als ich sie bei der ersten Befragung erwähnte. Es waren auch keinerlei Fingerabdrücke am Einschaltknopf und an der ganzen Tastatur. Warum sollte der Opitz die abwischen, und die Fingerabdrücke am Bierglas zum Beispiel und woanders in der Wohnung vergisst er? Ein zweiter Punkt: Wenn der Opitz der Täter war, warum sollte er dann die Leiche wegschaffen und ausgerechnet zu Anton Zellner bringen wollen, Marlenes Ex-Freund? Meine Berufserfahrung sagt mir, das ist höchst ungewöhnlich. Normalerweise versuchen Täter, sich ein Alibi zu organisieren, bevor die Tat auffliegt. Ab in die nächste Kneipe, sich volllaufen lassen, rumkrakeelen und die Saufkumpane zu Zeugen machen."

„Warum rückt ihr von Nick Opitz ab? Nur weil er unser erster Verdächtiger war, soll alles falsch sein?", ereiferte sich Holger.

„Was denkst du?", wandte sich Gesine an Nora. Die freute sich, das erste Mal in dieser Runde geduzt zu werden. „Ich bezweifle, dass Nick gelogen hat."

„Die berühmten Gefühle!", stöhnte Holger leise.

„Ja, die und anderes. Warum sollte Nick Marlene bis auf den Slip ausziehen, nachdem er sie getötet hätte? Er war ihren nackten Anblick gewöhnt. Und überhaupt. Die Vorstellung, dass Nick Opitz mit einer Schneekugel auf Marlene einschlägt, ist für mich total abwegig. Wenn, dann schlägt der Kerl mit der Hand zu. Wie bei Marvin."

„Antje hat sich auch schon für den Typen ins Zeug gelegt", meinte Holger mürrisch.

Hansen zog nachdenklich die Stirn kraus. „Der Opitz bleibt vorerst hier. Die Beihilfe zum Mord steht im Raum. Ich rede mit dem Staatsanwalt; morgen ist die Lage hoffentlich eindeutiger."

19

Zuhause überfiel Tom Nora mit Fragen: War Nick Opitz der Mörder von Marlene? War er geständig, verhaftet, weggesperrt?

Sie antwortete karg: „Sitzt in der Zelle."

„Hat also gestanden. Dieser Mistkerl! Mit dem möchte ich gern fünf Minuten allein sein!"

„Ich hab Hunger. Wollen wir was essen gehen?"

„Erzähl erst mal. Was hat der Opitz gesagt? Warum hat er das Mädchen umgebracht?"

Nora rang sich zur Wahrheit durch. „Nick Opitz beteuert seine Unschuld am Mord. Den Transport der Leiche hat er zugegeben und die Verwechslung der Wohnungen. Wenn wir ihm glauben, ist der wahre Täter noch auf freiem Fuß."

„Der Opitz *ist* schuldig!"

„Die Beweislage für Mord ist mehr als dürr, und ob die den Staatsanwalt überzeugt, ist zweifelhaft."

„Im Klartext heißt das, *du* zweifelst."

„Ich kann's dir erklären."

„Spar's dir, ich habe genug gehört."

Nora ließ ihm Zeit, die schlechte Nachricht zu verdauen. Während Tom sich auf der Couch rumlümmelte und fern sah, machte sie Ordnung in der Wohnung, verstaute Toms Klamotten im Schrank und räumte die Küche auf. Hansen hatte sie am frühen Nachmittag gehen lassen, damit sie endlich mit ihrem Bericht über Amalia Dorn weiterkam oder überhaupt erst damit anfing. Nora schob den Schreibkram weiter hinaus. Dafür suchte sie die Dorn-Fotos zusammen; einige waren lose in der Tüte gewesen, andere musste sie aus den Dorn-Alben heraus trennen. Den kleinen Packen verwahrte sie in ihrer Tasche.

Dann rief sie ihre Tochter an und fragte sie beiläufig nach deren Vater. Robert war in Berlin, alles normal. „Und was treibst du, Kind?"

„Mom, wenn du mit dem nervigen Thema Ausbildung anfangen willst ..."

„Nie wieder, versprochen, Daphne. Bist du bei Jakob?"

„Ja, er kocht. Fisch. Meinst du das ernst?"

„Was denn, Schatz?"

„Keine Moralpredigten mehr?"

„Selbstverständlich. Du bist schließlich erwachsen und weißt, was du tust."

Daphne lachte leise. „Mom, du lügst wirklich erbärmlich. Jakob ruft, Essen ist fertig. Hab dich lieb."

„Ich dich auch, Daffi."

Nora legte das Handy weg und setzte sich zu Tom. „Geht's dir besser?"

Er nickte wortlos.

„Jedenfalls ist geklärt, warum Marlene in deiner Wohnung lag. Das ist viel wert, Tom. Und es könnte ja sein, dass Nick Opitz morgen zugibt, sie im Streit getötet zu haben. Wäre für mich zwar sehr überraschend ..."

„Lass man, ich habe verstanden. Ein falsches Mordgeständnis nützt niemandem." Er nahm sie in die Arme. „Vergessen wir den Mist für ein paar Stunden. Worauf hast du Lust? Essen gehen oder Spaziergang in Richtung Bett? Oder muss ich erst den Kater füttern?"

„Ehrlich gesagt, hätte ich den glatt vergessen. Werde ihn wohl doch ins Heim bringen müssen."

„Ich habe das Tierchen heute früh gefüttert und zusätzlich eine volle Schale auf die Terrasse gestellt. Vorschlag, Nora. Ich fahre morgen früh vor Dienstbeginn in Raben Steinfeld vorbei und schau nach ihm. Und ich werde im Bekanntenkreis rumfragen, ob ihn jemand nehmen kann. Einverstanden?"

„Okay. Du willst wieder zum Dienst?"

„Ja. Muss. Will. Der Schrecken ist ja nun teilweise vorbei." Er küsste sie. „Wie jetzt, erst essen, oder stürzen wir uns voller Leidenschaft aufeinander?"

„Kann ich beides haben?"

Nachts um halb zwei fing Noras Handy an zu klingeln, aber sie schlief zu fest, um es zu hören. Tom rüttelte sie wach. Er knipste das Licht auf dem Nachttisch an und hielt ihr das Telefon hin. Nora war noch etwas in ihrem Traum gefangen. Sie hatte geträumt, in einer Schlachterei zu arbeiten. Gerade teilte sie ein Schwein in zwei Hälften, sie allein, mit einer Axt! Übernahmen das heutzutage nicht Maschinen?

„Nora! Es ist dienstlich! Gesine."

„Geh ran, Tom, bitte."

„Nein, muss ich mir wahrscheinlich was über Leichen anhören. Nee." Er drückte eine Taste und hielt ihr das Handy ans Ohr: „Tut mir leid, dass ich störe, Nora. Wir haben eine Tote. Ein Brandopfer. Adresse folgt. Bis gleich."

„Bis gleich, Gesine."

„Hatte ich recht? Eine Leiche?"

„Ein Brandopfer."

„Mein Gott!", stöhnte Tom und sah sie mitleidig an. „Musst wenigstens was Warmes trinken, bevor du losfährst, ist bestimmt ziemlich kalt draußen. Kaffee oder Tee? Tee, ja?" Er sprang aus dem Bett. „Ich beeil mich."

Der Einsatzort war auf dem Großen Dreesch in der Egon-Erwin-Kisch-Straße. Blaulicht wies den Weg. Feuerwehrwagen und Polizeiautos standen vor einem rekonstruierten Plattenbau mit mehreren Eingängen. Einige schlaftrunkene Anwohner verfolgten das ungewöhnliche nächtliche Treiben.

Nora parkte ihr Auto, passierte die Polizeiabsperrung und lief zum Eingang, der im Zentrum der Aktivitäten stand. Der Brand war in der rechten Parterrewohnung ausgebrochen. Er war inzwischen gelöscht, und an der Fassade waren keine Brandspuren sichtbar. Feuerwehrleute rollten bereits ihre Schläuche ein.

Im Treppenflur roch es nach Rauch und Verbranntem. Bevor Nora zum Opfer vordringen konnte, nötigte Gesine sie nach draußen, auf die Straße. Nora protestierte leicht. „Was ist denn! Ich will ..."

„Wir haben die Tote heute gesehen und gesprochen, wir beide, du und ich."

Ein kleiner Schockmoment für Nora: „Wer ist es?"

„Tabea Wolf, die Angestellte von Frau Zellner, die uns nach ihrer kurzzeitig vermissten Freundin fragte. Erinnerst du dich?"

Das Bild der hübschen jungen Frau hatte Nora wie auf Knopfdruck deutlich vor Augen. „Das ist ja furchtbar! Schon was zur Todesursache?"

Gesine schüttelte den Kopf. „Keine voreiligen Schlüsse. Und Vorsicht, ist ein bisschen schmutzig und nass drin. Ich guck, ob ich irgendwo heißen Kaffee kriege. Meine Füße sind ein Eisblock. Für dich auch?"

„Nein, danke." Nora zog sich Schutzhandschuhe über und ging ins Zimmer, aus dem der Brandgeruch drang. Die Schäden hielten sich in Grenzen. Ein Holztisch war angekokelt, und Gardinen und Teile der Tapete ums Fenster waren durch das Feuer und das Löschwasser zerstört worden. Unter dem Fenster verkohlte Kleidungsstücke, ein schmutzig-nasser Klumpen.

Die Tote lag auf den bloßen Dielen mitten im Zimmer und war bis auf den Slip nackt. Nora war erschüttert. Das zweite tote Mädchen auf dem Dreesch innerhalb weniger Tage! Und beide jungen Frauen waren etwa im Alter von Daphne!

Nora trat näher und entdeckte an dem Opfer keine äußeren Verletzungen und keine Brandspuren. Sie wandte sich an die anwesende Rechtsmedizinerin. „Das ist das Brandopfer?"

Die Ärztin sah zu ihr auf. „Wer redet davon? Zwei verschiedene Dinge: Eine Leiche, kein großer Brand. Gibt ja Gott sei Dank in Meck-Pomm überall Feuermelder."

„Entschuldigung. Haben Sie eine Vermutung zur Todesursache?"

„Schlag auf den Kopf. Und keine Anzeichen einer Vergewaltigung. Das wollen Sie ja immer als Erstes wissen."

„Genau. Vielen Dank."

Nora hörte Hansens Stimme, gleich darauf war er neben ihr, und Holger folgte in seinem Schlepptau. „Raubmord können wir ausschließen. Soweit würde ich mich festlegen", sagte der Chef, „und keine Spuren eines gewaltsamen Eindringens in die Wohnung. Hier ist etwas ganz Persönliches abgelaufen. Wir befragen jetzt die Leute im Haus, sofern sie anwesend und ansprechbar sind. Das können Sie übernehmen, Kollege Klein. Holen Sie sich Verstärkung." Er nickte Holger zu, der sich daraufhin entfernte. „Die Kollegen von der Streife organisieren die Befragungen der weiteren Nachbarschaft."

„Ich brauche einen vorläufigen Todeszeitpunkt", sagte Hansen zur Rechtsmedizinerin.

„Zwischen zehn und Mitternacht. Alles Weitere im Laufe des Tages."

„Könnte eine Schneekugel das Tatwerkzeug sein?"

Die Kollegin zog genervt die Mundwinkel hoch. „Ich lege mich ungern so früh fest, wirklich ungern. Auf Wiedersehen."

„Du glaubst an eine Verbindung zwischen beiden Fällen, Bert?" Nora unterdrückte einen Hustenanfall.

„Möglich ist es. Schlag auf den Hinterkopf. Junge Frau. Nur im Slip."

„Aber Tabea Wolf starb in ihrer Wohnung und wurde nirgends hin verbracht", hielt Nora dagegen, „dazu haben wir einen dilettantischen Versuch, die Bude anzustecken. Schon die Waschmaschine gecheckt?"

„Leer und aus. Du und Gesine, ihr beide habt das Opfer gekannt?"

„Kaum. Sie ist eine Angestellte der Zellner, und ich habe höchstens fünf Worte mit ihr gewechselt. Hab übrigens durchs Fenster beobachtet, dass es zwischen Tabea und der Zellner eine Unstimmigkeit gab."

„Welchen Eindruck hattest du von Tabea?"

„Sympathisch. Sie sorgte sich um eine Freundin, deren Name ist mir entfallen. Es war die Vermisste vom Wochenende, die in Berlin war. Soll ich Holger unterstützen?" Erneuter Husten hinderte Nora am Sprechen.

Hansen führte sie auf die Straße. „Nora, mir wäre sehr daran gelegen, wenn du mit zu den Eltern von Tabea fährst. Mir ist ... also, mit dir wäre es leichter."

Hatte sie eine Wahl? „In Ordnung. Ich begleite dich. Du sagst es der Familie, und ich stärke dir den Rücken."

Tabeas Eltern, Evelyn und Bruno Wolf, waren geschieden und hatten eine weitere Tochter, Lara. Während der Fahrt nach Neumühle bekniete Hansen Nora, *sie* solle die Todesnachricht überbringen. Die kranke Antje könne er unmöglich nachts aus dem Bett klingeln. Nora gab nach. Hansen blieb im Auto sitzen.

Evelyn Wolf schien nicht zu begreifen, dass ihre Tochter Tabea Opfer eines Gewaltverbrechens geworden war. Sie zeigte keine Reaktion, schlug den Bademantel, den sie lose über ihr kurzes Nachthemd geworfen hatte, enger um sich und bot Kaffee an. Ohne die Antwort abzuwarten, lief sie in die Küche, ließ Wasser in die Maschine laufen und schaltete sie ein. Nora war ihr gefolgt und bemerkte, dass Kaffeepulver fehlte. „Setzen Sie sich, Frau Wolf. Ich mach das mit dem Kaffee."

„Und wo ist Tabea jetzt?", fragte die Mutter mit versteinerter Miene.

„Sie wird zur Rechtsmedizin gebracht, wegen der konkreten Todesursache."

„Sagen Sie Tabeas Vater Bescheid?"

„Wo ist er?"

„In Indien. Er ist Arzt. HNO. Er kümmert sich um Kinder, um kleine Kinder."

Bis auf das blubbernde Geräusch der Kaffeemaschine war es absolut still in der Küche. Evelyn Wolf hatte sich gesetzt und starrte ausdruckslos auf die Tischplatte. Nora war die Situation nicht geheuer, und sie überlegte, einen Notarzt zu rufen. Die Mutter weigerte sich offenbar, das Geschehene an sich ran zu lassen und wirkte wie eingemauert. Was würde passieren, wenn diese Mauer einstürzte?

„Haben Sie jemanden, der Ihnen beistehen kann? Eine Freundin vielleicht?", erkundigte sich Nora.

„Lara."

„Ihre andere Tochter? Wo ist sie?"

„Im Krankenhaus, bei der Arbeit. Ich bin schrecklich müde. Gehen Sie, bitte."

„Später gehe ich, selbstverständlich." Nora schrieb Hansen, der im Auto auf sie wartete, eine Nachricht: sie müsse länger bei der Mutter bleiben, zur Not über Nacht. Er solle nach Hause fahren, dann bekäme wenigstens einer Schlaf.

Nora nahm Hansens *Danke* zur Kenntnis und setzte sich zu Frau Wolf. Sie nahm die kalte Hand der Mutter und sprach leise auf sie ein. „Schauen Sie mich an, Frau Wolf, und hören Sie mir zu. Ihre Tochter Tabea ist tot, sie wurde ermordet. Es tut mir sehr leid."

Evelyn wollte ihre Hand zurückziehen, doch Nora hielt sie fest.

20 Dienstag

Nora betreute Evelyn Wolf bis zum Vormittag. Zweimal in der Nacht hatte sie den Notarzt gerufen. Die Mutter stellte sich der schrecklichen Wahrheit erst, als ihre Tochter Lara nach ihrer Schicht in der Notaufnahme am Morgen zu ihr kam. Zu der Zeit erreichte Nora endlich die Eltern von Evelyn Wolf, und nachdem die eingetroffen waren und das Nötige besprochen war, fuhr Nora einigermaßen beruhigt zur Inspektion.

Hansens Büro war übervölkert. Vom Türrahmen aus verfolgte Nora ein hektisches Frage- und Antwortspiel und schloss daraus, dass sich im neuen Fall bisher keine heiße Spur ergeben hatte. Sie drängelte sich an Holgers Seite, und zwischen beiden entspann sich flüsternd ein Gespräch. „Zeugen in der Nachbarschaft, Kollege?"

„Nachdem die Brandmelder nervten, haben mehrere Nachbarn die Feuerwehr verständigt. Befragungen ohne Ergebnis. Übrigens, Frau Graf, Sie sehen schlecht aus."

„Danke. Tun Sie mir einen Gefallen?" Weil er sie mit abweisender Miene taxierte, schob sie bittend nach: „Ich habe mich die Nacht über um Frau Wolf gekümmert. Das war strapaziös, und ich fühle mich außerstande ... Kurz, der Vater von Tabea muss informiert werden. Er ist Arzt und zu einem Einsatz in Indien. Nehmen Sie mir den Anruf ab?"

Weil Holger stumm blieb, versuchte Nora es mit einer kleinen Erpressung: „Oder soll ich Hansen erzählen, wie wir auf das Lastenfahrrad gestoßen sind?"

„Schon gut, überredet. Geben Sie mir die Nummer."

Nachdem sich die Kollegen zerstreut hatten, ließ Nora sich auf einen Stuhl vor Hansens Schreibtisch fallen.

„Was hältst du von der Lage, Bert? Zwei junge Mädchen tot. Ich befürchte, dass wir nächste Woche die dritte Tote haben könnten."

„Das werden wir verhindern! Was Hilfreiches von der Familie erfahren?"

„Die Mutter hat kein Wort über Tabea gesagt, das uns helfen könnte. Kein einziges Wort. Entweder war sie völlig starr oder sie hat geweint. Du kannst mir glauben, dass ich froh war, als sie endlich schlief. Die Schwester Lara erwähnte den Freund von Tabea, einen Hagen ...?"

„Hagen Beck, Busfahrer."

„Aha, habt ihr bereits ermittelt. Lara hatte die Nacht über Dienst in der Notaufnahme im Krankenhaus und konnte dort nicht früher weg. Ihr ist unbegreiflich, warum jemand ihre kleine Schwester umbringen sollte. Sie ist am Boden zerstört."

„Du machst auch einen kaputten Eindruck", bemerkte Hansen mitfühlend. „Danke dir, dass du für mich eingesprungen bist."

„Versteht sich von selbst. Obduktionsbericht da?"

„Nein. In ein bis zwei Stunden."

„Was Neues, Nick Opitz betreffend?"

Hansen maß sie mit einem Blick, der um Verständnis bat. „Den werden wir unter Auflagen laufen lassen."

„Was?! Das war Beihilfe zum Mord! Ist das die Entscheidung des Haftrichters?"

„So ist es. Der Opitz leugnet den Mord weiterhin, und die Tat letzte Nacht weist nach ersten Erkenntnissen Ähnlichkeiten mit dem Mord an Marlene auf. Der Opitz saß zur Tatzeit Tabea bei uns in der Zelle." Bedauernd hob er eine Hand. „Der Haftrichter sieht keine Fluchtgefahr, fester Wohnsitz, fester Arbeitsplatz ... du kennst das."

„Großartig! Ich bin begeistert!" Sie sah sich um. „Hast du ein Glas Wasser für mich, Bert?"

„Willst du lieber was Stärkeres?"

„Nein, nein, ein Schluck Alkohol, und ich falle um. Hab kaum was Ordentliches im Magen."

Er reichte ihr ein Glas Wasser, das sie fast in einem Zug austrank. „Der Einbruch beim Weller bleibt aber. Oder hält der Haftrichter den auch für fraglich?"

Hansen schnaufte und zog mit ratlosem Gesicht die Schultern hoch.

Nora hatte noch etwas anderes auf dem Herzen. „Wie steht's denn mit Christa Meier? Hast du einen Hinweis auf ihren Aufenthaltsort?"

„Die Meier bleibt wie vom Erdboden verschluckt. Musste heute leider die Streife in Raben Steinfeld abziehen, zu wenig Personal. Der Ehemann bestreitet weiterhin heftig zu wissen, wo seine Frau ist, und bisher haben wir keinen verdächtigen Kontakt. Trotzdem, die Meier ist Hausfrau und keine Gewohnheitskriminelle. Die benötigt doch Hilfe, wenn sie untertaucht. Wo soll die hin?"

„Ja, wohin?" Über die Meier würde sie später nachdenken. Nora erhob sich mühsam.

„Hau ab und gönn dir eine Mütze Schlaf."

„Danke, Berthold, werde ich tun. Danach könnte ich nach Raben Steinfeld fahren und dem Meier auf die Pelle rücken. Was hältst du davon?"

„In Ordnung. Und dein Bericht zur Dorn?"

„Die Fotos habe ich schon rausgesucht. Hier, bitte. Den Bericht hast du morgen, hundertprozentig!"

Im Eingangsbereich der Inspektion trat Nora eine junge Frau in den Weg. „Sind Sie vom Mord?"

„Kriminalhauptkommissarin Nora Graf. Worum geht's?"

„Ich bin wegen Nick hier, Nick Opitz. Er ist unschuldig! Der Mord an Marlene. Er hat ein Alibi, ich kann's bezeugen!" Die Frau sprach mit lauter unduldsamer Stimme, als müsste sie sich gegen Vorwürfe wehren. Nora fiel ihr ins Wort. „Ihren Namen, bitte."

„Natalie Brandt. Und ich will für Nick …"

„In welchem Verhältnis stehen Sie zu ihm?"

„Ich bin eine enge Freundin, und Mittwochnacht war ich bei ihm, in seinem Bett. Nick hat mit dem Tod ..."

„Stopp!" Nora war etwas verwirrt von der jungen Dame, besonders von ihren braunen Kulleraugen, die sie ausdrucksstark in Szene setzte. Und weil ihr zusätzlich die laute Stimme auf die Nerven ging, wollte Nora ihr keineswegs weiter zuhören. Sie brachte Natalie Brandt zu Hansen und verfolgte die Befragung.

Natalie sagte aus, seit der Schulzeit mit Nick Opitz befreundet zu sein. Sie würden ab und zu miteinander im Bett landen. Egal, ob einer von ihnen beiden einen festen Partner hätte. So sei es am Mittwoch voriger Woche geschehen. Nick wäre zwanzig nach neun mit dem Auto nach Hause gekommen, und sie wären rauf in seine Wohnung. Dort hatten sie Sex gehabt. Weil Nick fürchtete, dass Marlene ihm hinterher kommen könnte, wäre sie, Natalie, ungefähr um halb elf zu sich.

„Nick Opitz hat Sie mit keinem Wort erwähnt, als es um sein Alibi ging", entgegnete Hansen.

Natalie lächelte. „Er will mich außen vorlassen, ist typisch Nick."

„Wir haben keinen Telefonkontakt zwischen Ihnen und Nick Opitz in der Tatnacht. Woher wussten Sie, ab wann er zu Hause sein würde?"

Seine Frage brachte Natalie in Verlegenheit. „Habe eben auf ihn gewartet, das mache ich gern."

„Wie muss ich mir das vorstellen? Sie warten auf der Straße, ohne Ahnung, ob er auftauchen würde? Oder haben Sie einen Schlüssel?"

„Kein Schlüssel, natürlich. Wie spießig wäre das denn!"

„Lieben Sie Nick Opitz?"

„Oh ja!" Ihre Kulleraugen strahlten. „Er ist meine große Liebe."

„Aber seine große Liebe war Marlene Kruse."

„Und wenn schon. Ich bin großzügig und kann teilen. Jeder Mensch ist frei, oder?"

Hansen und Nora verließen das Büro. „Seltsam, dass die Brandt erst jetzt mit dem Alibi rausrückt, wo Opitz fast keins mehr benötigt", meinte sie. „Und wieso hat er dieses Treffen verschwiegen?"

„In der Tat merkwürdig. Werde gleich mit ihm darüber reden. Und du fährst nach Hause, bevor du mir zusammenklappst."

„Darauf kannst du lange warten. Ruf mich an, wenn sich was ergibt, ja? Bis nachher."

Während der Autofahrt merkte Nora deutlich, wie hungrig sie war. Seit dem behelfsmäßigen Frühstück bei Frau Wolf hatte sie nichts mehr gegessen. Sich selbst zu Hause etwas Warmes zubereiten? Sie war die schlechteste Köchin, die sie kannte, und im Moment sicher auch die müdeste.

Nora stellte das Auto auf dem Parkplatz am Schloss ab und lief die Schlossstraße hinunter. Ihr Ziel war eine kleine Gaststube, in die sie bereits mehrmals eingekehrt war. Dort gab es verschiedene Suppen nach Hausfrauenart, und jeder Gast wurde von der Inhaberin geduzt. Obwohl das eine Formalie sein konnte, fühlte Nora sich stets besonders willkommen.

Vom Tresen holte sie sich eine Möhrensuppe mit Würstchen und einen Ingwertee und setzte sich an einen Zweiertisch am Fenster. Die Suppe wärmte Nora, und nachdem der erste große Hunger gestillt war, fühlte sie, wie die Anspannung der vergangenen Nacht stückweise von ihr abfiel. Bilderfetzen jagten ihr durch den Kopf. Die belustigten Augen von Doktor Peters, der piepsende Reinhard Meier mit Bierkasten vor dickem Bauch, der verfressene Kater, eine abweisende Geste von Robert, Tom mit Tulpen, Frau Wolf, die unaufhörlich weinte.

„Hallo, Frau Kommissarin. Man trifft sich immer zweimal. Darf ich mich setzen?"

Nora war überrascht, Anton Zellner hier zu begegnen. Sie deutete mit einer Handbewegung auf den freien Stuhl. „Sind Sie ein Suppenfan?", fragte sie, bevor ihr als Nächstes einfiel, dass Anton von Tabea Wolfs Tod erfahren haben könnte. Tabea war eine Mitarbeiterin seiner Mutter, und die konnte unter Umständen schon von dem Verbrechen wissen. Doch Antons arglose Miene wies auf das Gegenteil hin. „Bin wegen Ihnen in den Laden", sagte er und lächelte sie an, „Sie haben mich angelockt."

„Wie das?"

„Lady, seitdem Sie mich treppauf, treppab verfolgt haben, verbindet uns ein unsichtbares Band."

„Ist das etwa ein Flirtversuch?"

„Ich denke, ist erlaubt bei einer schönen Frau. Oder hat die Polizei was dagegen?"

„Es gibt bestimmt jüngere Frauen, die Ihre Gegenwart gern genießen würden, Herr Zellner. Ich bin die falsche Altersgruppe."

„Können Sie mit dem *Herr Zellner* aufhören, bitte? Ich heiße Anton. Und ich mag Damen knapp über dreißig. Ist ein Ausgleich zu meiner Mama, die steht auf jüngere Kerle."

„Haben Sie ein Problem damit?"

„Nein. Wieso haben Sie meine Mutter über mich ausgefragt? Das war uncool."

„Aber hilfreich für uns." Sie schob die leere Suppenschüssel von sich. „Seit wann sind Sie spielsüchtig?"

Er winkte ab. „Da hat Ihnen mein Liebmütterlein einen Bären aufgebunden. Von wegen *spielsüchtig*. Das ist ein ziemlich großes Wort für meine kleine Wetterei."

„So klein, dass Sie sogar Geld von Marlene schnorren mussten."

Er wurde ernst. „Das bisschen von Marlene, nur, wenn's extrem knapp wurde. Marlene hat mich verstanden. Sie war unternehmungslustig wie ich und kein Pfennigfuchser wie der Opitz. Ich habe ihr alles zurückgezahlt." Er holte eine Zigarette aus einer Jackentasche und spielte mit ihr herum. Nora trank den Ingwertee, der sich abgekühlt hatte, in winzigen Schlucken.

„Was ist das für ekliges Zeug?", erkundigte er sich.

„Ingwertee, sehr gesund. Möchten Sie oder lieber eine Suppe? Ich lad Sie ein. Hier schmeckt's wie bei Muttern."

Widerwillig schüttelte er seine Mähne. Seine Haare waren frisch gewaschen und gepflegt, offensichtlich sein ganzer Stolz. Inzwischen war Nora überzeugt, dass Anton keine Ahnung hatte, dass Tabea Opfer eines Verbrechens geworden war. Dabei wollte sie es belassen; ihn zu informieren, war Hansens Angelegenheit. „Erzählen Sie mir. Was machen Ihre Pläne? Tut sich was mit der Schauspielerei?"

„Leider keine Chance. Bin schon zweimal durch die Prüfung gerauscht. Die von der Schauspielschule sagten, ich sei ein interessanter Typ, aber an der Wandlungsfähigkeit würde es hapern. Deshalb arbeite ich an mir. Schlüpfe in andere Rollen, verkleide mich. Das übt."

„Und verzichten dabei ab und zu auf Klamotten?"

Erst begriff er nicht, dann grinste er breit. „Ach, die Nacktflitzerei! War eine harmlose Wette." Er legte seine Unterarme auf den Tisch und beugte sich zu ihr. „War keine schlechte Vorstellung, oder?"

„Das war Erregung öffentlichen Ärgernisses, Anton."

„Oh je, oh je, immer Polizistin mit dem Gesetzbuch im Ärmel. Ihr Mann kann einem ja leidtun. Das war er doch, der Typ am Pfaffenteich?"

„Mein Privatleben lassen wir mal außen vor. Haben Sie ein Tattoo auf einem Arm?"

Er stutzte. „Können Sie hellsehen?"

„Marlene hatte eins mit dem Buchstaben A, ist zu vermuten, dass Sie gemeint waren."

„Ja, frisch verliebt, im ersten Überschwang … Und das hat sie behalten? Das wird den Opitz schön genervt haben."

„Möglich. Warum haben Sie und Marlene sich getrennt?"

Anton zerbröselte die Zigarette und ließ die Reste in seiner Tasche verschwinden. „Das habe ich mich seit Marles Tod oft gefragt. Ich denke, es lag daran, dass wir beide auf Dauer wenig miteinander anfangen konnten und Marle was Festes wollte. Während ich eher locker drauf bin." Seine Stimme wurde vorwurfsvoll. „Der Opitz war auch der Falsche. Für den war Marlene sein persönliches Eigentum. Der mit seiner bescheuerten Eifersucht! Am liebsten hätte er Marlene aufgefressen. Haben Sie ihn endlich festgenommen?"

„Kein Kommentar." Wenn Anton erfuhr, dass es Nicks Plan gewesen war, die tote Marlene in seine Wohnung zu bringen, was würde dann wohl zwischen beiden ablaufen?

„Heißt wohl, Sie glauben dem seine Lügen!"

„Wir glauben nicht, wir ermitteln; und zwar nach allen Seiten. Und Sie halten sich da schön raus." Es wurde Zeit zu gehen. „Ach, Anton, kennen Sie zufällig eine Natalie Brandt?"

„Wer soll das sein?"

„Unwichtig. Ich muss los. Passen Sie auf sich auf, Anton. Auf Wiedersehen."

Zur gleichen Zeit fragte Hansen Nick Opitz, ob er Natalie Brandt kenne.

„Die schon wieder", sagte Nick lahm.

„Also *ja*", meinte Hansen, „wann haben Sie Frau Brandt das letzte Mal gesehen?"

Nick schreckte auf. „Wieso? Ist was mit der?"

„Nein, keine Sorge. Also, wann war das letzte Mal?"

„Woher soll ich das wissen. Herr Kommissar, die rennt mir hinterher, aber ich habe null Bock auf die. Verstehen Sie? Glauben Sie Natalie kein Wort. Was die Ihnen erzählt, sind alles Lügen und Verleumdungen!"

„Das ist schade für Sie, Herr Opitz. Denn Natalie Brandt gibt Ihnen für die Nacht, in der Marlene Kruse starb, ein Alibi."

„Was?!" Nick lachte herb auf. „Ich will keine Hilfe von der. Die ist total bekloppt. Verfolgt mich seit Jahren. Wie eine Stalkerin." Er verbesserte sich. „Nein, die *ist* eine Stalkerin. Ich hätte die längst anzeigen sollen!"

Hansen war verblüfft. Er hatte die Möglichkeit in Betracht gezogen, von Natalie Brandt angelogen zu werden. Aber wie sich die Sachlage nun darstellte, war ungewöhnlich. Jeder andere hätte das Alibi mit Kusshand genommen. Dass Nick Opitz es abwies, könnte ein Zeichen seiner Unschuld sein. Oder war alles ein abgekartetes Spiel der beiden und er, Hansen, fiel drauf rein?

„Herr Opitz, waren Sie Mittwochnacht, sagen wir mal, ab einundzwanzig Uhr dreißig für ungefähr eine Stunde mit Natalie Brandt in Ihrer Wohnung?"

„Behauptet Sie das etwa?"

„Ja. Sie sprach von großer Liebe."

„Ha! Ich verzichte."

„Sie verzichten auf das Alibi?"

„Die Schlange lügt."

„Herr Opitz, Frau Brandt machte ziemlich genaue Angaben darüber, wann sie in der Tatnacht mit Ihnen zusammen war."

„Sie lungert oft vor meiner Wohnung rum. Die rennt mir nach, seit der Schulzeit. Wie kann man im Kopf dermaßen vernagelt sein." Er begann, seine Brille zu putzen. „Hätte ich nur nie …", murmelte er dabei.

„Was hätten Sie nie tun sollen? Gibt es da doch etwas zwischen Ihnen und Frau Brandt?", hakte Hansen nach.

21

Robert hat eine jüngere Frau geschwängert und will mit ihr zusammenziehen. Er läuft durch Noras Wohnung in Schwerin und will Dinge mitnehmen, zu seiner neuen Familie. Nora schreit: alles bleibt, wie es ist! Statt Robert ist da auf einmal ein Mann ohne Gesicht, dessen Handy ständig klingelt. Sie komplimentiert ihn aus der Wohnung und entdeckt, dass sie durch Wände laufen kann, findet hinter der Küche einen weiteren Raum. Ohne Möbel, mit weinroten Wänden. Ein Zimmer, das sie ganz nach ihrem Geschmack einrichten kann. Allein für sich! Ein tolles Gefühl. Robert ist wieder da. Er will die jüngere Frau und gleichzeitig ein Verhältnis mit Nora. Sie zeigt ihm stolz ihr Extra-Zimmer mit den weinroten Wänden. Das Handy nervt. Wenn es bloß aufhören würde ... Nora erwachte und schaute sich um. Das war ihre Wohnung, sie hatte zwei Zimmer. Robert war weit weg, und ihr Handy klingelte.

Hansen hatte Neuigkeiten. „Natalie Brandt hat am Tatabend ‚Marlene' vor Nicks Haus auf ihn gelauert, dafür hat Holger sogar Zeugen gefunden. Damit stützt sie Opitz' Aussage, dass er zwischen neun und halb zehn zu Hause war. Dass sie mit ihm in der Kiste war, ist Lüge. Aus verquerer Liebe oder vor lauter leidenschaftlicher Besessenheit. Woran Nick Opitz seinen Anteil hat."

„Wie darf ich das verstehen?"

„Wenn es ihm passt, hüpft er schon mal mit ihr ins Bett. Ansonsten wünscht er sie zum Teufel und fühlt sich belästigt. Nora, der Obduktionsbericht von Tabea Wolf ist da. Sie war in der sechsten Woche schwanger."

„Nein! Das ist ja furchtbar!"

„Du sagst es. Bei der Tatwaffe hält es die Rechtsmedizinerin für möglich, dass Tabea mit einem ähnlichen Gegenstand aus Glas getötet wurde wie Marlene."

„Das deutet in Richtung eines Täters oder einer Täterin in beiden Fällen, Bert."

„Ja, so sieht es aus. Heute Abend kommt Tabeas Freund Hagen Beck zurück aus Kolberg. Ist Busfahrer bei einem Reiseunternehmen. Mal hören, was der erzählt. Und du? Erholt?"

Nora quälte sich vom Sofa hoch und bemühte sich, munter zu klingen. „Bin wie neugeboren, Berthold, und auf dem Weg nach Raben Steinfeld zum Meier. Wie lange erreiche ich dich im Büro?"

„Ich warte auf den Beck. Das kann dauern. Kannst mich also jederzeit anrufen oder vorbeischauen."

Gott bewahre, dachte Nora nebenbei. Die zwei Stunden auf der Couch waren kein Ersatz für erholsamen Nachtschlaf. Sie duschte ausgiebig, aber das änderte nichts daran, dass sie sich schlapp fühlte.

In der Küche trank Nora im Stehen einen Kaffee. Dabei stellte sie sich Reinhard Meier vor, diesen kräftigen Mann mit dem dünnen Stimmchen. Wenn der das Versteck seiner Frau kannte ... Wie den aus der Reserve locken? Mit welchem Trick überlisten oder womit gar erschrecken? Ihm vorwerfen, die Ermittlungen zu behindern, eine Straftat zu vertuschen? Zur Not sogar Mittäterschaft und ihn mit großem Tamtam abführen lassen? Vor der gesamten Nachbarschaft?

Nora schnappte sich ihre Tasche und verließ die Wohnung. Vor der Haustür traf sie auf Tom.

Sie drückte ihm einen flüchtigen Kuss auf die Wange. „Muss nach Raben Steinfeld, vorher im Büro vorbei, meine Waffe holen und mir ein Streifenhörnchen als Begleitung schnappen."

Als Tom hörte, was Nora vorhatte, wollte er unbedingt mit. Auf das Streifenhörnchen könne sie verzichten. Solange die Meier auf freiem Fuß war, würde *er* sie vor der beschützen. In Raben Steinfeld war sie niedergeschlagen worden, hatte eine leichte Gehirnerschütterung und einen andauernden Filmriss davongetragen. Schon sich selbst hinters Steuer zu setzen, sei in ihrem Zustand lebensgefährlich. Er würde das übernehmen, und Nora war schließlich einverstanden. In der Inspektion holte sie ihre Waffe, dann fuhren sie nach Raben Steinfeld.

„Wie war dein erster Arbeitstag nach der Zwangspause?", erkundigte sich Nora.

„Öde. Musste Papierkram erledigen. Und bei dir? Was zur neuen Toten?"

„Tabea Wolf, fast vierundzwanzig Jahre alt und schwanger. Möchtest du mehr hören?"

Tom schüttelte den Kopf. Tabea Wolf erinnerte ihn an Marlene Kruse. Nora lehnte sich im Sitz zurück, ihr Blick glitt über Tom hinweg und blieb bei seinen Händen hängen. Sie waren schmalgliedrig und kräftig zugleich, mit winzigen schwarzen Härchen auf der Haut. Unbewusst seufzte Nora etwas zu laut.

„Ein Problem?", reagierte er sofort.

„Nein, nein. Ich überlege, wie ich's mit dem Meier anstelle."

„Er ist hoffentlich zu Hause."

„Mal sehen. Sonst warte ich eben."

„Und ich?"

„Du hast darauf bestanden, bei mir zu sein. Jetzt hör auf zu jammern. Kannst den Kater einfangen. Wird das Beste sein, ihn im Tierheim abzuliefern."

„Antje wird uns lynchen", meinte Tom.

„Ach ja? Hast du mit ihr über Ramses gesprochen?"

„Wieso sollte ich. Aber die meisten Frauen sind vernarrt in diese Schmusedinger."

Nora verkniff sich die Nachfrage, wieso ihm beim Thema *Frau und Katze* ausgerechnet Antje einfiel. Tom schien zu ahnen, was sie dachte, und schob nach. „Ich verfüge über eine gewisse Lebenserfahrung. Das ist alles."

Reinhard Meier nahm weder die Anrufe auf dem Festnetz noch auf seinem Handy an. Seine Tür blieb zu. Nora und Tom gingen ins Haus Dorn, um dort eine Weile auf ihn zu warten. Nora öffnete und schloss die Terrassentür mehrmals in der Hoffnung, das leicht quietschende Geräusch würde Ramses anlocken. Tom rief ihr aus der Küche zu: „Nora, hör mal! Ich hab plötzlich riesigen Knast. Meinst du, ich kann mir eine Konserve nehmen?"

Rasch war sie bei ihm. „Griffel weg von den Sachen! Das ist ein Tatort. Lass uns lieber nach einer Katzenbox suchen. Für den Fall, Ramses taucht auf. Wenn nicht ... ich hoffe, Antje ist morgen wieder da. Sie könnte das Einfangen übernehmen, versteht sich besser auf Katzenangelegenheiten als wir."

„Gute Idee." Zu Noras Verwunderung begann er, Schranktüren zu öffnen, Fächer aufzuziehen. Sie vermutete, er spielte dieses Theater, um sie möglichst lange in der Küche festzuhalten. Wahrscheinlich hoffte er, dass ihre Erinnerungslücke sich hier am ehesten schließen würde. Die Leiter, von der aus sie Christa Meier den Sturz von Amalia Dorn vermutlich demonstriert hatte, stand an ihrem angestammten Platz in einer Ecke. In ihrer Fantasie sah sich Nora auf der obersten Stufe. Wenn es so war, was war danach geschehen?

„Wird das Haus verkauft?", unterbrach Tom ihre Gedanken.

„Äh, ja. Warum?"

„Ist ein schönes Haus, geräumig, mit Garten. Ist bestimmt sehr begehrt."

„Und sehr teuer."

Tom schielte zu ihr hinüber, mit einem unsicheren Grinsen im Gesicht. „Und der Kater könnte sein Zuhause behalten."

„Willst du es etwa kaufen? Hey, das übersteigt garantiert deine Gehaltsklasse und wäre viel zu groß ..."

Tom zwinkerte ihr zu, und Nora begriff, was er wirklich meinte. „Oh, nein. Vergiss es! Ich habe meine kleine Wohnung und genug private Probleme am Hals."

„Man wird doch träumen dürfen." Unvermittelt fragte er: „Am Freitag, als du mit der Meier allein warst. Wo lag dein Handy?"

„Auf dem Küchentisch?"

„Es hat geklingelt, und du bist runter von der Leiter."

„Das wäre eine Möglichkeit."

„Nora, überleg mal! Das Handy hat dich abgelenkt. Warum sonst hättest du der Meier den Rücken zudrehen sollen? Erinnere dich!"

„Du wirst recht haben. Wichtiger wäre zu wissen, ob die Meier mir gegenüber zugegeben hat, dass sie die Dorn töten wollte. Habe ich ein Mordgeständnis gehört?"

„Wenn wir sie haben, tust du einfach so als ob. Basta!"

Nora schüttelte ungläubig den Kopf. „Gibst mir tolle Ratschläge. Wärst ein prima Mordermittler."

Schlagartig wurde Tom ernst. „Kein Meier, kein Kater! Das war's für heute." Im Vorbeigehen streifte er ein Handtuch und stutzte. Er winkte Nora zu sich und flüsterte: „Jemand ist im Haus. Hast du die oberen Zimmer kontrolliert?"

„Wieso sollte ich. Du bist der Aufpasser."

„Du bleibst hier, ich gehe schnell hoch."

Nora hielt Tom zurück. „Wieso glaubst du ...?"

„Das Geschirrtuch ist feucht. Es muss vor kurzem benutzt worden sein. Jemand hat sich einen Tee gekocht, Tasse abgewaschen, mit dem Tuch abgetrocknet. Riecht nach einer Frau. Wer außer der Meier soll das gewesen sein?"

„Und wo ist der Teebeutel?" Nora checkte den Mülleimer. „Ist leer."

„Ja, so doof wird die nicht sein. Hat ihn mitgenommen."

Nora zweifelte. Es war eigentlich unmöglich, dass Christa Meier sich im Haus Dorn versteckte; es war mit observiert worden. Andererseits: Vielleicht besaß sie eine heimliche Kopie des Ersatzschlüssels, den Amalia ihr überlassen hatte. Und die Observierung war kürzlich beendet worden.

„Sehen wir zuerst im Keller nach", drängelte Tom. „Wer verkriecht sich schon im Schlafzimmer. Wenn, dann ist die Meier im Keller."

„Sollten wir lieber Verstärkung rufen?"

„Wegen einer Oma?!"

Sie schlichen die Kellertreppe runter. Nora zog ihre Pistole; Tom war unbewaffnet. Beide postierten sich einander gegenüber und lauschten an der Kellertür; kein Laut. Vorsichtig drückte Nora die Klinke runter und signalisierte Tom, dass abgeschlossen war. Wenn die Tür von innen verschlossen worden war, wies das darauf hin, dass sich wirklich jemand im Keller verkrochen hatte. Tom nahm Anlauf, trat mit dem rechten Fuß die Tür auf, und der dunkle Raum verschluckte ihn. Nach dem Knall, den das Aufbrechen der Tür verursacht hatte, war es sehr still. Nora schaltete das Licht ein und sah den Schlüssel innen stecken. Es war, wie Tom vermutet hatte.

Im linken Teil des Kellers standen Gartengeräte fein säuberlich nebeneinander sowie eine Katzenbox. Der rechte Teil war voll mit ausrangierten Möbeln und hoch aufgestapeltem Gerümpel, zum Teil abgedeckt. Tom postierte sich breitbeinig vor diesem unübersichtlichen Haufen und rief: „Polizei! Ende mit dem Versteckspiel. Raus mit erhobenen Händen!"

Nichts tat sich.

„Frau Meier, ich bin Nora Graf, Sie kennen mich. Haben Sie keine Angst, nehmen Sie die Hände hoch und kommen Sie raus."

Wieder keine Reaktion. „Werde ich wohl den ganzen Drecksbhaufen durcheinander wirbeln müssen", sagte Tom halblaut.

„Und wenn wir uns irren?", flüsterte sie.

„Wir können die Alte auch aushungern", sagte Tom lauter. Nora knuffte ihn in die Seite und bedeutete ihm zu schweigen. Sie versuchte es erneut: „Frau Meier, seien Sie vernünftig. Sie haben mich zwar niedergeschlagen und verletzt, aber das ist schon halb vergessen und fast ausgeheilt. Kein bleibender Schaden. Also, entscheiden Sie sich, sonst rufen wir ein Sonderkommando. Das wird dann weniger spaßig …"

Drei, vier Sekunden dauerte die Stille, bevor ein leises Knarren zu hören war. Die Tür eines alten Holzschrankes öffnete sich, und ein zerwühlter grauer Haarschopf kam zum Vorschein.

22

Tom packte Christa Meier hart am Arm, als wolle er eine erneute Flucht verhindern.

„Wo und bei wem haben Sie sich seit Freitag versteckt?", fragte Nora.

„Kann ich meinen Mann sprechen?", bat Frau Meier.

Nora lehnte ab. „Wir nehmen Sie fest wegen Mordes und versuchten Totschlags. Ich will mein Handy."

„Das habe ich irgendwo weggeworfen."

„Warum haben Sie es mir geklaut?"

Frau Meier schwieg.

„Wo waren Sie seit Freitag?"

„Los, raus mit der Sprache!", forderte Tom.

Die Frau senkte den Kopf und blieb stumm. Tom legte ihr Handschellen an. Nora informierte Hansen über die Festnahme. „Gehen wir erst mal hoch ins Wohnzimmer, Frau Meier. Dort können Sie ein Glas Wasser trinken, falls Sie Durst haben."

Im Zimmer bugsierte Nora die Verhaftete auf die Couch und packte eine Wolldecke um deren Schulter. Danach zog sie Tom beiseite. „Hansen schickt eine Streife. Wir sollen uns mit Fragen zurückhalten, sind einfach nur nett zu der *Oma*, okay?"

Tom schaute grimmig. „Die Alte hätte dir den Schädel einschlagen können. Und jetzt sollen wir die mit Samthandschuhen anfassen?"

Sie lächelte ihn an. „Du hast den richtigen Riecher gehabt, Tom, Glückwunsch."

„War das etwa ein Lob?"

„Du hast es verdient."

Christa Meier gestand Hansen sofort, Amalia von der Leiter gestoßen und dabei ihren Tod in Kauf genommen zu haben. Die Eifersucht auf ihre Nachbarin sei übermächtig geworden, besonders seit vorigem Sommer, als sie mitbekam, wie ihr Ehemann sich Amalia geradezu anpries. Seit diesem Sommer hätte sie keine ruhige Minute mehr gehabt. Tag und Nacht habe sie dieses Bild verfolgt: ihr nackter Reinhard mit Amalia! Was wäre, wenn Amalia es sich eines Tages anders überlegte und Reinhard sie wegen der Nachbarin verließe? Diese schlimme Furcht sei unerträglich geworden, als sie ihren Mann und Amalia bei den Renovierungsarbeiten erneut nahe beieinander gesehen hätte. Ein Leben ohne ihren Reinhard wäre für sie unvorstellbar.

Flüchtig hätte sie daran gedacht, mit ihrem Mann wegzuziehen. Aber sie hingen am Haus, dem Garten und fanden die meisten Nachbarn nett. Deshalb wäre bei ihr schon im vorigen Sommer der Gedanke gereift, dass Amalia weg müsse. Deren Haus wäre sowieso zu groß für sie allein. Doch statt sich was Kleineres zu suchen, hätte Amalia angefangen zu renovieren. Da wusste sie, dass dieser Ausweg versperrt war, und sie fasste den Entschluss, wenn sich eine Gelegenheit ergäbe, diese zu nutzen. Und die sei an jenem Dienstag gekommen.

Hansen drängte Christa Meier behutsam, das Geschehen am Tattag genauer zu schildern. Christa Meier berichtete: Sie habe Amalia zum Mittagessen einladen wollen. Weil die auf ihr Klingeln nicht reagierte, sei sie mit dem Zweitschlüssel rein, den Amalia ihr vor ewigen Zeiten für Notfälle und Urlaubsbetreuung gegeben hätte.

Amalia stand auf der Leiter, und der Kater saß oben auf der Schrankfläche. Amalia wollte ihn runter scheuchen und verlor dabei fast das Gleichgewicht. Das war das Zeichen! Ein Schubs genügte. Bevor ihr bewusst wurde, was sie getan hatte, hätte Amalia wie leblos vor ihr auf dem Fußboden gelegen. „Ob Amalia nun schon hin war oder nicht, ich bin in die Stube gelaufen, habe eine von den ägyptischen Schiet-

Amphoren gegriffen und ihr damit sicherheitshalber noch einen über den Deez gehauen."

An dieser Stelle verstummte Christa Meier.

„Geht's?", fragte Hansen.

Die Meier schluckte heftig und sprach weiter: „Sie werden es kaum glauben, Herr Kommissar, ich fühlte mich auf eine merkwürdige Art befreit. Eine Last war von meinen Schultern genommen." Sie schwieg wieder ein paar Sekunden. „Dafür habe ich eine andere Last auf mich geladen."

„Wo versteckten Sie sich, nachdem Sie Kollegin Graf niedergeschlagen hatten?"

„Ich möchte mich dafür entschuldigen, es tut mir leid. Es war ja auch nicht so arg, hat Frau Graf selbst gesagt."

„Die Flucht", mahnte Hansen.

„Ach, ich hatte eine einzige Möglichkeit. Eine Uraltfreundin, die in Wismar lebt. Wir hatten seit Jahren keinen Kontakt. Von der wusste selbst mein Mann nicht. Ich bin zu ihr, sie stellte komischerweise keine Fragen, sieht wenig Fernsehen, dachte wohl, ich hätte einen Ehestreit und wollte ein paar Tage für mich. Ich habe sie das glauben lassen. Ewig war da kein Bleiben. Heute früh bin ich zurück und habe Reinhard auf dem Weg zum Supermarkt abgepasst. Ich habe ihm alles gebeichtet. Er wollte mir trotzdem helfen. Von ihm erfuhr ich, dass die Streife weg ist. Bin dann ins Haus von Amalia mit Reinhards Hilfe. Dietrich, verstehen Sie? Beim Siegel waren wir vorsichtig. Das ist alles."

Wegen des Ermittlungserfolgs spendierte Hansen allen Kollegen eine Runde Pizza. Nora verdrückte sich in ihr Büro. Sie wollte in den Feierabend, für heute reichte es. Hansen folgte ihr: „Keinen Appetit?"

„Bin kein großer Pizza-Fan. Spricht was dagegen, wenn ich heimfahre?"

„Ohne Auto?"

„Ach, wie dumm! Vorhin sind wir mit Toms Auto los. Ich rufe ihn an. Nein. Ich nehme ein Taxi."

„Ich bring dich." Das klang weniger nach einem Vorschlag als nach einem Befehl.

Nora lenkte ein, obwohl sie keine Lust auf ein Gespräch mit Hansen hatte. Doch es würde Mühe kosten, gegen seinen Sturkopf anzukämpfen. „Deine Pizza wird kalt", bemerkte sie.

Der Chef winkte ab.

Im Auto kam er gleich zu einem Thema, das ihn offenbar brennend interessierte. „Du und Thomas Weller, seid ihr jetzt fest zusammen?"

„Geht dich das was an?"

„Nein und ja. Ich muss wissen, wie es um meine Mitarbeiter bestellt ist. Probleme im Privatleben können sich auf die Arbeit auswirken."

„Ich habe keine Probleme, Bert. Glaub mir einfach."

Beide schwiegen ein paar Minuten, dann nahm Hansen wieder das Wort. „Tabea Wolf. Die Ähnlichkeiten im Tathergang mit dem Mord an Marlene Kruse machen mir Sorgen. Wir haben keinen Verdächtigen mehr."

„Der Freund von Tabea ... wie war sein Name?"

„Hagen Beck. Hat ein Alibi. Unumstößlich. Ist zur Tatzeit in Polen unterwegs gewesen."

„Und diese kleine Auseinandersetzung zwischen der Apothekerin Zellner und Tabea? Habt ihr das schon überprüfen können?"

„Die Apothekerin behauptet, es sei eine harmlose Geschichte gewesen, kein Streit."

Sie fuhren am Schloss vorbei. Wie eine Erscheinung aus dem Märchenland hob es sich mit seinen Zinnen und Türmchen vor dem Nachthimmel ab. Roberts *Zuckerbäckerschloss*. Seit Samstagabend hatten sie keinen Kontakt. Sie hatte dem Chef gegenüber gerade das Gegenteil behauptet, aber das *war* eine handfeste private Krise.

„Vorrang hat, eine Verbindung zwischen beiden Opfern zu finden", erklärte Hansen.

„Ja", antwortete Nora routinemäßig, obwohl sie in Gedanken bei Robert war.

„Hey, Cousinchen, die Verbindung zwischen den Opfern ..."

„Ja, ja. Und wenn es keine gibt?"

„Es gibt sie sicher irgendwo. Ich habe mir überlegt, du sprichst morgen mit der Mutter von Tabea. Dich kennt sie schon. Wir müssen ihr sagen, dass ihre Tochter schwanger war. War Hagen Beck der Vater? Und frage sie, ob Tabea und Marlene sich kannten. Ja, und wann der Vater von Tabea aus Indien eintrifft."

„Das mache ich sofort, wenn ich den Bericht Dorn geschrieben habe. Den wirst du brauchen für den Abschluss der Ermittlungen."

„Der Tag hat vierundzwanzig Stunden." Er hielt vor Noras Wohnhaus und sah zu den Fenstern hoch. „Bei dir ist jemand zu Hause."

Nora lächelte ihn an. „Gute Nacht, Berthold."

23 Mittwoch

Zur Frühbesprechung versammelte sich das gesamte Team in Hansens Büro, nur der Chef selbst fehlte. Minuten verstrichen, und die Kollegen begannen, miteinander zu reden, mal privat, mal dienstlich. Einzig Antje blieb seltsam unbeteiligt. Ihr Körper schlaff, das Gesicht tief betrübt, die Augen gerötet. Nora setzte sich neben sie und bevor sie Antje fragen konnte, was los sei, fläzte Holger sich in den Sessel des Chefs. „Mal herhören! Wir fangen an."

Das Gemurmel verebbte. „Das Neueste zuerst: Christa Meier wurde gestern Abend festgenommen und hat gestanden, die Nachbarin Dorn getötet zu haben. Die Leiche ist freigegeben, das Haus ebenso. Übernehmen Sie es, Frau Graf, die Hinterbliebenen zu informieren?"

„Gern. Sollten wir nicht auf den Chef warten?", entgegnete Nora.

„Ich nehme an, er hat Wichtiges zu erledigen, und wir haben keine Zeit zu verlieren." Weil kein weiterer Widerspruch laut wurde, redete Holger weiter. „Wir haben eine zweite tote junge Frau, Tabea Wolf, und Ähnlichkeiten zum Fall Marlene Kruse. Ist naheliegend, von ein und demselben Täter auszugehen."

„Oder von einer Täterin", warf jemand ein.

Antje rappelte sich auf: „Ich halte es für falsch, sich derart früh festzulegen. Wir sollten den Tathergang gründlich vergleichen. Bei Tabea wurde versucht, Feuer zu legen. Die Leiche sollte verbrennen. Das ist ein Riesenunterschied zum Fall Kruse."

„Beide Frauen wurden durch ein und dieselbe Schneekugel getötet", beharrte Holger auf seiner Position.

„Was keineswegs feststeht", widersprach Antje angriffslustig.

Holger parierte halbherzig: „Die Rechtsmedizin kann es aber nicht ausschließen." Auf der Suche nach der richtigen Sitzposition rutschte er in Hansens großem Sessel hin und her.

Antje war hartnäckig, Farbe war in ihr Gesicht zurückgekehrt: „Allein mit dem Tatwerkzeug zu begründen, dass es sich um *einen* Täter handelt, finde ich ein bisschen dünn. Kann ja auch ein Trittbrettfahrer an die besagte Schneekugel gekommen sein. Der hat den Mord an Marlene dann nachgestellt, so weit er konnte. Schließlich wurde in der Presse ausführlich darüber berichtet und spekuliert."

„Von einer Schneekugel stand da nichts", erwiderte Holger heftig.

„Gott sei Dank", brummte Gesine.

Bis auf das Trommeln von Holgers Hand auf Hansens Schreibtisch war Schweigen in der Runde. Nora und die anderen hatten den kleinen Schlagabtausch mit Verwunderung verfolgt. Hatten Antje und Holger ein Problem miteinander?

„Was denn nun?", fragte Antje herausfordernd, „Tatvergleich?"

„Später. Ich will", er unterbrach sich, „also der Chef, Hansen, will, dass wir uns darauf konzentrieren, eine Verbindung zwischen beiden Opfern zu finden. Das hat oberste Priorität."

Zurück im Büro beobachtete Nora eine Weile die ungewohnt still vor ihrem Bildschirm sitzende Antje. Zudem fehlte der Kuchen, den die Kollegin sonst mitbrachte und stets großzügig verteilte.

„Das war ja eine Sitzung", warf Nora so dahin.

„Hm", machte Antje.

„Holger wäre schon gern Chef."

Ein zweites *hm* folgte.

Nora lehnte sich gegen Antjes Schreibtisch und wurde vertraulicher. „Habt ihr beiden euch gestritten, Sie und Holger?"

Zarte Röte überzog Antjes Gesicht, und sie mied den Augenkontakt.

Aha, dachte Nora sich, da liegt der Hund begraben. „Ich habe eine Frage an Sie. Es ist eine delikate private Angelegenheit. Deshalb mein Vorschlag, und weil es sowieso überfällig ist: Wollen wir uns duzen?"

Erfreut nickte Antje.

„Sehr schön. Meine Frage. Hattest du was mit Tom?"

Antje schüttelte energisch den Kopf; Nora befürchtete, ihre kunstvoll hochgesteckten Haare würden sich auflösen.

„Sprache verloren?" Nora lächelte sie an.

Antje prustete los. „Nein! Oh je, ich dachte, jetzt kommt sonst was. Ich und Tom! Voll daneben!" Sie beeilte sich, deutlicher zu werden: „Tom ist ein Kumpel. Er ist unkompliziert und manchmal witzig. War harmlos."

„Was war harmlos?"

„Das bisschen Flirterei, als wir uns kennenlernten. War bald vorbei. Trotzdem gab's Tratsch. Tom ist keiner, der eine Frau um jeden Preis rumkriegen will. Er mag Frauen eben."

„Das ist beruhigend", sagte Nora, woraufhin beide lachten. Lebenslust kehrte in Antjes Augen zurück.

Nora wagte sich weiter vor: „Ich vermute, Holger geht es zumindest in einem Punkt ähnlich wie Tom. Er mag Frauen?"

Antje senkte den Blick und tippte wütend auf der Tastatur herum. „Muss ich darüber reden?"

„Nein. Hauptsache, die Arbeit leidet nicht unter eurem Beziehungs-Kuddel-Muddel. Okay?"

„Ich kann sehr gut Arbeit und Privates trennen", betonte Antje.

„Sicher. Wenn du reden willst, ich bin für dich da. Und bin keine Tratsche. Also, Hansen hat mich gestern Abend nach Hause gefahren und mir nebenbei ein paar Aufgaben verpasst. Wir müssen zu Frau Wolf, der Mutter von Tabea."

Bei Evelyn Wolf erlebten Nora und Antje eine Überraschung. Die Schwester von Tabea, Lara, war bereits auf dem Weg nach Indien, zu ihrem Vater.

Nora war sauer. Eine wichtige Zeugin war quasi verschwunden! „Frau Wolf, das hätten Sie mit uns absprechen müssen. Lara kann nicht einfach das Land verlassen. Sie muss uns für Befragungen zur Verfügung stehen!"

„Wenn Sie mit ihrem Vater zurückkommt, stehen Ihnen beide zur Verfügung", versuchte Evelyn Wolf zu beschwichtigen.

„Und wann soll das sein? Möglichst genau, bitte!"

„Ich frage Lara danach, sobald ich sie telefonisch erreiche. Können sich drauf verlassen, Frau Kommissarin."

„Geben Sie mir die Handynummer Ihrer Tochter. Wir rufen sie selbst an."

„Wie Sie meinen. Möchten Sie Kaffee? Sie und Ihre Kollegin?"

Wieder saß Nora in der Küche. Sie hatte das Bild der völlig aufgelösten Mutter deutlich vor Augen. Doch jetzt wirkte Frau Wolf erstaunlich gefasst. Dabei waren keine zwei Tage seit der Todesnachricht vergangen.

„Ich dachte, Ihre Eltern würden Ihnen ein paar Tage zur Seite stehen."

„Ja, das war nett gedacht von Ihnen, Frau Graf. Aber ich und meine Mutter ... wir sind wie Hund und Katz, waren nie eng miteinander. Und in der Situation ..."

Nora stellte sich zu Frau Wolf an den Kaffeeautomaten. Sie wollte ihr wenigstens von der Seite ins Gesicht schauen können. Die Mutter seufzte. „Irgendetwas habe ich wohl falsch gemacht. Als Lara klein war, war sie ein totales Papakind. Und so ist es geblieben. Sie hat mir die Scheidung nie verziehen. Obwohl Bruno derjenige war, der unsere Ehe ruiniert hat. Diese ewigen Auslandseinsätze ..."

„Und wie war es mit Tabea? Auch ein Papakind?"

„Tabea war schon früh sehr selbstständig. Wenn sie Hilfe brauchte, fragte sie ihre ältere Schwester. Ich fühlte mich oft überflüssig in dieser Familie." Sie verstummte und wischte geistesabwesend ein paar Krümel auf den Boden.

„Wie meinen Sie das?"

Frau Wolf hatte plötzlich eine Tablettenschachtel in der Hand. „Eins der Kinder hätte wenigstens ...", sie entnahm eine Tablette, „ich habe eine kleine Buchhandlung ...", sie steckte die Tablette in den Mund, „Tabea hätte doch ... wieso folgen beide bei der Berufswahl quasi ihrem Vater? Krankenschwester und Apotheke. Und keine liest!"

Die Kaffeemaschine meldete sich geräuschvoll.

„Wo Lara unterwegs zum Vater ist, wer kümmert sich um Sie?"

„Heute Abend besucht mich eine Freundin. Und dann habe ich ja die hier." Sie wies auf die Packung Tabletten. „Bewirken Wunder. Wie möchten Sie den Kaffee? Beide schwarz?"

Nora wartete, bis Evelyn Wolf etwas Kaffee getrunken hatte, bevor sie das heikle Thema ansprach: Tabeas Schwangerschaft.

Auf diese Nachricht hin schluckte Evelyn Wolf zwei weitere Tabletten.

„Sechste Woche", sagte Nora leise.

„Warum muss Gott mich dermaßen prüfen", stöhnte Evelyn auf.

„Sie sollten mit den Tabletten vorsichtig sein", bemerkte Antje.

„Kannten Sie Tabeas Freund Hagen Beck?", fragte Nora.

„Ich habe ihn zweimal gesehen, glaube ich."

„Ist er der Vater des Babys?"

„Das Baby! Mein Enkelkind! Ich wäre Großmutter geworden! Oh, mein Gott!"

Sie starrte Nora mit leer geweinten Augen an, die etwas anderes zu sehen schienen, als zwei Kommissarinnen, die in ihrer Küche vor Kaffeetassen saßen.

„Frau Wolf, es tut mir furchtbar leid. Es ist sicher sehr schwer für Sie. Wir sind gleich fertig mit unseren Fragen. Sagt Ihnen der Name Marlene Kruse was?"

„Nein, nie gehört. Wer ist das?"

„Sie könnte eine Freundin oder Bekannte von Tabea gewesen sein", mutmaßte Antje.

Evelyn Wolf schüttelte den Kopf. „Das wäre möglich. Alle mochten Tabea. Wie sie wohl als Mutter gewesen wäre. Ein Baby ..." Sie fing an zu schluchzen.

Frau Wolf war erschöpft, zwecklos, sie weiter zu befragen. Nora konnte ihr mit Mühe die Nummer der Freundin entlocken, die am Abend zu Besuch kommen wollte. Während sie mit der Unbekannten sprach und sie bat, sich sofort auf den Weg zu machen, versteckte Antje die Tabletten. Sie informierten die Frau, wo die Tabletten zu finden waren, und verabschiedeten sich von Evelyn Wolf.

24

Auf dem Weg zurück zum Dreesch lag die Apotheke von Ingrid Zellner. Nora und Antje beschlossen, die Gelegenheit zu nutzen und die Arbeitgeberin von Tabea zu befragen. Frau Zellner führte beide ohne großes Aufheben nach hinten und bot ihnen einen Platz an. Sie sah müde aus. „Frau Graf, man hat mir gestern lediglich mitgeteilt, dass Tabea keines natürlichen Todes gestorben ist. Kann ich etwas mehr erfahren? Ich zergrüble mir den Kopf, was Schreckliches passiert sein könnte und warum."

„Tabea ist Montagabend in ihrer Wohnung getötet worden, in der Zeit zwischen zweiundzwanzig und dreiundzwanzig Uhr. Bei allem Mitgefühl mit dem Tod Ihrer Angestellten – haben Sie ein Alibi für diesen Zeitraum?"

„Ach, das schon wieder! Wie bei Marlene, ich habe kein Alibi, war allein zu Hause."

„Das wissen Sie so genau und schnell?", hakte Antje nach.

„Mein Gedächtnis funktioniert. Es würde mir einfallen, wenn ich Montagabend ausgegangen wäre, war ja erst vorgestern."

„Als wir Montagmittag bei Ihnen waren, hatten Sie eine kleine Auseinandersetzung mit Tabea, Frau Zellner. War die wirklich harmlos, wie Sie den Kollegen erzählt haben?"

„Was wollen Sie denn beobachtet haben, Frau Kommissarin? Dass ich mit meiner Mitarbeiterin spreche? Ich habe Tabea eine Anweisung gegeben, sich um eine Bestellung zu kümmern. Ein normaler Vorgang."

„Tabea kam mir bedrückt vor. Hatte sie irgendeinen Kummer?"

„Keine Ahnung."

„Seit wann arbeitete Tabea Wolf bei Ihnen?", erkundigte sich Nora.

„Seit drei Jahren, und ich war sehr zufrieden mit ihr."

„Hat sie Ihnen Privates anvertraut? Zum Beispiel etwas über ihre Beziehung zu Hagen Beck?"

„Nein."

„Sie kennen Hagen Beck?", fragte Antje.

Frau Zellner straffte sich unmerklich. „Er holte Tabea manchmal ab."

„Seit wann waren die beiden zusammen?"

„Das müssen zwei Jahre sein, glaube ich. War's das endlich? Auf mich wartet jede Menge Arbeit, und mir fehlt eine Angestellte."

„Etwas Geduld", bat Nora. „Wie war es mit Ihrem Sohn. Kannte Anton Tabea?"

„Sie wieder!", zischte die Apothekerin, bevor sie sich besann und zum neutralen Ton zurück fand. „Mein Sohn mag Schulden haben und unangepasst sein, aber ihn mit Mord und Totschlag in Verbindung zu bringen, ist empörend! Ich verwahre mich gegen jegliche Spekulation in diese Richtung!"

„Kann ich jetzt annehmen, dass Anton Tabea kannte? Sie werden sich zumindest hier in der Apotheke mal über den Weg gelaufen sein, oder?"

„Richtig, das war alles."

„Das wissen Sie genau?", bohrte Antje nach.

„Allerdings!"

„Was anderes", meinte Nora, „wie war Tabea, welchen Charakter hatte sie?"

„Tabea war klug, wissbegierig, freundlich, aufgeschlossen, hilfsbereit." Das kam ihr flott über die Lippen. Für Nora eine Spur zu teilnahmslos. Ingrid Zellner sah die Kommissarinnen nacheinander an und legte mehr Wärme in ihre Stimme. „Es ist ein Jammer um das Mädchen. Wenn ich an ihre Mutter denke ... fürchterlich. Tabea war eine Tochter, wie man sie sich nur wünschen kann. Ja, das war sie."

„Erst ist Tabea eine Arbeitskraft und plötzlich eine unersetzliche Tochter", wunderte sich Antje auf dem Weg zum Auto. „Was soll man der Frau glauben? Mochte sie Tabea?"

„Vielleicht ja und nein", sagte Nora, „im Leben hat manches zwei Seiten."

Antje nickte. „Jedenfalls hat die Zellner für beide Morde kein Alibi. Das steht fest."

„Und kein Motiv."

„Aber beide Mädchen waren in ihrem Umkreis. Marlene als Ex-Freundin des Sohnes und Tabea jeden Tag als Angestellte."

„Das ist ein Umstand, kein Motiv."

„Wie alt ist die Zellner?"

„Anfang fünfzig, warum?"

„Ich hätte ein Motiv für die Zellner: Sie mag keine jungen Frauen. Sie sieht sie als Konkurrenz, weil sie älter wird und solo ist."

Nora schüttelte ungläubig den Kopf. „Du warst doch felsenfest überzeugt, dass wir es mit einem *Täter* zu tun haben."

„Man wird seinen Gedanken wohl mal freien Lauf lassen dürfen. Die Morde sind zu asexuell für einen männlichen Täter, das stört mich."

„Der sexuelle Hintergrund einer Tat kann verdeckt und auf den ersten Blick unsichtbar sein."

„Das finde ich sehr verzwickt. Nora, du hast vergessen zu fragen, ob sie wusste, dass Tabea schwanger war."

Nora lächelte anerkennend. „Du denkst mit, sehr gut. Ich hat's schon auf dem Schirm. Hast du mitgekriegt, dass sie nervös wurde, als wir Hagen Beck erwähnten? Und wie sie das Gespräch beenden wollte?" Antje nickte, und Nora dachte an Antons Bemerkung, dass seine Mutter auf jüngere Männer stand. Hatte sie etwa ein Auge auf Hagen Beck geworfen?

Antje blieb abrupt stehen. „Ach, habe ich ja vorhin total vergessen. Ramses! Meine Eltern würden ihn für eine gewisse Zeit nehmen, wenn's keine andere Lösung gibt."

„Das ist ja großartig!"

„Höchstens ein, zwei Wochen. Dann muss eine Dauerlösung her."

„Immerhin, ein Aufschub. Fährst du heute Abend nach Raben Steinfeld und holst ihn? Tom und ich, wir hatten gestern keinen Erfolg."

„Kann ja sein: Pech in der Liebe, Glück mit dem Kater."

Sie erreichten das Parkdeck des Schlosspark-Centers. Antje setzte sich wie selbstverständlich hinters Lenkrad, als wäre das Chauffieren ihr ureigenstes Ding. „Wohin? Der Chef ist nach wie vor vermisst. Wie wär's, wenn wir zu Anton fahren?"

Anton Zellner öffnete nach mehrmaligem Klingeln die Tür, mit wirrem Haar, bloßen Füßen und bekleidet mit einer Pyjamahose. Beim Anblick der beiden Frauen streckte er seine nackte unbehaarte Brust raus. Auch das Liebes-Tattoo A&M auf dem Oberarm war zu sehen.

„Die Lady, hi." Er beäugte Antje. „Und wer sind Sie?"

„Das ist meine Kollegin Antje Siggelkow."

„Zwei Ladys. Herein in meine armselige Hütte."

„Rechneten Sie mit unserem Besuch?", erkundigte sich Nora.

Anton wurde ernst. „Ja, wegen Tabea. Ich habe von meiner Mutter gehört, dass sie ermordet wurde. Erst Marlene, jetzt Tabea ... ist schon echt grauenhaft."

„Ja, das sind wirklich schlimme Geschichten. Können Sie sich was anziehen, bevor wir weiter reden? Wir lassen derweil ein bisschen frische Luft in die Räucherkammer."

Er sah an sich runter. „Fühlen Sie sich wie zu Hause, Ladys. Setzen Sie sich. Bis gleich." Er zwinkerte Antje zu, schnappte sich einen überquellenden Aschenbecher und verschwand nach nebenan.

„Das ist mal ein Typ", sagte Antje, die sich belustigt nach einer annehmbaren Sitzgelegenheit umschaute. „Erinnert mich an meine allererste Bude. Hat was, oder?" Sie probierte aus, ob eine Kiste zum Sitzen taugte; Nora öffnete ein Fenster. Ihr Handy klingelte. „Graf."

„Hier ist Nick Opitz. Frau Graf, mir ist was eingefallen. Marlene hat mir vor kurzem erzählt, dass sie das Gefühl hatte, verfolgt zu werden. Kann das wichtig sein?"

„Ich denke schon. Wann hat sie davon erzählt?"

„Vor ein, zwei Wochen."

„Erinnern Sie sich genau an Marlenes Worte?"

„Sie sprach von einem unbestimmten, diffusen Gefühl, dass ihr jemand folgte. Können Sie damit was anfangen?"

„Ja. Wann und wo fühlte sie sich verfolgt?"

„Na, in der Stadt, wenn sie von der Arbeit zur Straßenbahn ging oder beim Einkaufen, glaube ich."

„Okay. Ich danke für den Anruf. Schön, dass Ihnen das eingefallen ist, Herr Opitz. Auf Wiederhören."

Anton erschien in Jeans und grauem Shirt. „Besser?"

Nora nickte und forderte ihn auf, sich zu setzen. Er schob sich einen hochgestellten Bierkasten unter den Hintern.

„Anton, ich habe gerade die Information bekommen, dass Marlene sich in den Wochen vor ihrem Tod verfolgt fühlte. Hat sie mit Ihnen darüber geredet?"

Er schüttelte den Kopf. „Nie."

„Zu Tabea. Wie gut waren Sie miteinander bekannt?"

Er schaute zu Antje, während er auf die Frage antwortete. „Kaum. Ich habe sie ab und zu in der Apotheke meiner Mutter gesehen."

„Und Marlene und Tabea, hatten die Kontakt?"

„Keine Ahnung."

„Sie waren einige Zeit mit Marlene zusammen", schaltete Antje sich ein, „und müssten ihre Freundinnen kennen."

„Stimmt. Dann war Tabea keine richtige Freundin. Beide können sich vom Sehen gekannt haben, wie üblich in einer Stadt wie Schwerin. Wie ist Tabea denn getötet worden?"

„Kein Kommentar", sagte Nora.

„Und wo war die Leiche diesmal versteckt?"

Nora war überrascht, dass er daran dachte. „Kein Kommentar", wiederholte sie. „Wir müssen Sie nach Ihrem Alibi fragen."

„Wann war es?"

„Montag, später Abend, ab zweiundzwanzig Uhr."

„War irgendwo mit ein paar Kumpels ein Bier trinken."

„Die Namen werden Ihnen einfallen?"

„Keine Sorge, das werden sie."

„Und Tabeas Freund Hagen? Kennen Sie den?", wollte Nora wissen.

„Vom Sehen."

„Und wie war es zwischen Ihrer Mutter und Tabea, Anton? Alles Friede, Freude, Eierkuchen?"

„Ihr Ernst? Zur Abwechslung wollen Sie mich mal über meine Mutter aushorchen?"

„Gäbe es denn was auszuhorchen?"

„Ohne mich. Bin keine Petze."

„Was wollen Sie andeuten? Lief etwas zwischen Tabea und Ihrer Mutter?"

„Wie hört sich das denn an! Meine Mutter ist doch keine Lesbe!"

„Niemand denkt das." Antje baute sich dicht vor Anton auf. „Ihre Mutter und Tabea." Einem Einfall folgend, fügte Nora hinzu: „Und Hagen? Eine Dreiecksgeschichte?"

Anton verdrehte die Augen. „Aus meinem Mund kommt kein einziges Wort mehr. Sonst reimen Sie sich sonst was zusammen, und ich krieg Ärger mit meiner Mutter. Mehr Stress brauche ich wirklich nicht. Ladys, wenn das Ihre Fragen waren, darf ich jetzt bitten." Er komplimentierte beide mit theatralischer Geste nach draußen.

Im Flur fiel Nora ein vollgepackter größerer Rucksack auf. „Wollen Sie verreisen?"

„Nach Berlin für ein, zwei Tage."

„Zur Schauspielschule?"

„Nee, einfach zur Ablenkung."

„Erst die Liste mit den Namen Ihrer Kneipen-Kumpels."

„Wird gemacht. Soll ich Sie anrufen, Lady?"

„Nachricht reicht."

25

Nora missfiel sehr, dass Hansen an ihrem Schreibtisch saß, denn sie betrachtete den eigenen Arbeitsplatz als Teil ihrer Privatsphäre. „Guten Tag, Chef", grüßte sie und legte ihre Tasche mit fragendem Blick bei Antje ab.

Er sparte sich die Begrüßung. „Ihr wart bei Frau Zellner wegen Tabea. Was dabei rausgekommen?"

„Eine ernsthafte Auseinandersetzung mit Tabea streitet die Zellner ab", antwortete Antje, „aber irgendwas war da zwischen ihr und Tabea. Und", sie zerrte das kleine Wörtchen bedeutungsvoll in die Länge, „uuund Hagen Beck ist drin verstrickt." Das klang beinahe triumphierend.

„Inwiefern verstrickt?"

Nora fiel Antje ins Wort, weil die ihr zu forsch war. „Vorerst alles vage, Chef. Anton deutete etwas an, was man verschieden interpretieren kann."

„Du hast gesagt, die Zellner wirkte angefressen, als wir Hagen Beck erwähnten", warf Antje ein.

„Sie machte dicht, als dieser Name fiel."

„Ja, was jetzt! Geht's ein büschen deutlicher?", forderte Hansen.

„Die Apothekerin könnte ein Auge auf den Freund von Tabea geworfen haben", formulierte Nora vorsichtig.

Hansen zog seine buschigen Augenbrauen, die ihm manchmal etwas Düsteres verliehen, zusammen. Eine steile Falte bildete sich auf seiner Stirn. Nora ahnte, worüber er nachdachte und fühlte sich durch seine Worte bestätigt: „Der Beck mit seinen achtundzwanzig Lenzen sollte wohl um Etliches zu jung für die Dame sein."

Nora eierte herum: „In der Regel ist das so. Aber Anton hat mir geflüstert, dass seine Mutter jüngere Männer mag."

„Manche Männer zerren auch ältere Frauen über die Bettkante", bemerkte Antje vorlaut.

„Woher haben *Sie* diese Lebenserfahrung, Kollegin Siggelkow?", wollte Hansen wissen.

„Aus Büchern."

Er nickte bedächtig. „Oh, Zeit zum Lesen", murmelte er und fuhr lauter fort. „Ist das alles zur Zellner?"

„Sie hat kein Alibi", antwortete Nora, „war wieder allein zu Hause. Anton war mit Freunden unterwegs. Sowie ich die Namen von ihm habe, überprüfe ich das."

„Und das Alibi von Evelyn Wolf, der Mutter von Tabea?"

„Das wird schwierig. Die Mutter steht neben sich, genauer, sie steht unter Drogen, Tablettenmissbrauch. Als sie von der Schwangerschaft ihrer Tochter erfuhr, war sie kaum mehr ansprechbar. Ihre Aussage zum Alibi wäre im Moment wertlos, deshalb hab ich drauf verzichtet. Und die Schwester Lara ist zum Vater nach Indien abgedüst."

„Was?! Welcher Idiot hat dem zugestimmt?"

„Von uns niemand natürlich. Die ist einfach los zum Vater, mit dem sie sich besser versteht als mit der Mutter. Ich werde gleich versuchen, beide zur Rückkehr zu bewegen. Dann habe ich noch etwas Interessantes. Als wir bei Anton Zellner waren, rief Nick Opitz mich an. Er sagte, wenn Marlene in letzter Zeit in der Stadt unterwegs war, fühlte sie sich verfolgt."

„Kam das öfter vor?"

Nora zuckte mit den Achseln.

„Ein ominöses Gefühl eines jungen Mädchens."

„Eines ermordeten ...", korrigierte Antje und fing sich dafür einen strengen Blick vom Chef ein.

„Ein Gefühl bleibt ein Gefühl", monierte Hansen, „ich will Fakten. Evelyn Wolf hatte also keine Ahnung von der Schwangerschaft?"

„Nein, offenbar hatte sie wenig Kontakt mit Tabea. Ihre beiden Mädchen waren enger mit dem Vater."

„Der in Indien hockt."

„Er ist Arzt, und wird dort sicher gebraucht."

„Was ist mit einer Verbindung zwischen beiden Opfern?"

„Ebbe, Chef. Bisher hat niemand bestätigt, dass Marlene und Tabea sich kannten, weder Evelyn Wolf noch Anton oder seine Mutter. Wir müssen im Freundeskreis beider Mädchen nachforschen", schlug Nora vor.

„Da ist Holger dran. Bisher negativ. In den Smartphones beider Opfer auch kein Kontakt. Dann kannten sie sich wohl nicht." Hansen schraubte sich hinter Noras Schreibtisch hoch und gab ihn frei. „Bleibt zu überprüfen, ob die Zellner tatsächlich scharf auf den Beck war. Wenn, könnte es deswegen zwischen ihr und Tabea zum Streit gekommen sein."

Er suchte mit den Augen Unterstützung bei Nora. „Möglich", meinte sie.

„Warum so zurückhaltend?"

„Chef, die Ähnlichkeiten bei den Morden. Wahrscheinlich *ein* Tatwerkzeug. Wenn *ein* Täter, dann ist *ein* Motiv wahrscheinlich. Was sollte das sein? Diese, wie auch immer geartete Beziehungskiste zwischen Zellner, Beck und Tabea? Wo bliebe da Marlene?"

„Schön eins nach dem anderen. Sie, Frau Graf, reden mit dem Beck. Ich frag die Zellner nach ihrem Liebesleben. Und Sie, Antje, telefonieren nach Indien. Bevor Vater und Tochter hier auf der Matte stehen, können Sie Lara fragen, von wem ihre Schwester schwanger war."

Eine Stunde später saß Nora einem Mann gegenüber, von dem sie niemals angenommen hätte, dass er eine attraktive Frau wie Tabea zur Freundin gehabt hatte. Hagen Beck war von mittlerer Größe, sein Gesicht zeigte keine besonderen Merkmale. Die dunklen Haare kurz und gescheitelt. Sein Äußeres wirkte schlicht und durchschnittlich, sein Verhalten sehr kontrolliert.

Nora sprach ihm ihr Beileid aus. „Wie geht es Ihnen?", erkundigte sie sich.

„Ich will, dass Tabeas Mörder gefasst wird. Stellen Sie Ihre Fragen. Ich will helfen."

War der so abgebrüht, oder war das nur Getue, wunderte Nora sich. „Fangen wir an. Wie und wo haben Sie Tabea kennengelernt?"

„In der Apotheke Zellner."

„Benötigen Sie regelmäßig Medikamente?"

Er lächelte andeutungsweise. „Nein, ich bin nie krank. Ich war mit Ingrid Zellner befreundet, deshalb war ich oft dort."

„Wie muss ich das verstehen?"

„Na, wie schon. Wir waren zusammen, Ingrid und ich."

Nora war verblüfft über seine Offenheit. „Verstehe ich richtig? Sie hatten eine intime Beziehung mit Frau Zellner?"

„Ja."

„Das haben Sie bei der gestrigen Befragung verschwiegen. Warum?"

Er zuckte mit den Schultern. „Hätte ich das sagen sollen? Ihr Kollege hat nur nach Tabea und mir gefragt. Das mit Ingrid ist für mich Vergangenheit. Warum sie erwähnen?"

„Wie lange waren Sie mit Frau Zellner liiert?"

„Drei Jahre. Bis vor zwei Jahren, da habe ich mich in Tabea verliebt und sie sich zum Glück in mich."

„Und das lief alles ohne Probleme ab? Erst sind Sie der Partner von Ingrid Zellner und danach unmittelbar der von Tabea?"

„Genauso war es. Als es zwischen mir und Tabea funkte, haben wir mit offenen Karten gespielt. Ingrid wusste von Anfang an von uns.

Tabea und ich haben uns rücksichtsvoll verhalten, wenn wir irgendwo auf Ingrid trafen."

„Frau Zellner hat Ihnen keine Vorwürfe gemacht, hat Sie einfach gehen lassen?"

„Sie hat mir ständig in den Ohren gelegen, dass ich sie eines Tages wegen einer Jüngeren verlassen würde. Ich habe es immer abgestritten. Dann kam es doch so. Ohne Absicht. Wollen Sie Details?"

„Ja, das wäre hilfreich."

„Es wurde mir auf einer langen Tour zum Garda-See bewusst; ich musste beim Fahren ständig an Tabea denken. Es hatte mich voll erwischt. Als ich zurück war, habe ich ihr gesagt, dass ich mich in sie verliebt habe und mich von Ingrid trennen würde." Er verstummte einen Augenblick. „Tabea strahlte mich an. Sie berührte meine Hand. Vorsichtig. Es war wie ein elektrischer Schlag. Später gestand sie, dass sie den Schlag auch gefühlt hätte."

„Tabea war ein sehr hübsches Mädchen. Es gab sicher viele Jungs, die hinter ihr her waren."

„Sie war schön, aber weder oberflächlich noch leichtsinnig."

„Würde sie spät abends einer unbekannten Person die Wohnungstür öffnen?"

„Niemals!" Das erste Mal zeigte sich Hagen erregt.

„Dann muss Tabea jemanden in die Wohnung gelassen haben, den sie kannte. Haben Sie eine Idee?"

„Nein. Bin alle Leute durchgegangen, mit denen Tabea und ich zu tun hatten, ihre Freundinnen, Arbeitskollegen und Verwandten. Keiner von denen würde Tabea ein Haar krümmen."

Nora wechselte das Thema. „Herr Beck, eine andere Frage: hat sich Tabea irgendwann verfolgt gefühlt?"

Er stutzte: „Nein, höre ich zum ersten Mal. Wer hat denn das erzählt?"

„Das war ein Hinweis, den ich überprüfen möchte. Was anderes. Verraten Sie mir Ihr Kosewort für Tabea?"

Auf seinem Gesicht breitete sich ein gewinnendes Lächeln aus. „Na ja, ich habe Sunny zu ihr gesagt. Von *Sonnenschein*, englisch *sun* und so weiter."

„Verstehe. Wussten Sie von der Schwangerschaft?"

Nora nahm in Kauf, dass sie Hagen schockieren würde. Zu ihrer Verblüffung nickte er schlicht und sagte mit belegter Stimme. „Ich bin nicht der Vater."

„Oh, das ist neu. Wer war der Vater?"

„Ich habe Tabea nie danach gefragt."

„Wirklich? War es Ihnen gleichgültig, mit wem Ihre Freundin fremdging?"

„Was heißt *gleichgültig*? Sollte ich einen Riesenkrach veranstalten?"

„Tabea war mit einem anderen Mann im Bett!"

„Ich habe es ihr verziehen."

„Wer war der Vater?", wiederholte Nora.

„Tabea wollte es mir beichten. Ich hielt es für besser, es nicht zu wissen. Der Kerl sollte aus unserer Beziehung draußen bleiben. Es wäre *unser* Kind gewesen, ganz gleich, wer der Erzeuger war. Wir haben geredet, stundenlang, und Tabea hat viel geweint. Sie wollte alles ungeschehen machen."

„Sie wollte abtreiben?"

„Nein!", schrie Hagen plötzlich los. „Warum hacken Sie auf diesem Punkt rum, verdammt! Passiert ist passiert! Tabea hat mich *einmal* betrogen. Ein einziges Mal! Sollte ich sie deswegen verlassen? Ich habe sie über alles geliebt!"

„Ich habe keine Zweifel an Ihren Gefühlen. Aber ich kann das schwer nachvollziehen. Tabea war schwanger von einem anderen. Ihre große

Liebe! Und dann ist Ihnen egal, wer der Vater des Kindes ist? Mit wem Tabea geschlafen hat? Vielleicht war es eine längere Affäre ..."

„Hören Sie auf!"

Er versuchte mühsam, sich zu beherrschen, presste seine Hände ineinander, wie, um sie am Zuschlagen zu hindern. In dem Mann schlummerte mehr Wut, als er zugeben würde. War zu verstehen. Wer ließ sich gern betrügen, und welcher Mann zog ohne Grimmen im Bauch das Kind eines anderen auf?

„Dieser Seitensprung-Mann sollte also nie von seinem Spross erfahren. Das war etwas unfair gedacht."

„Spielt das noch eine Rolle? Tabea und das Baby sind tot! Wer auch immer das getan hat ... dafür muss das Schwein zahlen!"

„Keine Drohungen in meiner Gegenwart! Wann haben Sie Tabea das letzte Mal gesehen?"

„Samstag bin ich in aller Frühe mit dem Bus los, rüber nach Polen. Es war halb vier. Ich wollte Tabea nicht wecken. Ihr schlafendes Gesicht habe ich ständig vor mir."

„Ich verstehe Ihren Schmerz. Herr Beck, ich muss klären, wer der biologische Vater von Tabeas Kind war. Zum Abgleich benötige ich Ihre DNA. Einverstanden, wenn wir das gleich erledigen?"

„Wenn's sein muss. Denken Sie, dass der Kindsvater der Mörder ist?"

„Erst mal wird er nur Teil einer Ermittlung. Mund auf, bitte."

Nachdem sie die Probe entnommen hatte, beendete Nora die Befragung. „Sie können gehen, Herr Beck. Danke für Ihre Zeit."

„Sie halten mich auf dem Laufenden?"

„Wir sprechen uns bestimmt bald wieder."

Hagen zog seine Jacke an. „Wieso bald?"

„Nach meiner Erfahrung bringt jeder Tag neue Fragen. Manchmal jede Stunde. Mag sein, dass ich, kaum sind Sie aus der Tür raus, irgendeinem Detail nachgehen muss. Seien Sie drauf gefasst. Ach, wo wir grad beim Thema sind. Sagt Ihnen der Name Marlene Kruse was?"

„Nein. Wieso?"

„Marlene wurde vorige Woche Opfer eines Verbrechens. Hätte sein können, Sie oder Tabea kannten sie."

„Nein, nicht, dass ich wüsste. Kann ich dann gehen?"

„Ja. Das heißt, eine Frage noch. Wie haben Sie eigentlich Ingrid Zellner kennengelernt? Ich meine, privat."

„Das war auf einer Busfahrt. Ich bin damals als Fahrer und Reiseleiter ein paar Mal rüber nach Frankreich, zu den Schlössern an der Loire. Ingrid hatte mit einer Freundin diese Reise gebucht. Die Gruppe und ich übernachteten in einem Hotel in einem sehr kleinen Ort. Wir haben abends alle zusammen gegessen, danach das ein oder andere Glas Wein getrunken. Es war einfach, ins Gespräch zu kommen."

„Und der beträchtliche Altersunterschied zwischen ihnen beiden?"

„Ja und?"

„Zwischen Ihnen und Frau Zellner ... war das Liebe?"

Hagen tippte mit einem Zeigefinger auf Noras Schreibtisch und neigte sich zu ihr. „Haben Sie damit ein Problem?"

„Keineswegs. Auf Wiedersehen."

26

Die Dreiecksgeschichte, die Ingrid Zellner, Tabea Wolf und Hagen Beck verband, war damit aufgeklärt. Die Apothekerin hatte Hansen gegenüber ebenfalls ausgesagt, vor Tabea mit Hagen Beck eine Beziehung gehabt zu haben. Sie bestritt jegliche Eifersucht auf das Mädchen. Andernfalls wäre ihr die spätestens vergangen, als sie bemerkte, dass Tabea schwanger war.

„Wie hat die Wolf das gemeint?", fragte Nora nach.

„Das Kind, das sie erwartete, war von einem anderen Mann."

Nora nickte. „Wie, um Himmels Willen, kam die Zellner dahinter?"

„Der Himmel spielt dabei keine Rolle", sagte Hansen, „das Schicksal hält alle Fäden in der Hand. Der Beck war zeugungsunfähig, deshalb konnte das Kind nicht von ihm sein."

„Boh! Echt? Das hast du von der Zellner? Woher wusste die das?"

„Er hat es der Zellner vor Jahren in einer intimen Situation anvertraut. Die Apothekerin behauptet, eine Schwangerschaft frühzeitig am Gang einer Frau zu erkennen. Als sie Tabea schwanger wähnte, verspürte sie – nach ihren eigenen Worten – eine große innere Genugtuung. Tabea musste fremd gegangen sein! Sie rechnete mit einer baldigen Trennung des Paares."

„Hagen hat diese Absicht bestritten, und ich glaube ihm."

„Der Junge kann einem leidtun, der wurde übel verarscht."

„Wieso? Er hat sich arrangiert und Tabea den Seitensprung verziehen. Er wollte das Kind als seins annehmen."

„Nora, das hört sich nach Märchen an. Wer verzeiht so was?"

„Jemand, der liebt, Berthold."

Hansen schnaufte unwirsch. „Bleiben wir sachlich. Wir müssen den Kindsvater ausfindig machen. Es ist vorstellbar, dass er sich an Tabea rächte, weil sie ihm das Kind vorenthalten wollte."

„Ich bin für alle Theorien offen, Bert. Laut Hagen Beck weiß der fremde Mann aber nichts von der Schwangerschaft."

„In dem Punkt haben wir erst Gewissheit, wenn wir den Kerl haben. Ich setze Antje auf ihn an. Du und Antje, ihr beide duzt euch neuerdings?"

„Ja, ich mag sie. Verrätst du mir, wo du heute früh bei Dienstbeginn warst?"

„Fragen ist erlaubt. Wo soll ich schon gewesen sein? Rechenschaft ablegen über unsere bescheidenen Ermittlungsergebnisse. Die Oberen werden langsam ungeduldig. Im Fall Kruse haben wir keinen Verdächtigen, keine heiße Spur, stehen mit leeren Händen da! Wir haben lediglich einen wettsüchtigen, verschuldeten Möchtegern-Schauspieler Anton Zellner ohne Alibi und ohne Motiv. Und einen eifersüchtigen Nick Opitz mit Motiv."

„Und mit Alibi durch Natalie Brandt, die ihn nachweislich zur Tatzeit vor seinem Wohnhaus gesehen hat", ergänzte Nora.

Hansen stöhnte auf, er wollte kein weiteres Wort über dieses liebeskranke Weib verlieren. „Die Zellner ist mir höchst suspekt. Sie hat ein Motiv – die jüngere Tabea schnappt ihr den Kerl weg. Und die Gelegenheit – Tabea hätte sie sicher jederzeit in die Wohnung gelassen. Wenn wir sie mit dem Mord an Marlene in Verbindung bringen könnten ..." Er griff zum Telefon und erteilte zwei Anweisungen: Die nicht identifizierbaren Fingerabdrücke in Marlenes Wohnung mit Ingrid Zellners abzugleichen und einen Beschluss für die Durchsuchung ihrer Räumlichkeiten zu besorgen. Bis das erledigt war, musste die Apothekerin in der Inspektion bleiben.

Die Durchsuchung von Ingrid Zellners Wohnung und Apotheke verlief ergebnislos; keine Schnee- oder sonstige Glaskugel. Der Abgleich ihrer Fingerabdrücke mit denen in Marlenes Wohnung brachte jedoch einen Treffer. Damit konfrontiert, gab die Apothekerin zu, ein paar Tage vor Marlenes Tod bei ihr gewesen zu sein.

„Warum haben Sie das verschwiegen?", fragte Hansen.

„Weil ich vermeiden wollte, dass Sie daraus eine große Sache machen, Herr Kommissar. Ich sehe ein, dass ich einen Fehler begangen habe."

„Weiß Anton von Ihrem Treffen mit Marlene?"

„Nein."

Hansen setzte neu an: „Sie waren also bei Marlene. War sie allein?"

„Ja, es war an einem Abend, gegen acht, glaube ich."

„Erinnern Sie sich an den Tag. Das ist wichtig."

„Ich habe schon nachgegrübelt, leider ohne Erfolg. Es war jedenfalls einige Zeit vor dem Mord."

„Behaupten Sie!"

„Das ist die Wahrheit."

„Was wollten Sie von Marlene?"

„Über Anton reden. Ich wollte, dass sie aufhört, ihm Geld zu borgen."

„Und wie hat Marlene darauf reagiert?"

„Es wäre Antons Entscheidung, wie er sein Leben führe. Und wenn er dringend Hilfe nötig hätte, würde sie helfen, notfalls auch mit ein paar Euro. Im Grunde hat sie nichts begriffen."

„Was meinen Sie damit?"

„Marlene war so etwas wie der letzte Rettungsanker für Anton. Deshalb hatte sie gewollt oder ungewollt eine Verantwortung für ihn. Wenn er sonst kein Geld mehr auftreiben konnte, ist er zu ihr. Und sie ließ sich jedes Mal überreden. Damit musste Schluss sein." Ingrid Zellner seufzte auf. „Anton hat bei Leuten Schulden, die mir unheimlich sind, und es wird immer schlimmer. Ich habe versucht, diesen Kreislauf zu durchbrechen und seine Geldquellen trocken zu legen. Bei irgendwem musste ich anfangen. Am einfachsten schien das bei Marlene, weil es sich hier um kleinere Beträge handelte. Marlene war leider wenig zugänglich. Anton lässt sich treiben, verplempert seine

Zeit, sein Leben, mein Geld. Ich rede mir den Mund fusselig mit ihm, alles zwecklos."

„Sind Sie mit Marlene in Streit geraten?"

„Es war ein ganz normaler Wortwechsel. Ich kann mich beherrschen. Keine Angst, ich habe ihr kein Haar gekrümmt. Irgendwann kam ich mir blöd vor und bin gegangen."

„Wie haben Sie denn von Antons Sucht erfahren?"

„Ich habe eines Tages von der Straßenbahn aus gesehen, wie er aus einem Wettbüro kam. Da habe ich Eins und Eins zusammengezählt und Einiges kapiert. Irgendwann hat er es zugegeben." Aus ihrem Gesicht sprach die pure Verzweiflung: „Ich bin langsam am Ende mit meinem Latein. Anton müsste eine Therapie machen. Zu allem Unglück", sie verstummte für einen Augenblick: „die Morde an den beiden Mädchen ... Anton nimmt das alles sehr mit, auch wenn er cool tut."

Hansen betrachtete die Frau eingehend, die mit hängenden Schultern vor ihm saß. Sie war ungefähr in seinem Alter, beruflich sehr eingespannt wie er, hatte einen Sohn wie er, und beide Söhne waren einer Sucht verfallen. Anton dem Wetten und Spielen und sein Sohn Johannes den Drogen. Und sie kämpfte sich, wie er, seit Jahren allein durchs Leben. Hansen schob diese Gedanken beiseite. Denn genauso plötzlich, wie ihn diese kleine Welle der Sympathie ergriffen hatte, kam ihm der Verdacht, dass diese Mutter ihm etwas vorgaukeln könnte. Er fühlte sich herausgefordert.

27

Nora und Antje holten in der Cafeteria ihr Mittagessen nach, als Hansen sich zu ihnen setzte. „Die Zellner habe ich am Haken", verkündete er zufrieden. „Ich muss gleich zum Staatsanwalt und hoffe, er folgt meiner Sichtweise."

Nora war überrascht. „Hat sie etwa beide Morde gestanden?"

„Das wird. Ist lediglich eine Frage der Zeit. Steter Tropfen höhlt den Stein."

Nora schob den Teller von sich. „Sehr optimistisch gedacht, Chef."

„Die Zellner hat zugegeben, bei Marlene gewesen zu sein, und dass sie sich wegen Anton gestritten haben, ist wahrscheinlich. Als Nächstes müssen wir ihr nachweisen, dass sie direkt am Tattag bei Marlene war und nicht ein paar Tage früher, wie sie behauptet. Und der Mord an Tabea, da hat sie das stärkste Motiv."

„Wow!", machte Antje, „das ging ja jetzt flott, Chef. Soll ich immer noch rausfinden, wer der Vater von Tabeas Kind war?"

„Selbstverständlich. Ich will keine Lücke im Abschlussbericht. Schon mit Indien telefoniert?"

„Leider niemand erreicht. Ich bleib dran."

„Nur zu!"

Antje nahm dies als Hinweis, dass sie verschwinden sollte; sie aß hastig auf und ließ beide allein.

Nora beugte sich über den leeren Teller näher zu Hansen und senkte ihre Stimme. „Mal unter uns. Es wird zu dünn sein, was du dem Staatsanwalt vorlegen kannst. Das ist dir selbst klar, Berthold."

„Ich will keine Zeit verlieren. Zwei tote Mädchen, das bedeutet Alarmstufe rot. Wer war näher an ihnen dran als die Zellner, hatte die Gelegenheit, sie zu töten, und zugleich ein Motiv?"

„Das ist ein Gedankenspiel und kein Beweis, Bert. Du verrennst dich."

„Du hast keine Ahnung, unter welchem Druck ich stehe."

„Davon darfst du dich nicht kirre machen lassen."

„Leicht gesagt! Die Zellner tut mir sogar ein bisschen leid. Als sie von Antons Sucht redete ... es ist die gleiche Angst wie meine um Johannes. Trotzdem werde ich dem Staatsanwalt nahelegen, U-Haft für die Zellner zu beantragen. Es gibt weitere Indizien. Zum Beispiel das Feuer bei Tabea. Der Ehemann Zellner starb vor 18 Jahren bei einem Wohnungsbrand unter Umständen, die zumindest merkwürdig waren."

„Der Brand wurde sicherlich untersucht."

„Die damaligen Ermittlungen hatten kein eindeutiges Ergebnis. Man vertraute den Aussagen von Frau Zellner. Es war Silvester, der Weihnachtsbaum fing Feuer, als die Zellner in der Küche war. Der Mann war vollkommen betrunken auf dem Sofa eingeschlafen, und die Zellner kriegte ihn nicht wach. Sie rannte ins Kinderzimmer und rettete den vierjährigen Anton. Danach konnte sie nicht mehr in das brennende Haus."

„Hört sich plausibel an. Daraus wirst du ihr keinen Strick drehen können."

„Herrjeh, du und deine Bedenken!"

„Und Ingrid Zellner ist Geschäftsinhaberin. Wenn an die Öffentlichkeit dringt, dass sie im Zusammenhang mit zwei Morden verhaftet wurde, kannst du ihren Laden ruinieren."

„Das reicht! Auf welcher Seite stehst du eigentlich?" Hansen war laut geworden. „Ist das so eine Art Frauensolidarität oder was?!"

Er stand abrupt auf und stampfte aus der Kantine, ohne Nora eines weiteren Blicks zu würdigen.

Tabea Wolf war auf verschiedenen sozialen Plattformen aktiv gewesen. Antje durchforstete die von ihr geposteten Fotos, recherchierte Namen und traf sich mit einigen der abgebildeten jungen Leute.

Nora blieb allein im Büro und überlegte, ob sie auf Hansen zugehen sollte. Hatte sie ihm unangemessen scharf widersprochen? Verstehen konnte sie ihn. Er fühlte sich gedrängt, einen Täter oder eine Täterin zu präsentieren. Und es sprachen ja tatsächlich einige Indizien gegen Ingrid Zellner. Doch was war mit den Unterschieden im Tathergang? Beim ersten Mal wurde die Waschmaschine auf höchster Stufe eingeschaltet, um Spuren von den Anziehsachen des Opfers zu beseitigen. Beim zweiten Mal wurde versucht, ein Feuer zu legen, um Spuren zu vernichten. Und würde eine Apothekerin nicht eine dezentere Art des Tötens wählen? Schließlich standen ihr vielfältige Mittel zur Verfügung, Gift zum Beispiel. Andererseits würde das auf sie als mögliche Täterin hinweisen. Und warum sollte die Zellner, eine gestandene und auf Männer orientierte Frau, die Mädchen fast nackt ausziehen?

Handyklingeln riss Nora aus ihren Grübeleien; es war Robert. Endlich meldete er sich nach seinem überstürzten Aufbruch letzten Sonntag.

„Ja, Robert?"

„Störe ich?", fragte er steif.

„Nein, schon okay. Wo bist du?"

„In Berlin, Nora, in unserem Zuhause."

Das klang vorwurfsvoll. „Ich ruf wegen Daphne an", erklärte Robert, „sie hockt in ihrem Kinderzimmer statt bei Jakob, ignoriert seine Anrufe und ist ansonsten schweigsam wie eine Schnecke. Irgendetwas läuft bei denen schief. Wäre schön, wenn du am Wochenende hier sein könntest."

„Will Daffi das?"

„Kommst du?"

Nora vermutete, dass Robert Daffis Liebeskummer als Vorwand nutzte, um sie nach Berlin zu locken. „Ich werde am Wochenende arbeiten müssen. Wir haben einen schwierigen Fall, und ich glaube, wir sind auf dem Holzweg." Einmal ausgesprochen, war sich Nora plötzlich sicher, dass Ingrid Zellner nicht die gesuchte Doppelmörderin sein konnte.

„Auf einem Holzweg sind wir wohl auch, Nora. Wir müssen mal ein ernstes Wort miteinander reden."

„Ja, Robert, das sollten wir. Notfalls am Telefon. Aber jetzt ist es extrem ungünstig."

„Kommt mir bekannt vor. Seit Wochen drückst du dich vor einer Aussprache. Ich habe die Schnauze voll. Wir klären die Sache sofort!"

„Wenn's sein muss. Eine Minute, bitte, ich rufe zurück." Nora legte auf und schloss die Bürotür von innen ab, damit niemand während des Telefonats stören konnte. Sie würde Robert die ungeschminkte Wahrheit beichten, schlicht und direkt: Ich bin mit einem anderen zusammen. Sie würde den Teufel tun und lügen und sich heraus reden wie ihr Mann: Mir ist was passiert, es geht vorüber, es war ohne Bedeutung, das war rein freundschaftlich, du hast da was falsch verstanden ...

Handyklingeln erschreckte Nora. „Ja?" Wie dünn sich ihre Stimme auf einmal anhörte.

„Nora! Eine Minute ist längst vorbei."

Sie schluckte heftig. „Du hast recht, Robert, ich habe mich in letzter Zeit dir gegenüber unfair verhalten. Ich habe einfach auf den richtigen Zeitpunkt gewartet, der nie kommt. Es ist, wie du dir vielleicht schon gedacht hast: es gibt einen anderen." Stille. Nur ihr Atmen. „Hörst du, Robert? Am Telefon darüber zu reden, ist irgendwie unwürdig. Es tut mir leid." Sie lauschte und war drauf gefasst, dass er den Hörer wütend durch die Gegend schmiss. „Robert?"

„Ich habe gewusst, dass du fremdgehst."

„Ach! Und warum hast du geschwiegen?"

„Hätte es was geändert, wenn ich einen Aufstand veranstaltet hätte?"

„Nein." Das Schlimmste war überstanden.

„Wer ist der Kerl? Ein Kollege?"

„Unwichtig."

„Und wie lange geht das?"

„Ein paar Monate."

„Ha! Mir hat von Anfang an geschwant, dass so was passieren wird, du in Schwerin, ich hier. Aber du wolltest ja unbedingt weg aus Berlin. Oder kanntest du da den Typen schon?"

„Unsinn! Es war eine Strafversetzung. Ich hatte keinen Einfluss darauf, wo es mich hin verschlägt und wen ich kennenlerne."

„Und was wird nun? Beendest du diese Affäre?"

„Das ist schwierig zu beantworten, wenn ich ehrlich bin. Ich brauche Zeit."

„Heißt im Klartext, du willst weiterhin mit dem ins Bett. Verstehe." Robert murmelte etwas Unverständliches; das Gespräch war beendet.

Nora blieb keine Zeit, sich zu fassen, denn Fußtritte gegen die Bürotür und derbe Flüche ihres Chefs holten sie schnell in die berufliche Gegenwart zurück. Sie schloss auf.

„Seit wann verschanzt du dich?", polterte Hansen. Er hielt in jeder Hand einen Becher vom Automaten, die er vor sie hinstellte. „Kannst wählen, Nora."

„Womit habe ich das verdient? Es wäre an mir gewesen, dir den Kaffee zu bringen. Ich bin übers Ziel hinaus geschossen. Ist doch klar, dass du entscheidest, ob du dem Staatsanwalt U-Haft für die Zellner vorschlägst."

„Im Prinzip läuft das so", unterbrach er sie, „beim Getränk allerdings darfst du entscheiden und beeil dich, es wird kalt."

Nora hätte am liebsten etwas Stärkeres getrunken, das Gespräch mit Robert lag ihr schwer im Magen. Sie wählte den Kaffee, Tee aus dem Automaten hielt sie generell für ungenießbar. Hansen verzog sein Gesicht, als er kleine Schlucke davon trank, und stellte den Becher voller Ekel ab. „Mal angenommen, Nora, ich wäre Apotheker und wollte töten. Ich würde ein schwer nachweisbares Gift benutzen oder Medikamente, die in einer Überdosis zum Tod führen."

„Doch wenn in deinem Bekanntenkreis ein Giftmord geschähe, würdest du in Verdacht geraten. Also wählst du eine andere Tötungsart, um zu vertuschen und abzulenken."

Hansen stimmte zu. „Korrekt. Ich als Apotheker würde mir folglich einen schlaueren Plan zurechtlegen. Aber der Mord an Marlene ist vermutlich im *Affekt* passiert. Wenn wir der Zellner planmäßiges Vorgehen unterstellen, würde sie das entlasten. Einverstanden?"

Nora nickte.

„Lassen wir die Zellner für den Augenblick beiseite und denken von den Opfern her", sagte Hansen. „Sie waren sich in Einigem ähnlich: weiblich, jung und fast im gleichen Alter, unverheiratet mit festem Freund, noch kinderlos und berufstätig. Beide hatten eine Arbeit mit Publikumsverkehr, Optiker und Apotheke."

„Ich ahne, du hast etwas gefunden, was über diese Ähnlichkeiten hinausgeht?"

Hansen klatschte sich an die Stirn. „Nora, ich werde alt! Vor meinen Augen hing der Beweis! Direkt vor mir! Es fiel mir ein, als ich wütend auf dich war."

„Mach's nicht so spannend, Bert. Was ist?"

„In Marlenes Bad hing ein Badeanzug! Ich habe ihn gesehen, die Kollegen ebenso, und niemand hat sich was dabei gedacht."

Nora erinnerte sich, Marlenes Schwimmsachen ebenfalls bemerkt zu haben. „Und bei Tabea? Hing bei ihr ein Badeanzug rum? Ich hab keinen gesehen."

„Nora, der Anzug an sich ist nicht wichtig. Es ist das Schwimmen!"

„Das tun viele Menschen."

„Du scheinst auf dem Schlauch zu stehen! Marlene ging schwimmen, und von Tabea haben wir es inzwischen erfahren. Das Schwimmen ist eine *Verbindung* zwischen den Mädchen. Die einzige, die wir haben. Sie hatten dasselbe Freizeitvergnügen."

„Beide Mädchen waren sicher auch Kundinnen bei einem Friseur", entgegnete Nora, wenig überzeugt von seiner Theorie.

„Du stellst dich absichtlich dumm." Verärgert runzelte er seine Stirn. „Oder ist das eine Spätfolge von dem Niederschlag durch die Meier, dass du die richtige Fährte übersiehst?"

„Schwimmen als Hobby?"

„Ja, als verbindende Freizeitaktivität."

„Um diese Jahreszeit ist das Wasser doch viel zu kalt!"

„Nora, du bist lustig. Sie waren natürlich in der Schwimmhalle auf dem Dreesch." Er stockte und musterte sie aufmerksam. „Alles in Ordnung mit dir? Ach, ich habe deine Riesenangst vor Wasser vergessen. Hast du das im Griff?"

„Alles paletti", versicherte sie. Die Angst vor offenen Gewässern plagte Nora seit der Kindheit. Damals starb ein Schulkamerad beim Baden in Zippendorf direkt vor ihren Augen. Viele Jahre lang hatte sie eine Mitschuld an seinem Tod empfunden. Seit sie vor einiger Zeit von einem Herzleiden als eigentlicher Todesursache erfuhr, hatten sich ihre Schuldgefühle abgebaut. Die Angst vor Wasser war geblieben, doch sie konnte inzwischen souveräner damit umgehen.

„Weißt du, an welchem Tag und zu welcher Zeit die Mädchen schwimmen waren?", fragte sie.

„Das rauszufinden, ist der nächste Schritt und wird deine Aufgabe sein."

Nora spürte ihrem Herzschlag nach, ob er sich beschleunigte. Sie hoffte, dass Hansen ihr nichts ansah. Er war schon misstrauisch geworden. „Problem mit dem Schwimmbad und seinem Wasser?"

„Nein, ist ja kein Ozean. Das krieg ich hin. Was wird mit Ingrid Zellner?"

„Ich lass sie laufen und stelle sie unter Beobachtung. Das ist in deinem Sinne, oder?"

„Nur der erste Teil." Sie raffte sich auf. „Wir ermitteln also im Schwimmbad und behalten die Zellner im Auge. Was ist mit der Aussage von Nick Opitz, dass Marlene sich in der Stadt verfolgt fühlte? Mir wäre wohler, wir würden dem nachgehen."

„Hat sich Tabea auch verfolgt gefühlt?"

Nora schüttelte den Kopf.

„Dann bleibt's, wie besprochen. Du recherchierst in der Schwimmhalle, wann die Mädchen dort waren und ob sie eventuell jemand zusammen gesehen hat."

„Aber wir können Nick Opitz' Aussage nicht einfach ignorieren, Bert."

„Die ist mir zu dünn." Er wandte sich zur Tür. „Und keine Alleingänge, Cousinchen!"

28

Am Abend saß Nora auf der Couch neben dem Bier trinkenden Tom. Der Fernseher lief, und sie spielte den normalen Feierabend mit. Während sie Toms Körpernähe spürte, musste sie ständig an Robert denken. Wie er sich wohl fühlte nach ihrem Fremdgeh-Geständnis? Genauso mies wie sie sich? Ob er mit Daphne über sie sprach? Nora seufzte innerlich. Es wäre ein Schock für ihre Tochter. Bisher war es ihnen geglückt, sie aus Ehekrisen rauszuhalten.

Sie musste Tom von dem Gespräch mit Robert erzählen. Gleich heute oder besser morgen, wenn sie etwas Abstand hätte?

Tom beugte sich über sie, mit einem Finger strich er sanft über ihre Stirn. „Hey, da hockt eine Sorgenfalte. Und hier ... eine zweite. Ich weiß ein Mittel dagegen." Er küsste sie auf eine eher spaßige Art. Nora genoss die kleine Galgenfrist, bis er sie mehr bedrängte und sie ihn stoppte.

„Was ist los? Ärger im Dienst?"

„Nein. Hansen meint, bei beiden Mädchen das gleiche Hobby gefunden zu haben. Wir werden in der Schwimmhalle ermitteln."

„Marlene und Tabea gingen gemeinsam schwimmen?"

„Das müssen wir rauskriegen. Bisher ist bloß Tatsache, dass Marlene Schwimmzeug im Bad rumhängen hatte und Tabea auch am Dreescher Markt schwimmen ging. Hansen schustert daraus eine neue Ermittlungsrichtung zusammen."

„Moment mal. Was könnte das bedeuten? Der Täter hat sie bei mir nebenan in der Schwimmhalle ausspioniert?"

„Wenn sie ausspioniert wurden, hätte der Täter dafür woanders ebenfalls Gelegenheit gehabt. An ihren Arbeitsstellen zum Beispiel, Optiker, Apotheke."

„Oder auf der Straße, beim Einkaufen", ergänzte Tom.

„Eben. Die Schwimmhalle ist eine Schnapsidee."

„Bei Schwimmhalle scheint's bei dir zu klingeln. Es ist zwar kein offenes Gewässer, trotzdem Angst? Deswegen missfällt dir Hansens Theorie und deshalb die Sorgenfalten?"

Nora hatte mit Tom mehrmals über ihre Angst vor offenem Wasser geredet, obwohl gerade er für diesen Punkt der falsche Partner war. Er war versessen auf Wasser, und für Menschen mit einer Scheu vor dem nassen Element hatte er im Allgemeinen kein Verständnis. Mit seinem Motorboot schipperte er im Sommer jede freie Minute auf dem Schweriner See herum. Im vergangenen Sommer hatte er sie mit Engelszungen überreden müssen, dass sie zweimal mit ihm eine Bootstour unternahm. Wahrscheinlich dachte er, dass sich ihre Angst inzwischen weiter gelegt hatte. Und Schwimmhalle schon gar kein Thema sein würde. Und darin bestärkte sie ihn zunächst. „Nein, nein, es hat nichts mit Wasser zu tun, Tom. Es ist Robert. Er hat mich heute angerufen. Ich habe ihm gesagt, dass ich jemand anderes habe."

Tom richtete seine blauen Augen erstaunt auf Nora: „Echt? Du hast es ihm endlich gebeichtet?"

„Ja, ich hatte genug von meinen Ausreden und Lügen. Und er hat es sowieso geahnt. Puh! Es ist raus!"

„Wie hat er es aufgenommen?"

„Was denkst du denn! Es hat ihn sehr getroffen. War schon besonders blöd, dass er von uns am Telefon erfahren hat."

Tom zog Nora an sich und küsste sie zärtlich auf den Mund. „Rehlein, Hauptsache, er weiß es nun, ob durchs Telefon oder sonst wie. Also, ich bin erleichtert, und du?"

„Von wegen erleichtert. Vorhin hat sich mir fast der Magen umgedreht. Inzwischen ist es besser. Ich hoffe nur, dass er Daphne nicht mit reinzieht. Sie hat Liebeskummer. Ich werde sie gleich anrufen. Oder? Wenn ich jetzt zu ihr nach Berlin fahre? Bin in zwei Stunden da. Und morgen in aller Frühe zurück."

„Idiotische Idee! Das ist völlig unüberlegt. Nora, wach werden! Daphne ist erwachsen und wird mit ihrem Liebeskummer allein fertig!

Und kannst du dir vorstellen, was los sein wird, wenn du auf Robert triffst? Ihr werdet euch die ganze Nacht streiten, und am Ende vom Lied wirst du übermüdet hinterm Steuer sitzen. Willst du dich umbringen?"

„Dann fahr du mich."

„Niemand fährt! Du bist durcheinander, Nora. Soll ich dir einen Tee kochen? Oder willst du ein Glas Wein?"

Nora schüttelte den Kopf und löste sich von ihm. „Du bist lieb, aber ich finde erst eine ruhige Minute, wenn ich wenigstens mit Daphne telefoniert habe."

Nora erreichte Daphne sofort, was selten genug vorkam. Schon bei der Begrüßung merkte sie, dass sich die Stimme ihrer Tochter weder besonders verheult noch tief verletzt anhörte. Hatte Robert etwa gelogen, was Daphnes Liebeskummer anging? Jedenfalls hatte Daphne keine Ahnung vom Streit ihrer Eltern. Nora konnte aus ihr herauslocken, dass Robert auf dem Weg zu einem Termin war. Offensichtlich lief bei ihm alles normal weiter. Nora erkundigte sich beiläufig: „Was treibst du, Daffi?"

„Wie immer, Mom. Ist was?"

„Ich wollte dir nur sagen, dass ich dich sehr lieb habe, mein Töchterchen."

„Das weiß ich doch! Muss gleich los."

„Triffst du dich mit Jakob?"

„Wieso fragst du das? Hat Paps gequatscht?"

„Also, ist was dran. Was ist denn passiert?"

Daphne stöhnte Nora ins Ohr. „Mom! Kein Wort, keine überflüssigen Ratschläge, bitte, bitte!"

„Ja, ja. Reden wir ein anderes Mal, tschüss, meine Kleine."

Ein paar Minuten später schickte Daphne eine Nachricht: *Hab dich auch lieb!*

Nora ließ ihren spontanen Reiseplan nach Berlin endgültig fallen. Daphne kam sicher ohne sie zurecht. Sie hatte jede Menge Freundinnen, die ihr über den Liebeskummer besser hinweghelfen konnten als die Mutter. Und ein ausführliches Gespräch mit Robert konnte sie getrost vor sich herschieben, bis er die neue Situation wenigstens grob verdaut hatte.

„Du siehst müde aus", meinte Tom, „leg dich schlafen."

„Geht mir zu viel im Kopf rum. Lass uns etwas reden, bitte. Tom, was bin ich eigentlich für dich?"

„Oh, wird das ein Beziehungsgespräch? Darin bin ich eine absolute Niete."

„Muss sein. Was sagst du deinen Kumpels, deinen Geschwistern, wenn sie dich nach einer Frau in deinem Leben fragen?"

Tom lachte leise. „Ich schwärme denen von der schönsten, wundervollsten Frau vor, die ich je getroffen habe." Er wurde ernst. „Rehlein, was ist los? Du kennst mich, ich bin verliebt in dich."

„Das höre ich selten von dir."

„Weil du es so willst, Nora. Wir lassen es langsam angehen, deine Worte. Keine Verbindlichkeiten, jedenfalls keine allzu festen. Keine Schwüre, keine Eifersucht ..."

„Ja, ja, das war in unseren Anfangszeiten. Und jetzt bist du also verliebt in mich?"

„Du hast mich längst fest in der Hand. Ich bin dir mit Haut und Haar verfallen."

„Du Spinner", flüsterte sie.

„... schon seit dem allerersten Mal, als ich dich gesehen habe, damals in der Pension. Du hast oben auf dem Treppenabsatz gestanden und mich fixiert. Dann bist du die Treppe runter gesprintet, wie ein junger Hüpfer, leicht und sexy. Nora, da habe ich gewusst, wir beide sind füreinander geschaffen. Du bist die Einzige für mich." Er begann, sie wild zu küssen. „Ich will dich", flüsterte er heiser, schob eine Hand unter ihren Pulli und versuchte, den BH zu öffnen.

Ingrid Zellner erschien plötzlich vor Noras innerem Auge. Und ehe sie sich versah, rutschte ihr der Satz raus: „Ich bin fünf Jahre älter als du."

Tom spielte den Entsetzten. „Die Frau ist älter! Hilfe!"

„Ich will, dass du Klarheit hast und später keine Beschwerden kommen."

„Du bist manchmal anstrengend, Nora. Überleg doch mal. Frauen werden im Durchschnitt fünf Jahre älter als Männer. Wenn wir im selben Jahr ins Gras beißen wollen, zum Beispiel 2060, *musst* du fünf Jahre älter sein. Capito?"

„Ich kann rechnen. Was ist mit den Gespielinnen, die du vor mir hattest?"

„Oh je, kein einziger Treffer. Die eine wollte unbedingt ein Kind, die andere, dass ich den Beruf aufgebe, und die nächste ist mit einem andern Kerl davon."

„Du bist gegen Kinder?"

„Nein, ich will nur keine *eigenen* Kinder. Ich will eine Frau für mich, die ich mit keinen Kindern teilen muss. Ich will eine sexy Geliebte, eine Partnerin, ein Kumpel in weiblich sozusagen, keine Familie, die irgendwann sowieso in die Brüche geht. Und von allem abgesehen, wer weiß, ob die Welt in zwanzig Jahren, wenn mein Kind erwachsen wäre, noch existiert? Das Risiko ist mir zu groß."

„Du bist verrückt. Wenn alle so egoistisch denken würden ..."

Er zuckte die Achseln. „Wer kann schon aus seiner Haut?"

Noras Handy meldete sich. „Da muss ich ran." Es war Anton Zellner, der sein Alibi für die Tatzeit Tabea Wolf verkündete: er ratterte die

Namen von Freunden herunter, mit denen er in Kneipen unterwegs gewesen sein wollte. Und war damit fertig, bevor Nora ‚halt' sagen konnte.

„Zufrieden, Lady?"

„Nee, schicken Sie mir eine Nachricht mit den Namen. Wie soll ich mir auf die Schnelle alles merken?"

„Wird erledigt. Ich dachte, Sie sind fit. Ich bin dann ein paar Tage in Berlin, das haben Sie behalten?"

„Dafür reicht mein Gedächtnis allemal", konterte sie. „Sie warten mit der Reise, bis ich Ihre Angaben überprüft habe."

„Keine Sorge, die stimmen. Ich habe für heute eine Mitfahrgelegenheit. Mein Handy ist immer an. Wenn Sie was auf dem Herzen haben, Lady, jederzeit."

Nora hörte, dass es an der Wohnungstür bei Anton klingelte. Obwohl ihr sein flotter Abgang aus Schwerin gegen den Strich ging, wünschte sie ihm eine gute Reise.

„Wo waren wir stehengeblieben, Tom? Beim Kinderkriegen?"

„Hey, das haben wir abgehandelt. Wenn du mehr aus der Tiefe meiner Seele schöpfen willst, jetzt wäre die Gelegenheit. Spätere Nachfragen sind zwecklos."

Bei ‚Tiefe der Seele' dachte Nora flüchtig an seine Angst vor Leichen. Das Geheimnis, das sich dahinter verbarg, sollte Tom ihr von sich aus erzählen.

29 Donnerstag

Kaum in der Inspektion angekommen, stand Nora einer aufgebrachten Ingrid Zellner gegenüber, die behauptete, ihr Sohn Anton wäre verschwunden.

Nora war überzeugt, die Mutter beruhigen zu können. „Ich habe gestern Abend mit Anton telefoniert. Er war auf dem Sprung nach Berlin. Er wird sich melden. Kein Grund zur Besorgnis."

„Ach, Sie wieder! Er ist weder in Berlin noch sonst wo. Er ist nirgends aufzutreiben!"

„Und sein Handy? Schon probiert?"

„Wäre ich hier, wenn ich ihn erreichen könnte? Statt mich zu observieren, hätten Sie Anton beschützen sollen! Er hat hoch und heilig versprochen, mich anzurufen, wenn er in Berlin ist. Stattdessen ist sein Handy tot." Bei dem Wörtchen *tot* fuhr ihr sichtbar ein Schrecken in die Knochen.

„Als ich gestern mit Anton telefonierte, Frau Zellner, war das etwa gegen halb acht. Hatten Sie danach Kontakt mit ihm?"

„Nein, mittags hat er sich von mir verabschiedet."

„Kennen Sie die Kumpels, zu denen er wollte?", erkundigte sich Nora.

„Mit einem habe ich gesprochen, und der hat die anderen aus der Clique gefragt. Anton ist bei keinem von denen. Was werden Sie unternehmen?"

„Frau Zellner, setzen Sie sich. Sie kennen doch die Sprunghaftigkeit Ihres Sohnes. Er könnte seine Pläne geändert und das Ladegerät vom Handy vergessen haben."

„Hören Sie mir zu! Er ist weg. Spurlos. Wenn ihm was Schlimmes zugestoßen ist? Wenn einer seiner Gläubiger ihm was angetan hat? Unternehmen Sie was. Sofort!"

Da Frau Zellner ohnehin sehr aufgeregt war, unterließ Nora den Hinweis auf die vierundzwanzig Stunden, die jemand verschwunden sein musste, bevor die Polizei aktiv wurde und dass sie für eine Vermisstenanzeige die falsche Ansprechpartnerin war. „Also gut. Ich spreche mit meinem Chef. Haben Sie sonst mit jemand über das Verschwinden Ihres Sohnes geredet?"

„Mit allen, von denen ich dachte, dass sie ihn kennen könnten. Niemand konnte mir weiterhelfen."

„Versuchen Sie es noch einmal auf seinem Handy, bitte."

In dem Augenblick platzte Antje ins Zimmer. Nora bedeutete ihr mit Blicken, sich zurückzuhalten, und Antje setzte sich still.

Ingrid Zellner steckte resigniert ihr Smartphone weg und sah Nora hilfesuchend an. Die tätschelte ihr halbherzig die Schulter. „Anton sprach von einer Mitfahrgelegenheit. Können Sie sich denken, wer das gewesen war?"

Die Apothekerin zuckte ratlos mit den Achseln.

„Waren Sie in seiner Wohnung, bevor Sie zu uns gekommen sind?"

„Natürlich!"

„Wie sieht es dort aus? Alles normal?"

„Ja."

„Haben Sie seinen Rucksack gesehen?"

„Was soll damit sein?"

„Ist wichtig, ob er da war."

„Was wird denn nun, Frau Graf? Marlene und Tabea sind ermordet worden. Ich habe schreckliche Angst, dass Anton auch ..." Ihre Stimme versagte, und die Augen schimmerten feucht.

Die Furcht, Anton könnte ins Visier des Mörders von Marlene und Tabea geraten sein, hielt Nora für unbegründet. „Für das momentane Verschwinden Ihres Sohnes gibt es sicher eine harmlose Erklärung. Wir wollen einfach davon ausgehen, ja Frau Zellner? Sie haben also seinen Wohnungsschlüssel. Darf ich?"

„Wiedergeben, bitte."

„Selbstverständlich. Frau Zellner, ich schlage vor, Sie gehen nach Hause oder in Ihre Apotheke. Sowie ich irgendetwas über den Aufenthaltsort Ihres Sohnes erfahre, melde ich mich bei Ihnen. Versprochen!"

Nachdem sich die Tür hinter Ingrid Zellner geschlossen hatte, brachte Nora Antje kurz und knapp auf den Stand, was Anton betraf.

„Wie willst du vorgehen, Nora?"

„Ich muss mich nach Hansen richten. Keine Alleingänge!", äffte sie den Chef nach. „Sei's drum, ich werde keine vierundzwanzig Stunden warten, bevor ich anfange, nach Anton zu suchen. Niemand kann ausschließen, dass ihm was passiert ist. Und du? Wie geht's dir? Besser als gestern?"

Antje nickte. „Muss."

„Eine Spur zum Vater des Kindes von Tabea gefunden?"

„Ist echt schwierig, Nora. Entweder Tabeas Freunde lügen mich an oder sie haben tatsächlich keine Ahnung. Aber hier habe ich was." Sie holte einen Stick aus ihrer Tasche. „Die Videoaufnahmen aus der Schwimmhalle. Kameras sind an den Außenfassaden, beim Parkplatz und im Eingangsbereich. Die Aufnahmen werden höchstens drei Tage gespeichert, sind also nur die ab Montag drauf."

„Okay, kannst sie schon mal durchsehen. Sonst was Wichtiges erfahren? Kann sich irgendwer vom Personal in der Halle an die Mädchen erinnern?"

„Bisher kein Treffer. Geh gleich wieder rüber, wenn ich hiermit fertig bin. Oder soll ich am Kindsvater dranbleiben? Was ist wichtiger?"

„Check erst das Video, ob Tabea drauf ist, dann der Vater. Ich muss zum Chef."

Hansen hörte sich an, was Nora ihm über Anton Zellner berichtete und schwieg, als sie geendet hatte. An seinem Gesicht konnte Nora keine Regung ablesen, und sie wurde ungeduldig. „Was denkst du, Berthold? Ist Anton in Gefahr?"

„Woher soll ich das wissen. Nora! Seine Mutter ist offensichtlich überspannt. Ihr Junge ist erwachsen, kann tun, was ihm gefällt. Außerdem sind seit seinem angeblichen Verschwinden keine vierundzwanzig Stunden vergangen. Kannst du mir was zur Recherche in der Schwimmhalle sagen?"

„Ich will zuerst über Anton reden. Er hat mir gestern ausdrücklich versichert, dass er sein Handy anlässt und ich ihn jederzeit erreichen könne. Der denkt garantiert ans Ladegerät, wenn er verreist."

„Wieso ist der so anhänglich?", murrte Hansen.

„Anton ist kooperativ, Bert, das ist alles. Du willst also warten, bis vierundzwanzig Stunden rum sind?"

„Das sind die Regeln. Soll ich deswegen ein schlechtes Gewissen haben? Was ist nun mit der Schwimmhalle? Erste Erkenntnisse?"

Nora gab weiter, was sie von Antje erfahren hatte: Niemand vom bisher befragten Personal konnte sich an Marlene oder Tabea erinnern.

„Ich vermute, *du* hast noch keinen Fuß in die nasse Halle gesetzt?"

Nora ignorierte den ironischen Tonfall und versicherte, dass sie mit Antje heute weitere Befragungen durchführen werde.

„Was ist mit Video-Überwachung?", fragte er.

„Wir haben die Aufnahmen ab Montag. Antje sieht sie gerade durch. Berthold, wie wär's mit einem Kompromiss? Du lässt mir den Vormittag für die Suche nach dem Jungen, und den ganzen Rest des Tages bin ich im Bad, wenn es notwendig sein sollte."

Hansen verdrehte seine Augen; für Nora ein positives Zeichen. Sie schob nach: „Anton ist ungefähr im Alter deines Sohnes. Denk an damals, wie du gelitten hast, weil du ihn nirgends auftreiben konntest. So fühlt sich Frau Zellner oder schlimmer. Sie steht um Anton tausend Ängste aus."

„Du hast wohl einen Narren an diesem Jungen gefressen, na, schön, meinetwegen hau ab. Du hast zwei Stunden und keine Minute länger."

„Danke, Chef." Nora wollte sich davon machen.

„Halt! Wo ist dein Bericht zum Fall in Raben Steinfeld, Amalia Dorn? Du hattest einen Tag Zeit!"

„Meinst du gestern? Wie du weißt, Bert, hatten wir einen neuen Mordfall, und auch sonst war der Teufel los. Absolut unmöglich, da einen Bericht zu schreiben." Sie beobachtete, wie sich seine Miene verdüsterte. „Heute Abend hast du ihn", versprach sie.

Auch für Nora waren in Antons Wohnung keinerlei Spuren eines Kampfes oder einer Durchsuchung festzustellen. Sein Rucksack war weg. Die wenigen Nachbarn, die Nora an diesem Morgen befragen konnte, hatten nichts Auffälliges bemerkt.

Nora blieb nur das Türklingeln, das sie während ihres letzten Telefonats mit Anton mitbekommen hatte. Es konnte harmlos sein, und Anton war aus freiem Willen abgetaucht. Andererseits konnte das Klingeln ein wichtiger Hinweis auf ein ungewöhnliches Geschehen sein.

Nora war bewusst, dass ihr die knapp bemessene Zeit davon lief. Sie fuhr zur Inspektion zurück, um sich mit Gesine zu beraten und traf sie im Gespräch mit Holger. Nora stellte sich dazu. „Hallo, worum geht's?"

„Wir knobeln, wer heute die Nachtschicht Observierung bei der Zellner übernimmt", gab Holger Auskunft, „haben Sie Zeit, Frau Graf?"

„I wo, keine Minute. Hab wirklich genug zu tun. In der Observation der Zellner sehe ich übrigens keinen großen Sinn."

„Das geht mir mit dieser Aktion in der Halle ähnlich. Ein schwimmender Mörder?"

„Wer weiß." Nora zog Gesine ein Stück beiseite und informierte sie von den Sorgen Frau Zellners.

„Du befürchtest ernsthaft, der Junge ist in Schwierigkeiten, Nora?"

„Mir wäre lieb, ich könnte es ausschließen. Tatsache ist, dass Anton kein Lebenszeichen von sich gibt. Und er ist so gut wie verheiratet mit seinem Smartphone. Vom Chef habe ich zwei Stunden für die Suche nach ihm, die sind fast um."

„Na, dann mal hurtig", drängte Gesine, „wer könnte Anton Böses wollen? Wer fällt dir auf Anhieb ein?"

„Nick Opitz! Der hat keine Gelegenheit ausgelassen, ihn des Mordes an Marlene zu beschuldigen."

Auf Anfrage teilte Nicks Arbeitgeber mit, dass Kollege Opitz Resturlaub genommen hätte. Nora wählte seine Nummer, vergeblich. Sie war alarmiert.

30

In Nick Opitz' Wohnung in der Feldstadt blieb es auch nach mehrmaligem Klingeln still. „Wenn wir einen Durchsuchungsbeschluss hätten ...", meinte Gesine.

„Aussichtslos", erwiderte Nora, „aber Gefahr in Verzug ist gegeben, oder?"

Gesine machte eine einladende Geste Richtung Tür. „Sie gehört dir."

„Könntest du, bitte?"

„Nora, was würdest du ohne mich tun?"

„Hansen killt mich, wenn ich einen Schritt ohne dich oder Antje unternehme. Ihr seid meine besseren Hälften."

„Übernimm dich bloß nicht", brummte Gesine leise, zog Werkzeug aus einer Hosentasche und öffnete mit geübten Griffen die Tür. Nora knipste im Flur das Licht an. Die Stille in der Wohnung fiel ihr auf und ein abgestandener muffiger Geruch. Im Schlafzimmer ein zerwühltes Bett und auf dem Tisch im Wohnzimmer eine kleine Batterie leerer Bierdosen, zwei benutzte Teller mit Resten von Wurst, Senf und Brotkrümeln, zwei verschmierte Messer, ein benutzter Aschenbecher und eine angebrochene Tüte Chips. Nora entdeckte auf dem Fußboden unter dem Tisch ein langes blondes Haar. „Anton."

„Das kann von einer Frau sein", widersprach Gesine.

„Würde eine Frau so essen und die Wohnung verlassen, ohne wenigstens etwas aufzuräumen?"

„Nora! In welcher Welt lebst du? Ich schlage vor, die Spusi soll prüfen, ob Anton oder ein Weibsbild hier war."

„Keine Zeit, dauert zu lange. Ich hab ein echt blödes Gefühl."

„Du mit deinen Gefühlen. Sekunde." Gesine lief ins Schlafzimmer zurück und hielt Nora gleich darauf ein weiteres blondes Haar vor die Nase. „Im Schlafzimmer riecht es regelrecht nach Sex. Ich tippe auf diese Natalie. Dann hat Nick diese Schweinerei beim Essen wohl mit ihr veranstaltet."

Nora berichtete Hansen telefonisch, dass Nick Opitz und sein Auto ebenfalls verschwunden waren. Sie vermutete, dass beide Jungs damit unterwegs waren. Unklar, ob Anton freiwillig in Nicks Golf gestiegen war. Für alle Fälle bräuchte sie das Kennzeichen. Für sie überraschend gab Hansen den PKW in die interne Fahndung und beorderte Nora und Gesine in die Inspektion.

Nora überließ Gesine das Steuer, die würde sich mit dem Einbahnstraßensystem der Feldstadt besser auskennen als sie. Doch selbst die Kollegin hatte Schwierigkeiten, auf schnellstem Wege zur Inspektion auf dem Dreesch zu gelangen. „Zusätzliche Stadtrundfahrt", schimpfte Gesine leise mit sich. Sie fuhren an der Schelfstraße vorbei, in der Nora wohnte. Weiter ging es bis zur Kreuzung Knaudtstraße/Werderstraße, wo Gesine sich vor der roten Ampel auf der rechten Spur einordnete, um Richtung Schloss abzubiegen.

Während sie auf ‚grün' warteten, dachte Nora an Antons Mutter und die Ängste, die sie in diesen Minuten ausstehen musste.

„Da ist er!", rief Gesine auf einmal, „der Golf vom Opitz!"

Nicks Auto fuhr geradeaus über die Kreuzung Richtung Kreisverkehr. In einem riskanten Manöver setzte Gesine den Wagen vor die Schlange der Linksabbieger, ignorierte das Hupkonzert hinter ihr und bog als Erste bei Grün in die Güstrower Straße ab. Nora, die etwas geistesabwesend gewesen war, erkannte erst jetzt den Sinn des waghalsigen Manövers: Nicks Golf war direkt vor ihnen.

„Sonderrechte nutzen?", fragte Gesine.

„Lass erst mal. Ich will keine Aufmerksamkeit erregen." Per Funk informierte Nora die Zentrale über ihre Position.

Gesine hielt sich hinter Nicks Wagen, der genau mit der zulässigen Geschwindigkeit fuhr. „Ein vorbildlicher Fahrer", mokierte sie sich.

„Wenn Nick es war, der gestern Abend bei Anton geklingelt hat, könnte Anton im Kofferraum stecken", bemerkte Nora.

„Wer hat bei wem geklingelt?"

„Durchs Telefon hab ich's bei Anton klingeln hören ..."

Nora konnte nicht weiter erzählen, denn die angeforderten Kollegen meldeten sich. Unmittelbar danach tauchte im Rückspiegel ein Dienstfahrzeug mit Blaulicht auf. Es setzte sich auf dem Paulsdamm kurz vor Rampe vor Nicks Auto, bremste und stellte sich quer. Der hatte keinen Ausweg und war gezwungen zu stoppen.

Die Schutzpolizisten holten Nick Opitz aus dem Fahrzeug, durchsuchten ihn auf Waffen und legten ihm Handschellen an. Er protestierte lautstark. „Seit wann ist es ein Verbrechen, durch die Gegend zu fahren?! Was wollen Sie? Das ist Polizeiwillkür!"

Inzwischen war Gesine zum Kofferraum gerannt, öffnete ihn und signalisierte Nora: leer.

Gesine stellte sich breitbeinig vor Opitz auf. „Wo ist Anton?!"

Er schaute demonstrativ über sie hinweg und schwieg. Nora versuchte es: „Nick, Anton ist verschwunden. Wenn Sie wissen, wo er ist, reden Sie!" Weil er stumm blieb, drang sie weiter auf ihn ein: „Sie haben schon Einiges auf dem Kerbholz. Wollen Sie sich immer weiter reinreiten?"

Nora sah ein, dass es keinen Sinn hatte und zog Gesine zur Seite. „Der Opitz hält uns bloß auf. Ich habe gestern Abend mit Anton telefoniert, als es bei ihm an der Tür klingelte. Ich denke jetzt, dass es nur Nick gewesen sein kann. Er hat Anton irgendwo hin verschleppt. Lass uns überlegen."

„Mit dir überlegen?! Du hast mir wichtige Infos vorenthalten. Mann, Nora! Wenn ich das vorher gewusst hätte! Wenn der Opitz Anton entführt hat, habe ich eine Idee, wo er stecken könnte."

„Sag!"

„Wie verhielt sich Opitz, als er die tote Marlene entdeckte? Er hat im Keller ein Transportmittel gesucht und schließlich das Lastenfahrrad gefunden."

Keller war vielleicht das richtige Stichwort, musste Nora anerkennen, und endlich fiel bei ihr der Groschen. Sie nickte Gesine zu. „Los!"

Anton saß mit weit aufgerissenen Augen und angezogenen Beinen an einer nackten Wand seines Kellers. Die Füße waren mit grobem Strick zusammengebunden, die Hände auf dem Rücken mit Kabelbindern gefesselt. Über dem Mund ein breites Stück Klebeband. „Anton!", rief Nora und stürzte auf ihn zu, „Anton! Alles okay?" Während Gesine den Notarzt rief, fühlte Nora seinen Puls. Er schien einigermaßen normal zu sein. Sie befreite Anton von seinen Fesseln und bemerkte, dass er blaue Flecken im Halsbereich hatte. Er fiel auf die Seite und stöhnte. „Anton, der Arzt kommt sofort. Haben Sie Schmerzen?"

Er bewegte seine Lippen und strich mit der Zunge drüber. Nora richtete ihn halb auf und legte ihre Jacke um ihn. Gesine hatte vorsorglich Wasser aus dem Auto mitgebracht, und Nora hielt ihm die Flasche an den Mund. Kaum hatte er ein paar hastige Schlucke getrunken, zog sich ein schiefes Grinsen über sein Gesicht. „Die Lady, hi! Habe Sie echt vermisst. Jetzt sind Sie meine Lebensretterin! Sorry, kann Sie nicht umarmen, Scheißkabelbinder, meine Arme sind tot."

„Das wird wieder. Bleiben Sie ganz ruhig."

„Zigarette für mich, Lady?"

„Blöde Idee. Wer hat Sie eingesperrt?"

„Nick, das Arschloch. Sie müssen den verhaften."

„Haben wir bereits. Was war los?"

„Der Mistkerl stand gestern Abend vor meiner Tür, wollte angeblich mit mir über Marlene sprechen. Er wollte mich zur Autobahn bringen, und ich Idiot glaubte ihm. Doch dann sollte ich gestehen, dass ich Marlene getötet habe. Ich! Spinnt der! Der Schlag kam aus heiterem

Himmel, gegen meinen Hals, und ich bin hier aufgewacht. Berlin kann ich vergessen."

Anton wurde mit einem Rettungswagen vorsorglich ins Krankenhaus gebracht. Nora war zufrieden, einer Mutter mal keine Todesnachricht überbringen zu müssen, sondern die frohe Botschaft: Ihr Kind lebt.

Auf dem Rückweg zur Inspektion ließ Nora sich von Gesine vor der Schwimmhalle am Dreescher Markt absetzen. Sie hatte nie mehr als eine flüchtige Notiz von der schiefergrauen Halle genommen. Es war ein moderner funktionaler Bau mit viel Glas. An einer Ecke konnte man von außen das Treiben im großen 6-Bahnen-Becken beobachten. Nora warf einen Blick hinein: Kinder beim Schwimmunterricht. Ihre Begeisterung! Diese Ahnungslosigkeit vor den Gefahren ...

Jemand stieß sie leicht von hinten an. „Da kriegt man selbst Lust, was?" Holger.

Nora riss sich vom Anblick des Wasserbeckens los. „Was? Ach, ja. Ja, ja, leider keine Zeit."

„Ist Mittagspause. Badeanzug dabei, Frau Graf?"

Sie schüttelte unwillig den Kopf und ging in den Eingangsbereich, wo sie Antje vermutete. Aber Fehlanzeige. Holger folgte ihr auf dem Fuße. „Ich habe gehört, der Zellner-Junge ist gefunden. Und Nick Opitz ist endlich hinter Schloss und Riegel, wo er hingehört, dieser Scheißkerl."

„Wo ist Antje?"

Sein Kopf wies Richtung Eingangsschranke: „Interne Recherche im kleinen Becken."

„Sehr witzig, Herr Klein."

„Würde mir nie erlauben, Sie zu veralbern, Kollegin. Antje hat sich ins Getümmel gestürzt, echt. Soll ich sie rausholen?"

„Auf keinen Fall. Sie lassen Ihre Finger von ihr!"

Er starrte sie verblüfft an, doch ehe er etwas entgegnen konnte, rauschte Nora ab.

31

Beim Bäcker neben der Schwimmhalle aß Nora ein Schinkenbrötchen und trank Kaffee. Sie dachte an ihre Zusage, ab Mittag die Recherche in der Halle zu unterstützen. War das noch notwendig? Wenn Antje bereits ihre Bahnen im kleinen Becken zog, mussten die Befragungen des Personals beendet sein. Ansonsten war Holger vor Ort. Blieb ihr mehr Zeit für den Bericht zum Fall Amalia Dorn. Der musste unbedingt am Abend fertig sein. Warum spürte sie diesen Widerwillen, sich daran zu setzen? Weil ihr ein Teil der Erinnerung fehlte? Es war schwierig, dieses Manko anzuerkennen.

Draußen war es kälter als in den Vorfrühlingstagen zuvor. Schnell lief Nora los und bildete sich ein, das ohne Ziel zu tun. Plötzlich stand sie vor dem Block, in dem Tabea Wolf gelebt hatte. Ihre Wohnung im ersten Stock war versiegelt. Nora stieg eine Treppe höher und klingelte. A.-M. Lange stand auf dem Klingelschild. Anna-Marie Lange war eine der Mieterinnen, die den Brand im Haus bei der Feuerwehr gemeldet hatten. Auf diesem Treppenabsatz kämpfte eine ausgewachsene großblättrige Pflanze ums Überleben. Die Blumenerde in dem großen Kübel war knochentrocken.

Schritte forderten Noras Aufmerksamkeit. Am Handlauf zog sich eine ältere Dame Stufe um Stufe hoch, in der linken Hand zwei pralle Einkaufsbeutel. Als die Frau jemand Fremdes erblickte, blieb sie stehen. Nora zeigte ihren Ausweis. „Bitte nicht erschrecken. Mein Name ist Nora Graf, Kripo Schwerin. Sind Sie Frau Lange?"

Die Angesprochene räusperte sich. „Ja, ich wohne hier, da rechts. Warum?"

„Ich habe ein paar Fragen zu Tabea Wolf. Kann ich Ihnen die Beutel abnehmen?"

„Auf keinen Fall, sonst hilft mir ja auch keiner beim Tragen. Jeden Tag eine Aufgabe, das übt, und man muss sich fordern, gerade im Alter."

„Bisschen früh für Sie, vom Alter zu sprechen." Nora schätzte die Frau auf Anfang sechzig. Die Haare waren hellgrau und sportlich kurz, die Haut im Gesicht fast faltenlos, der Körper mit fester Kontur. Nachdem sie die Treppe bewältigt hatte, bewegte sich die Frau flinker. „Na, herein, Frau Kommissarin. Kann ich Ihnen was anbieten? Tee und Kekse?"

Das Wohnzimmer von Frau Lange war voller Zimmerpflanzen, Kissen, Kerzenständer, Teelichter und Familienfotos. Frau Lange holte – trotz Noras Protest – ihr Sonntagsgeschirr aus dem Schrank und servierte umständlich Rooibos-Tee und selbstgebackene Kekse. „Mit wenig Zucker", erklärte sie. „Greifen Sie zu, bitte."

Nora probierte einen Keks. Er war für ihren Geschmack zu fad. „Schmeckt prima", schummelte sie. „Gemütlich haben Sie es, und die vielen Pflanzen. Wer kümmert sich denn um die Pflanze im Treppenhaus? Die bräuchte dringend Wasser und ein Schäufelchen mehr Erde."

Frau Lange schlug sich an die Stirn. „Na so was! Vergessen! Wird nachher gleich gemacht. Nehmen Sie doch von den Keksen, ist genug da."

„Danke. Leben Sie allein hier?"

„Vor fünf Jahren ist mein Mann an Krebs gestorben. Kinder habe ich drei. Enkelkinder sind's vier. Alle wohnen in Schwerin."

„Das ist schön. Hatten Sie engeren Kontakt zu Tabea Wolf?"

„Ja und nein. Manchmal haben wir ein bisschen geschwatzt. Wenn ich erkältet war, hat sie mir Medikamente geholt. Alles harmloses Zeug. Um meine Pflanzen hat sie sich gekümmert, wenn ich ein paar Tage weg war. Wirklich, ein liebes Mädchen. Und klug war sie. Nein, schlimm. Es ist eine Tragödie. Habt ihr den Täter?"

„Leider nein. Wann haben Sie Tabea das letzte Mal gesehen?"

Die Mieterin hob ihre Stimme. „Das weiß ich! Es war am Sonntag. Ich bin am frühen Nachmittag in den Schlossgarten. Dort war sie. Ihr Freund Hagen war mit dem Bus unterwegs. Sie war allein. Wie ich."

„Haben Sie miteinander geredet?", fragte Nora.

„Wir sind beide unsere eigenen Wege gegangen. Ich habe Tabea von Weitem zugewinkt." Ihr Blick verlor sich ins Ungewisse.

Nora wartete, ob sie den Faden von sich aus wieder aufnahm. „Frau Lange?"

„Ach ja. Tabea. Eigentlich komisch, dass wir nie zusammen spaziert sind. Wir waren beide gern im Schlossgarten."

„Tabea war also ohne Begleitung. Und Sie? Familie oder Freundinnen getroffen?"

„Nein, meine Krähe versorgt, die wartet auf mich." Sie lächelte verschmitzt und kleine Fältchen bildeten sich um Mund und Augen. „Meine Krähe, ich nenne sie Möwe, weil sie eine Art weißen Kragen um den Hals hat. Ich bringe ihr Nüsse, die buddelt sie ein. Dann kommt eine andere Krähe, buddelt die Nüsse aus und klaut sie. Möwe ist eine dumme Krähe."

„Aber sie hat Sie als Freundin, Frau Lange. Ich möchte noch einmal zum Tag kommen, an dem es gebrannt hat. Haben Sie vor dem Feuer was Ungewöhnliches im Haus bemerkt?"

„Die nervigen Feuermelder. Die vielen Fehlalarme. Zuerst habe ich gar nicht reagiert. Bin dann runter. Die Feuerwehr war schon im Anmarsch. Es war eine ..." Sie verstummte erneut.

„Eine Tragödie", bekräftigte Nora und startete einen Testballon. Sie zeigte ein Foto. „Kennen Sie dieses Mädchen?"

„Wer soll das sein?"

„Marlene Kruse, sie wurde ebenfalls ermordet. Das geschah vorige Woche. Sind Sie ihr einmal begegnet?"

„Oh je, wie schrecklich! Auch ermordet? In unserem Haus?"

Nora zweifelte allmählich, ob diese Frau eine brauchbare Zeugin war. „Marlene wohnte in einer anderen Gegend auf dem Dreesch. Sie könnten ihr irgendwo über den Weg gelaufen sein."

Anna-Marie Lange schüttelte nachdenklich den Kopf. „Mein Gedächtnis macht, was es will. Lässt mich zunehmend im Stich. Dabei treibe ich regelmäßig Sport. Mindestens zweimal die Woche."

„Gehört Schwimmen dazu?"

„Und ob! Ich habe die Halle doch fast vor der Nase."

„Haben Sie einen festen Termin?"

„Den Freitag."

„Marlene und Tabea waren auch regelmäßig in der Schwimmhalle. Sie könnten sie dort eventuell gesehen haben."

„Wenn, dann im Badeanzug. In den Dingern sieht man ja ganz anders aus als angezogen."

„Das gibt sicher manche Überraschung. Frau Lange, versuchen Sie, sich an letzten Sonntag zu erinnern. An Tabea im Schlossgarten. Wie war das?"

Die Nachbarin stand auf. „Ich hole meine Brille."

Ach herrje, dachte Nora, war die etwa blind? Nach einem Weilchen fragte sich Nora, wo Frau Lange abgeblieben war. Hatte die vergessen, dass jemand im Wohnzimmer auf sie wartete? Als sie endlich mit Brille auf der Nase zurückkehrte, schob sie Nora eine kleine Dose zu. „Nehmen Sie ein paar Kekse mit. Für sich und die Kollegen."

„Wäre nicht nötig gewesen. Vielen Dank. Am Sonntag, als Sie Ihre Krähe fütterten, hatten Sie eine Brille auf?"

„Schon, ja, bestimmt. Die Fernbrille." Erneut betrachtete sie das Foto von Marlene von allen Seiten. „Also, die Kleine kenne ich nicht. Tut mir leid. Ich bin ja kein Mann, der jungen Frauen nachglotzt."

„Haben Sie Tabea im Schlossgarten wirklich erkannt?"

„Ja, einwandfrei! Sie und diese Andere."

„Welche Andere?"

„Na, die andere Frau. Mit der hat Tabea geredet. Die hatte eine Mütze auf mit so einem albernen Puschel. Ich finde diese Mützen doof, die sind was für Kinder."

„Zu welcher Zeit war das?"

„Irgendwann nach zwei."

„Kennen Sie diese Frau?"

„Woher denn."

„Können Sie sie näher beschreiben?"

„Nein, war von weitem. Tabea und sie standen eine Weile beieinander. Liefen dann zur Grotte."

„Zusammen?"

„Nein. Wenn ich jetzt nachdenke, ließ Tabea die Andere stehen oder lief vor ihr weg."

„War die Unbekannte größer oder kleiner als Tabea?"

„Auf keinen Fall größer."

„Jünger oder älter als Tabea?"

„Mein Alter ungefähr. Die alberne Mütze, ein Mantel und Stiefel. Komische Stiefel."

„Was war an denen *komisch*?"

„Irgendwas, keine Ahnung. Entschuldigen Sie, mein Gedächtnis. Soll ich Sie anrufen, falls es mir einfällt? Das mit dem Puschel stimmt. Können Sie mir glauben."

Nora konnte fast vorhersagen, wie Hansen dieses Gespräch bewerten würde: Der Hinweis auf diese Unbekannte im Schlossgarten war zu dünn; die Zeugin wegen ihrer schlechten Sehfähigkeit und Vergesslichkeit kaum vertrauenswürdig. Dumm war nur, dass sie ihm zustimmen müsste. Unterschlagen konnte sie die Aussage nicht. Es könnte einen Zusammenhang mit dem von Marlene geäußerten Gefühl geben, verfolgt worden zu sein.

Während Nora grübelte, wie sie bei Hansen am besten vorgehen sollte, stürmte Antje mit halb nassem Haar und strahlender Miene ins Büro. „Das Schwimmen war herrlich, ich fühle mich wie neu geboren."

Nora wollte wegen Antjes Badestunde während der Dienstzeit keine Spielverderberin sein. „Das ist wunderbar, aber du solltest in der Halle nicht planschen, sondern ermitteln."

„Dazu gehört, sich zu verhalten wie die Opfer sich vermutlich verhalten haben. Und das war in diesem Fall: ab ins Wasser."

„Hat es was gebracht?"

Antje wuselte mit den Händen ihr Haar durcheinander, als wären sie ein Fön-Ersatz.

„Na ja, ich war heute, an einem Donnerstag, im kleinen Becken. Wenn man ordentliche Bahnen im großen Becken ziehen will, muss man am Freitag oder am Wochenende hin."

Weil Nora sie irritiert ansah, fragte Antje: „Warst du noch nie in der Halle? Freitag ist Schwimmertag, der einzige Tag in der Woche, in der das normale Volk ins große Becken darf, außer an den Wochenenden." Antje redete weiter: „Ich habe über den Badeanzug von Marlene nachgedacht. Er war trocken, als wir ihn vorige Woche Donnerstag auf ihrem Badtrockner fanden. Er muss ein bis zwei Tage dort gehangen haben. Danach könnte Marlene vorige Woche am Dienstag schwimmen gewesen sein. Videoaufzeichnungen dazu gibt es nicht mehr. Tabeas Badeanzug lag im Schrank und kann uns deshalb keine Hilfe sein. Auf den Videos ab Montag dieser Woche war Tabea nicht drauf."

„Keine andere Möglichkeit festzustellen, wann jemand dort ist?"

„Doch. Wenn man eine Zehnerkarte gekauft und die Quittung dazu aufgehoben hat. Die Quittung ist wichtig für den Fall, man verliert die Karte, oder sie wird einem geklaut. Auf der Quittung ist ein Code, und wenn das Personal den in ihren Computer eintippt, sagt der einem, wann und wie lange der betreffende Mensch in der Halle war. Man wird zum gläsernen Badegast, wenigstens teilweise."

„Das ist ja bestens. Hoffen wir, Marlene und Tabea haben Zehnerkarten gekauft und die Quittungen verwahrt. Kümmerst du dich darum?"

„Wird erledigt. Die Befragungen des Personals sind abgeschlossen. Vier Mitarbeiter haben Marlene identifiziert und drei Tabea. Aber niemand kann sagen, wann sie da waren. Kann ich jetzt erst mal in die Pause? Ich habe ordentlich Hunger und ausgerechnet heute den Kuchen zu Hause liegen lassen. Ich gehe in die Cafeteria."

„Ist der Chef über den Stand informiert?"

„Selbstverständlich. Bei Tabea bin ich mit der Suche nach dem Kindsvater leider keinen Schritt weiter. Selbst ihre Schwester Lara hat keinen blassen Dunst. Vielleicht war es ein Tourist, den sie zufällig kennengelernt hat. Und der ist längst wieder weg."

Nora ärgerte sich. „Ja, arschklar. Ein Tourist! Tabea ist ja auch mit jedem x-beliebigen Kerl ins Bett gestiegen."

Zerknirscht lenkte Antje ein. „Kann es sein, dass Tabea keine Ahnung hatte, dass sie schwanger war?"

„Nein, sie hat ihrem Freund Hagen davon erzählt."

Antje stöhnte auf. „Wir drehen uns im Kreis. Nachher war der Vater jemand, den niemand auf den Schirm hat. Ein ganz stinknormaler, unauffälliger, uninteressanter Typ."

„Von denen gibt's wahrlich mehr als genug", brabbelte Nora, „ach, da fällt mir jemand anderes ein. Wie läuft's mit Ramses bei deinen Eltern?"

„Er frisst ihnen die Haare vom Kopf, aber sie überleben es und mögen ihn. Und du? Kein Hunger?"

„Hab beim Bäcker neben der Halle ein Brötchen gegessen. Muss dringend ein paar Anrufe erledigen. Anton wurde zwar gekidnappt, trotzdem muss ich sein Alibi für die Tatzeit Tabea überprüfen. Lass es dir schmecken."

Antons Freunde bestätigten seine Angaben. Zudem erfuhr Nora, dass er bereits wieder aus dem Krankenhaus entlassen wurde. Anton hatte in letzter Zeit viel Pech und Unglück erlebt, nun hatte er Glück gehabt. Das war dem verrückten Kerl zu gönnen, dachte sie.

Nora widmete sich endlich der ungeliebten Aufgabe, den Bericht ‚Amalia Dorn' zu schreiben. Antje fand in der Zwischenzeit in Marlenes Wohnung eine Zehnerkarte samt Quittung für die Schwimmhalle. Das Auslesen der Karte ergab, dass Marlene meist freitags ins Bad ging, wenn auch in größeren Abständen. Letzte Woche ausnahmsweise dienstags.

Hansen rief seine Mitarbeiter zusammen und verkündete seinen Plan: Die Personalien aller Schwimmhallenbesucher am morgigen Freitag sollten erfasst werden. Antje und Gesine waren vor Ort eingeteilt; Holger sollte die Daten in der Inspektion überprüfen. Nora war außen vor, was ihr recht war.

Nachdem die anderen Hansens Büro verlassen hatten, versuchte sie erneut, den Chef für ihre Überlegungen zu gewinnen. „Berthold, was anderes. Marlene fühlte sich verfolgt. Jetzt habe ich einen Hinweis darauf, dass Tabea am Sonntag vor ihrem Tod Kontakt mit einer unbekannten Frau im Schlossgarten hatte." Nora schilderte Hansen, was sie von Tabeas Nachbarin erfahren hatte, darunter von den komischen Stiefeln. Wie sie befürchtet hatte, war er skeptisch. „Wir haben März. Eine Frau mit Stiefeln ist um diese Jahreszeit kein seltener Anblick", wiegelte er ab. „Willst du allen Ernstes Zeit dafür verschwenden?"

„Ja, das will ich."

„Das war eine rhetorische Frage, Nora." Hansen ärgerte sich: „Wieso warst du überhaupt bei dieser Nachbarin Lange? War das mit mir abgestimmt?"

„Soll ich mir etwa jeden Pup genehmigen lassen, Bert? Wir haben zwei Hinweise: Das ist die Unbekannte im Schlossgarten und der Mensch, von dem Marlene sich verfolgt fühlte. Was, wenn es ein und dieselbe Person ist? Und, mal ganz verrückt gedacht, was, wenn diese beide Mädchen getötet hat?"

„Jetzt gehen die Pferde mit dir durch! Dafür gibt es keinen Anhaltspunkt." Er stockte kurz, bevor er weiterredete: „Außerdem, das wäre dann eine Frau. Also, beim besten Willen, Nora. Eine Frau soll Marlene und Tabea ermordet haben?"

„Ja. Du selbst hast doch von Anfang an auch eine Täterin in Betracht gezogen. Das könnte sie sein."

„Ein weibliches Phantom, das durch den Schlossgarten schleicht, junge Mädchen aufgabelt und sie killt? Und welches Motiv sollte sie haben?"

„Darüber ist nachzudenken."

„Dann tu das. Was mich interessiert: Wieso hast du vorhin vor den Kollegen den Mund gehalten, wenn dir diese angebliche Fährte so wichtig ist?"

Nora lächelte. „Nun ja, weil ich nur diese halbseidenen Hinweise habe und keine Lust, mir von allen skeptische Bemerkungen anzuhören. Ich möchte *deine* Unterstützung."

Hansen fühlte sich geschmeichelt und fing an nachzudenken. Schnell war er bei seiner Lieblings-Verdächtigen: „Käme die Zellner in Betracht? Die hätte Mordmotive." Er zeigte Nora das Protokoll der Überwachung von Ingrid Zellner. Die Apothekerin fuhr oder lief seit Mittwoch stets dieselben Wege ab: von der Wohnung zur Apotheke, zum Supermarkt, zur Apotheke, zur Wohnung. Einzig der Abstecher ins Krankenhaus, um ihren Sohn abzuholen, fiel aus diesem Rahmen. Auf den ersten Blick führte Ingrid Zellner ein Leben wie ein Hamster im Laufrad, eintönig und sehr regelmäßig. Ein anderes Ergebnis hätte Nora überrascht. „Das sieht mau aus. Willst du sie trotzdem weiter beobachten lassen?"

Er wiegte seinen Kopf. „Zumindest bis heute Abend. Zu wenig Leute. Ich werde abbrechen müssen."

„Die Zellner ist wahrscheinlich zu jung, um die Gesuchte zu sein. Trotzdem. Ich könnte ihr morgen auf den Zahn fühlen und nebenbei nachforschen, welche Stiefel in ihrem Schuhschrank stehen, wenn sie mich lässt."

Gleichzeitig legte Nora ihm den Bericht Dorn vor.

„Dass ich das erlebe", knurrte er zufrieden.

„Kann dir noch was Gutes tun, Bert." Sie stellte ihm eine mit Weihnachtsmotiven verzierte kleine Metalldose auf den Schreibtisch. Ein freudiges Lächeln huschte über Hansens Gesicht, und er öffnete sie. „Kekse? Von dir gebacken?" Mit spitzen Fingern nahm er einen.

Bevor er hineinbeißen konnte, sagte Nora schnell: „Sind von der sehbehinderten Zeugin mit Gedächtnisschwund. Total frisch und ohne gesundheitsschädlichen Zucker."

Hansens Lächeln erlosch, und er ließ den Keks im Papierkorb verschwinden. „Nimm nichts von Fremden, sagte meine Mutter schon."

„Bert, ich hab bereits davon gekostet und lebe noch."

Er schloss die Dose und reichte sie ihr zurück. „Ich mag nur richtige Kekse, und die sind süß."

32 Freitag

Gegen halb zehn stellte Nora ihr Auto auf einem der Parkplätze des Schlosspark-Centers am Marienplatz ab. In einem Sportgeschäft kaufte sie den erstbesten Badeanzug, der passte und preisgünstig war, damit sie für jede Art Einsatz in der Schwimmhalle ausgerüstet war. Keinesfalls wollte sie sich den Kollegen im Bikini präsentieren.

Nora warf die Einkaufstüte zum Badehandtuch in den Kofferraum und setzte sich hinters Lenkrad. Sie legte den Rückwärtsgang ein und gab etwas Gas. Gleich darauf fühlte sie einen leichten Stoß. Sie hatte tatsächlich wie eine Anfängerin den hinter ihr parkenden SUV touchiert!

Nora blieb einige Sekunden sitzen, um sich zu beruhigen, bevor sie das andere Fahrzeug begutachtete. Äußerlich war, wie erhofft, an dem robusten Teil kein Schaden zu erkennen. Sie fuhr ihren Clio in die Parklücke zurück und kramte nach dem Handy, um Antje mitzuteilen, dass ihre ‚kleine Erledigung' länger dauern würde.

„Hey, Sie! Wenn Sie abhauen, rufe ich die Polizei! Ich habe alles gesehen! Das ist Fahrerflucht!", keifte eine Frau.

Nora ließ das Fenster einen Spalt runter. „Wie kommen Sie darauf, dass ich Fahrerflucht begehe?"

„Sie müssen warten, bis der Fahrer des angefahrenen Wagens kommt. Ich schreibe mir Ihre Nummer auf!"

„Tun Sie das", sagte Nora gleichgültig.

Die keifende Zeugin warf ein Weilchen demonstrativ vorwurfsvolle Blicke um sich, bevor sie sich entfernte.

Eine Viertelstunde später steuerte ein untersetzter Mann in Jeans und Lederjacke auf den dunkelblauen SUV zu. Mit gesenktem Kopf tippte er während des Gehens ununterbrochen auf einem Handy herum. Ein Wunder, dass er sein Auto fand und sich hineinsetzen konnte, ohne irgendwo anzurempeln. Nora musste mehrmals an seine Seitenscheibe klopfen, bevor er sich von dem Gerät trennen konnte und die Scheibe herunter ließ. Sein schon recht faltiges Gesicht wurde von einer kräftigen Nase und einem ausdrucksstarken Mund geprägt. Die Haare waren dicht und dunkel und reichten knapp über die Ohren.

„Ja?" Er kniff die Augen zusammen, als würde er von der Sonne geblendet.

„Es tut mir leid, ich habe Ihr Auto mit meinem berührt."

„Ah ja, wo und wann?"

„Hier auf dem Parkplatz, vor ein paar Minuten. Wäre hilfreich, wenn Sie aussteigen würden."

Der Unbekannte ließ sich von Nora die vermeintliche Schadensstelle an der Karosserie zeigen. „Ich sehe nichts", sagte er. „Sie etwa?"

„Mir geht's wie Ihnen. War eher eine sanfte Berührung. Falls Sie doch was feststellen sollten ..." Sie zog routinemäßig eine Karte aus ihrer Jackentasche, und er studierte sie aufmerksam. „Eine Polizistin. Kriminalhauptkommissarin. Eine aus dem echten Leben."

„Wie meinen Sie? Ach, das ist mein Dienstausweis, geben Sie her. Das ist die richtige. Alles klar?"

„Ja, das heißt nein." Er wandte sich ihr das erste Mal richtig zu. „Was haben Sie jetzt vor?"

„Was ist? Wollen Sie, dass ich meine Kollegen rufe?"

„Nein, wir werden uns ohne einig." Im Gegensatz zu seinen Worten begann er, auf der Karosserie herumzufingern. „Also, ich glaube, da ist eine kleine Delle, die mir eben entgangen ist."

„Nee, nich Ihr Ernst", berlinerte Nora empört, „eben war alles in Ordnung ... Wollen Sie mich veräppeln?"

„Niemals. Schauen Sie nicht so böse, Frau Graf." Er reckte sich vor ihr, um auf gleiche Höhe zu kommen. „Ich mache Ihnen ein Angebot. Ich vergesse die Delle, und Sie trinken einen Kaffee mit mir. Zuvor möchte ich mich vorstellen: Daniel Tanner." Er verbeugte sich leicht und streckte Nora seine Hand entgegen. „Ist sowieso ein Dienstwagen", fügte er lächelnd hinzu und entblößte eine Reihe unregelmäßig gewachsener kleiner Zähne. Nora fand seinen Händedruck angenehm.

„Welche Branche?"

„Film und Fernsehen. Na, wie sieht's aus? Sie können sicher eine Pause bei Kaffee und Kuchen gebrauchen." Nora sah keinen Grund, wegen einer Lappalie mit einem Unbekannten Kaffee zu trinken. Außerdem spulte er ihr seine Anmache zu routiniert herunter. Dennoch zögerte sie. Seine Augen waren von einem ungewöhnlichen Grün, mit winzigen schwarzen Pünktchen durchsetzt. Wer hatte sie mit ähnlichen Augen angestarrt? „Nur einen Kaffee", räumte sie ein.

„Dann sollten wir los, folgen Sie mir unauffällig."

Daniel Tanner führte Nora in ein Café im ersten Stock des Centers. Er legte seine Lederjacke ab, und ein gut sitzendes Jackett kam zum Vorschein. Es war viel Platz frei, und der bestellte Kaffee stand alsbald vor ihnen.

„Ich vermute, Sie haben diesen kleinen Unfall gehabt, weil Sie in Gedanken woanders waren", begann er ein Gespräch, „Sie waren bei einem Mordfall. Richtig? Verraten Sie mir, was Schreckliches geschehen ist?"

„Über Ermittlungen rede ich ausschließlich mit Kollegen."

„Sind wir fast. Ich bin Regisseur der SOKO Wismar, bei uns wimmelt's vor Mord und Totschlag und garantiert mehr als in der Wirklichkeit."

„SOKO Wismar ... Das ist ein Film, oder?"

„Eine sehr beliebte Serie."

„Wann läuft die denn?"

„Am Vorabend oder vormittags, je nachdem. Haben Sie die etwa nie gesehen?"

Nora verneinte.

„Jetzt bin ich schwer enttäuscht."

„Zu der Zeit sitze ich nie vor dem Fernsehgerät. Tut mir leid. Und Sie drehen Ihre Serie nun auch in Schwerin?"

„Nein, will mir für ein anderes Projekt ein paar Locations anschauen. Schleifmühle und Fernsehturm ..."

„Und das Center?"

Daniel Tanner senkte die Stimme. „Das war privat. Ich habe ein Geschenk für meine Frau besorgt. Während der Arbeitszeit. Verraten Sie es bitte niemandem."

„Sie hatten keine Tüte oder Tasche dabei, als Sie vorhin zum Auto sind."

„Kommissarin Adlerauge." Er klopfte mit flacher Hand an die Brusttasche seines Jacketts. „Ist ein kleines, dafür sehr feines Geschenk."

„Verstehe. Was Frauen wollen und mögen, Schmuck. Sie scheinen den Geschmack Ihrer Gattin zu kennen, das ist selten für einen Ehemann."

„Hört sich an wie ein Kompliment. Möchten Sie noch was anderes trinken?"

„Danke, nein." Plötzlich wusste Nora, an wen Tanners grüne Augen sie erinnerten, ja, geradezu mahnten, und sie hatte eine Idee. „Darf ich mal direkt fragen? Haben Sie Kinder?"

„Das walte Gott. Drei insgesamt, ein erwachsenes und zwei Knirpse. Warum?"

„Nur so. Wie steht's mit Haustieren?"

„Verhören Sie mich?" Der Schalk blitzte aus seinen Augen. „Die Kids sind verrückt nach allem, was kreucht und fleucht. Bis heute habe ich mich standhaft gegen jegliches Viehzeug gewehrt. Denn wer kümmert sich letztlich drum?"

„Ihre Frau", warf Nora ein.

„Genau. Mein besseres Ich. Was wollen Sie eigentlich wissen?"

„Verraten Sie mir, ob Sie einen Garten haben, bitte."

Er nickte bedächtig.

„Das ist ja wunderbar. Es würde perfekt passen. Sie und Ihre Gemahlin mit dem kleinen, feinen Schmuck und Ihre tierliebenden Kinderchen und Ihr traumhafter Garten ... nun kommt's, Herr Tanner. Ich suche eine Bleibe für einen heimatlosen Kater."

„Oh nein, nein und nochmals nein. Kein Haustier!"

„Der Kater heißt Ramses, und er hat grüne Augen wie Sie."

„Das ist geflunkert, oder?"

„Wie käme ich dazu. Ramses hat rotes Fell, ist sehr kumpelhaft und total verschmust. Ich hab Fotos dabei."

Er wehrte ab. „Keine Beeinflussung, bitte."

„Das ist wirklich ein Fall, der mir am Herzen liegt, Herr Tanner. Ramses wurde Opfer eines Mordanschlags."

„Jemand wollte ihn töten?" Er zeigte echte Bestürzung.

„Nein, nein. Seine Besitzerin ist umgebracht worden. Der Kater ist Hinterbliebener. Denken Sie drüber nach, bitte. Ihm droht das Tierheim."

„Wäre interessant, Sie mal zu erleben, wenn Sie einen Verbrecher jagen. Sie sind bestimmt unerhört pfiffig und gnadenlos."

„Ich bin harmlos. Wird Zeit für mich, die Kaffeepause ist zweimal vorbei." Sie sah sich suchend nach der Kellnerin um.

Daniel Tanner berührte sacht, aber bestimmt ihre Hand. „Sie sind eingeladen, Frau Graf. Es ist mir übrigens ein besonderes Vergnügen. Ehrlich. Wenn ich überhaupt über den Kater nachdenken soll, müssen Sie mir mehr von ihm erzählen."

Reine Hinhaltetaktik, vermutete Nora, doch für den Kater nahm sie das in Kauf. Daniel Tanner hörte ihr aufmerksam zu und musterte sie ungeniert. Als Nora mit dem Hinweis endete, für den Kater müsse spätestens in den nächsten zwei Wochen eine Bleibe gefunden werden, sagte er: „Lassen Sie uns einen Deal machen. Sie verraten mir was von Ihrem aktuellen Fall, und ich rede heute Abend mit meiner Frau wegen des Katers. Sie trifft nämlich alle wichtigen Entscheidungen unseres Lebens und bezieht mich quasi nur der Form halber mit ein. Einverstanden?"

Nora wunderte sich, dass die Kellnerin einen zweiten Kaffee für beide hinstellte. Offensichtlich hatte der Tanner ihr ungefragt ein entsprechendes Zeichen gegeben.

„Sie haben's mit kleinen Erpressungen, was? Über den aktuellen Fall rede ich nicht. Sie könnten mir bei einem allgemeineren Problem helfen. In Ihrer Eigenschaft als Regisseur."

Er rückte ein wenig näher zu ihr. „Schießen Sie los."

„Sie wissen, wie wichtig das Motiv in einem Mordfall ist. Spielt bestimmt in jeder Serienfolge eine Rolle. Was sind die gängigen Motive bei Ihnen?"

„Liebe, Leidenschaft, Eifersucht, Neid, Geldgier, Angst vor Einsamkeit und vor dem Verlassenwerden ..."

„Denken Sie sich auch mal eine Motivlage aus, die vielleicht etwas abartig ist?"

Er lachte auf. „Ich schreibe keine Drehbücher, ich verfilme sie. Was meinen Sie mit *abartig*? Sexgeschichten?"

„Keine Sexsachen. Nein! Hab mich schlecht ausgedrückt. Ich meinte eigentlich *abseitig*."

„Und da gibt es einen Unterschied?"

„Egal. Es ist etwas ...", Nora suchte nach dem passenden Wort, „etwas Geheimes, eine ungewöhnliche Sehnsucht, eine Obsession. Etwas in der Art."

„Da könnte ich mir bei einem Mann ziemlich viel vorstellen."

„Eine Frau. Was können Sie sich bei der vorstellen?"

Er kniff seine Augen zusammen, dass sie zu Schlitzen wurden. „Bei Ihnen?"

Nora lag eine freche Antwort auf der Zunge, aber sie dachte zu lange darüber nach. Der Moment ging vorüber. „Ich muss den Kaffee stehen lassen. Zwei auf die Schnelle sind zu viel. Und jetzt muss ich wirklich los."

Er checkte die Uhrzeit. „Ja, leider. Wie ich. Darf ich auch mal direkt sein? Können wir uns wiedersehen?"

„Wenn Sie den Kater nehmen, könnte es passieren."

„Ist das die Retourkutsche in Sachen Erpressung? Hätte der Kater denn bei Ihnen kein schönes Zuhause?"

„Mir fehlt die verständnisvolle Ehefrau und der Garten."

„Verstehe. Ich melde mich, wenn sich die meine entschieden hat. Ihre Nummer habe ich ja."

33

Die frohe Botschaft, dass sich Ramses' Schicksal bald zum Guten wenden könnte, sollte Tom möglichst schnell erfahren. Nora rief ihn noch vom Auto aus an. Zuerst erkundigte sie sich, ob er die Krimi-Serie SOKO Wismar kenne.

„Guck nix mit Leichen. Ist was mit dieser Serie?"

„Ich habe heute früh zufällig einen Regisseur der SOKO getroffen, einen echten Katzenfreund. Wenn wir Glück haben, hat Ramses bald ein neues Zuhause."

„Du willst das Tierchen irgendeinem Fremden überlassen?"

„Er bietet beste Voraussetzungen. Hat ein ordentliches Einkommen, Frau, Kinder und einen Garten. Was wollen wir mehr?"

„Ach ja? Und woher weißt du das alles? Was war das denn für ein zufälliges Treffen?"

„Eifersüchtig, Tom?"

„Nee. Du hörst dich bloß verdammt aufgedreht an. Wie heißt er?"

„Daniel Tanner. Ja, stell dir vor. Wenn ich nicht gegen sein Auto ..."

„Was bist du?! Du hattest einen Unfall?"

„Nein, kein Kratzer. Es war echt albern, doch diese Alte machte ein Riesentheater."

„Ich versteh kein Wort, Nora. Mal der Reihe nach."

„Keine Zeit, Tom. Bin spät dran. Wir sehen uns heute Abend, ja? Freu mich."

„Ich mich erst."

Als Nora in der Inspektion eintraf, war Hansens Büro leer. Auf dem Flur hörte sie Holgers Stimme. Ohne sich nach ihm umzudrehen, ging sie in Richtung ihres Büros. Im nächsten Moment war er hinter ihr. „Tach, Frau Graf", schnaufte er.

„Hallo, Herr Klein. Wie läuft's in der Schwimmhalle?"

„Aufwändiger als mir lieb ist, schließlich muss ich alle Angaben überprüfen."

Noras Mitleid hielt sich in Grenzen. „Haben Sie auffällige Personen entdeckt?"

„Als ob Schwerverbrecher sich im Hallenbad vergnügen! Ich habe bisher einen Vorbestraften wegen Einbruchs. Ist fünfzehn Jahre her, ist seit zwölf Jahren glücklicher Familienvater und regelmäßiger Saunagänger."

„Der Tag ist noch lang. War was Neues auf der Sitzung heute früh?"

„Nein, nur Organisatorisches. Antje und Gesine recherchieren in der Halle. Ach ja, und die Observierung der Zellner wurde eingestellt."

Nora blieb vor ihrem Büro stehen, ohne die Tür zu öffnen. „Und wo ist Hansen?"

„Auch im Bad."

Nora lächelte Holger an und legte als Zeichen, dass sie allein sein wollte, die Hand auf die Klinke. „Na, dann, bis später."

„Darf man erfahren, wo Sie waren, Frau Graf?"

Seit wann war sie Holger gegenüber rechenschaftspflichtig? „Ich hatte was zu erledigen, war mit dem Chef abgesprochen", antwortete sie kurzangebunden.

Er kratzte sich unruhig am Kopf. Smalltalk zwischen ihr und Holger war unüblich, und Nora fragte sich, warum er sich nicht verzog.

„Ist irgendwas, Herr Klein?"

„Können wir drinnen reden?"

„Warum so geheimnisvoll? Na, kommen Sie rein."

Nora setzte sich, während Holger hin und her wanderte. „Von Hansen habe ich, dass Sie eine Frau im Visier haben, die Marlene und Tabea verfolgt und getötet haben könnte."

Nora wunderte sich. „Hat er in der Sitzung darüber geredet?"

„Nein, war unter uns. Eigentlich ganz nebenbei."

„Dann hat er Ihnen sicher gesagt, dass er Ermittlungen in diese Richtung ablehnt."

„Ja, schon." Er wand sich etwas. „Sie haben eine besondere Spürnase. Wenn ich an diese Leiche im Müllsack denke …"

„Genug davon! Wollen Sie auf irgendwas hinaus?"

„*Spürnase* gilt bei Ihnen auch im übertragenen Sinne. Und Sie sind hartnäckig. Hansen hält an der Schwimmhallenspur fest. Ohne Blick nach rechts oder links. Meiner Meinung nach suchen wir den Mörder dort bis zum Sankt Nimmerleinstag." Er sah Nora eindringlich an und senkte die Stimme. „Frau Graf, ich möchte zu Ostern mit meiner Familie verreisen. Ich brauche dringend ein paar freie Tage mit meinen Kindern; sie drohen, mir zu entgleiten. Und Ostern ist bald."

Nora war erstaunt, dass er ihr mit seiner Familie kam. „Herr Klein, Sie sind verheiratet, haben zwei kleine Kinder und werden deswegen bevorzugt. Also, wenn einer frei kriegt, dann Sie."

„Solange diese Mordserie nicht aufgeklärt ist, kriegt niemand Urlaub."

„Das liegt allein in Hansens Hand. Werden Sie mal konkreter."

„Ich werde Ihre Verfolgungs-Theorie unterstützen. Auch wenn sie auf wackligen Beinen steht."

„Aus Eigensucht, wegen des Urlaubs", warf Nora ein.

„Das können Sie sehen, wie Sie wollen. Frau Graf, ich bin auf Ihrer Seite. Wen genau haben Sie im Visier?"

„An Hansen vorbei zu arbeiten, kann Ärger bedeuten", warnte sie ihn.

„Alle meine Aufgaben werden gewissenhaft erledigt, keine Sorge."

„Ich verlass mich drauf. Also, wir suchen eine ältere Frau um die sechzig, Markenzeichen: Mütze mit Puschel und markante oder ungewöhnliche Stiefel. Sie hat vermutlich letzten Sonntag im Schlossgarten Kontakt mit Tabea gehabt."

„Das ist alles an besonderen Merkmalen?"

„Ja. Wir haben die Chance, dass sich die Zeugin an mehr erinnert. Beten Sie, wenn Sie Ostern verreisen wollen."

„Handelt es sich um hohe Stiefel oder diese kleinen bis zum Knöchel?", wollte Holger wissen.

„Stiefelletten? Keine Ahnung, etwas Besonderes muss an ihnen sein. Die Zeugin redete von *komischen* Stiefeln."

„Soll in den nächsten Tagen wärmer werden. Und welche Frau trägt dann noch diese Dinger?"

„Das sehen manche meiner Geschlechtsgenossinnen anders und schleppen ihre Stiefel solange es irgend geht, wenn sie besonders schick sind."

„Kenn ich. Und *wo* fangen wir an?"

„Auf dem Dreesch natürlich. Ist doch Ihr Spezialgebiet, oder?"

Nora meldete sich telefonisch bei Frau Zellner an; sie habe noch ein paar Fragen. Die Apothekerin lehnte ein Gespräch in ihrem Geschäft ab; seit Tabeas Tod hätte sie eine Arbeitskraft zu ersetzen und müsse mehr und länger arbeiten. Am Nachmittag hätte sie um fünf eine halbe Stunde bei sich zu Hause Zeit. Wirklich nur eine halbe Stunde, denn sie müsse in die Apotheke zurück. Nora ließ sich drauf ein und versprach, pünktlich zu sein.

In den darauffolgenden Stunden vertiefte Nora sich in die Videoaufnahmen aus der Halle auf der Suche nach einer älteren Dame mit besonderen Stiefeln. Sie hatte den Tag über kaum Kontakt mit Kollegen, die nach und nach in den Feierabend gingen. In die laufenden Bilder versunken, schreckte sie auf, als sich ihr Handy meldete. Eine Nachricht von Daniel Tanner, dem Regisseur: *Meine Frau will ein Foto vom Kater.* Der hielt also Wort. Nora schickte ein Bild, auf dem Ramses grüne Augen besonders zur Geltung kamen. Als ihr Handy zwanzig Minuten später das zweite Mal surrte, dachte sie, Tanner würde das Ergebnis der ehelichen Verhandlungen mitteilen. Aber es war ihre Tochter Daphne: *Rate mal, wo ich bin, Mom!*

Das war hoffentlich ein Scherz. *In Schwerin?*

Am Bahnhof, und ich hab jemanden mitgebracht!

Jakob?

Nein!

Ein Spontanbesuch von Ehemann und Tochter? Würde Robert in ihrer angespannten Situation einfach heile Familie spielen? Unwahrscheinlich. Und er würde das Auto nehmen.

Nora rief Daphne an, um sich weiteres Rätselraten zu ersparen. „Liebes, du weißt, dass ich mit Überraschungen wenig anfangen kann. Ist es zu viel verlangt, dass du mich vorwarnst, bevor du hier auftauchst? Und wer ist bei dir? Ich hab keine Zeit für dich und deine ominöse Begleitung. Und außerdem ..."

„Halt mal die Luft an, Mom! Bleib nur ein paar Tage. Die gute Nachricht ist, du bist heute Abend schick zum Essen eingeladen. Und keine Ausrede wegen irgendwelcher Leichen. Sonst wird dein Überraschungsgast sehr traurig sein."

„Also kenne ich ihn. Richtig?"

„Hab versprochen zu schweigen. Bis nachher, Mom."

„Warte! Du hast keinen Schlüssel für meine Wohnung."

„Bleib locker, Mom, und mach dir keinen Kopf."

Okay, Daphne hatte alles geregelt, was Chaos bedeuten konnte. Wen hatte sie mitgebracht? Die Auswahl war begrenzt: Nora dachte an ihren Vater, ihre zwei jüngeren Brüder und ihre Berliner Freundinnen. Die hätten sich allerdings alle bei ihr angemeldet, trotz des von Daphne gewünschten Überraschungseffekts. Nora hatte ein weiteres Problem:

Tom musste wieder einmal aus ihrer Wohnung. Sie schrieb ihm eine SMS: *Familie im Anmarsch!*

Bevor Nora sich zu Frau Zellner auf den Weg machte, stürmte Antje ins Büro. „Hi!"

„Hallo!" Nora schnupperte. „Du riechst nach Chlor. Warst du wieder schwimmen?"

„Überstunden abbummeln. Diesmal war ich im großen Becken. Bis auf diese Tratschtanten, die die Halle mit einem Café verwechseln und die Bahnen im Duo oder Trio blockieren, war es toll."

„Ergebnisse von der Schwimmhallenaktion?"

„Sieht mau aus. Holger schiebt freiwillig Überstunden, äußerst merkwürdig." Antje lächelte still in sich hinein.

„Er greift buchstäblich nach jedem Strohhalm, der die geringste Chance bieten könnte, den Täter zu fassen. Zu Ostern will er nämlich mit Familie verreisen", rutschte es Nora heraus.

Antjes Gesicht wurde starr, sie rang um Fassung. „Ostern?"

Nora wurde klar, gerade Porzellan zerschlagen zu haben. Sie sah auf die Uhr: eine Viertelstunde bis siebzehn Uhr. Keine Zeit, auf Antje einzugehen. „Bin um fünf mit Frau Zellner verabredet. Muss pünktlich sein, sonst entwischt sie mir."

Antje schniefte. „Kann ich mit?"

„Du hast Feierabend, ruh dich aus."

„Ich denk, wir sind Partner; ich komme mit."

Nora lenkte ein. Auf dem Parkplatz gab sie Antje wortlos die Autoschlüssel. „Ist ganz in der Nähe. Gartenstadt, die Straße heißt Blumenbrink."

Antje setzte sich hinters Steuer und fuhr mit quietschenden Reifen los.

„Ist was?", fragte Nora.

„Dieser Mistkerl!", brach es aus Antje heraus, „Holger hat mir versprochen, dass *wir* zu Ostern zusammen verreisen. Wir beide allein. Dieser Lügner! Den kill ich!"

„Das tut mir leid, Antje. Hätt ich nur meinen Mund gehalten!"

„Willst du mich lieber hinters Licht führen, Nora? Bist mir vielleicht eine Freundin!"

„Tut mir leid. Würdest du bitte langsamer fahren?"

Antje trat heftig auf die Bremse, und Nora war froh, dass niemand hinter ihnen war. „Ich weiß, welchen Kummer du hast und wie du dich fühlst."

„Du bist ewig verheiratet, hast einen Liebhaber. Du hast keine Ahnung, wie ich mich fühle. Ich bin Single. Ständig neue Hoffnung und am Ende? Nichts als Lügen. Ich habe das alles so satt!"

„Ehefrau mit Liebhaber, das hat auch seine Tücken", murmelte Nora, weil sie keinen lauten Widerspruch wagte. Antje knurrte vor sich hin und verringerte das Tempo weiter. Sie erreichten ihr Ziel wenige Minuten vor fünf. Das Reihenhaus von Ingrid Zellner schien verlassen zu sein. Antje und Nora blieben in Sichtweite im Auto sitzen.

„Kann sein, ich habe Holger falsch verstanden", versuchte Nora, ihre Partnerin aufzumuntern, „oder er hat *mich* angelogen, und insgeheim plant er die Reise mit dir ..."

„Unsinn! Hör bloß auf, Nora. Ich werde verarscht, so sieht's aus. Doof bin ich!" Antje schlug heftig auf das Lenkrad ein. „Dreimal! Dreimal habe ich ihn beim Lügen erwischt und ihm verziehen. Das reicht! Schluss. Aus! Diesmal zieh ich das durch."

„Richtige Entscheidung."

„Glaubst du mir, dass ich das durchziehe?"

„Absolut."

„Bin keine von diesen doofen Tussis, die sich immer wieder belatschern lassen. Der kann mich mal!"

„Eben, du brauchst keinen Holger."

Sie vermieden es, sich anzuschauen. Das Surren von Noras Handys unterbrach die Stille. Tom fragte, wer denn für sie Familie sei: *Ist es Robert?*

Daphne mit unbekanntem Anhang. Räumst du deine Sachen bei mir weg?

Klaro. Was ist mit Ramses?

Unentschieden.

Bin dann in meiner Bude. Vermisse dich jetzt schon. Kuss!

Kuss zurück!

„Was Dienstliches?", fragte Antje mit trauriger Stimme.

„Tom." Hoffentlich hielt er es diesmal in seiner Wohnung aus.

„Siehst du, das meine ich. Du hast zwei Männer und ich?"

Es war dunkel geworden. Im oberen Stockwerk von Ingrid Zellners Haus ging ein Licht an. Während Nora sich darüber wunderte, sah sie die Apothekerin auf das Haus zueilen.

„Sie ist da. Ich hüpfe schnell mal rüber, Antje. Willst du warten?"

„Was soll ich sonst tun? Einem verlogenen Kerl hinterherlaufen?"

34

Ingrid Zellner führte Nora in die Küche. „Nehmen Sie Platz, bitte. Stört es Sie, wenn ich nebenbei das Abendessen vorbereite, Frau Graf? Ich muss einfach jede Minute nutzen."

„Ich bleibe stehen, ja? Was gibt es Schönes?"

„Fleisch-Gemüsepfanne mit Nudeln. Anton liebt das." Sie begann, eine große Zwiebel zu schälen und klein zu schneiden. „Ach, ich bin unhöflich. Möchten Sie was trinken? Einen Kaffee vielleicht?"

„Ja, danke." Die Kücheneinrichtung war edel, wie Nora neidisch feststellte. Besonders beeindruckte sie der riesige, teuer aussehende Kaffeeautomat. „Wie geht es Anton?"

„Diese Entführung nimmt ihn mehr mit, als er zugibt. Rein körperlich ist er in Ordnung. Die Psyche braucht länger. Ich bin sehr dankbar, dass Sie ihn gerettet haben. Wollen Sie mit ihm sprechen?"

„Wenn das möglich wäre … Ist er in einem der oberen Zimmer? Kann ich rauf?"

Nora hörte, wie jemand die Treppe herunter humpelte. Sie war gerade an der Küchentür, als die gleichzeitig von der anderen Seite aufgestoßen wurde. Die Tür traf Noras Stirn mit einem dumpfen Laut.

„Anton!", rief Frau Zellner und war sofort bei Nora. „Haben Sie sich was getan? Zeigen Sie her."

Nora wehrte ab, ein unglücklicher Zusammenprall ohne Folgen. Ingrid Zellner begutachtete Noras Gesicht wie eine Ärztin, und Anton verfolgte die Szene bedrückt. „Tut mir echt leid, Lady. Was verschafft uns denn die Ehre?"

Seine Mutter schubste ihn beiseite. „Wie redest du mit der Kommissarin! Wo bleiben deine Manieren, Junge. Entschuldigen Sie, Frau Graf. Und was ist mit deinem Bein? Wieso humpelst du?"

„Mein Bein ist bloß eingeschlafen."

Frau Zellner drängte beide, sich zu setzen und stellte jedem eine Tasse Kaffee hin. „Doch lieber eine Eispackung für die Stirn, Frau Graf?"

„Nein, nein, ist eine Lappalie, seien Sie unbesorgt. Ich habe schon Schlimmeres abbekommen." Nora fasste sich unwillkürlich an den Kopf und musste lächeln. Da war es wieder, ihr Gedächtnis. Sie konnte sich erinnern, wie Christa Meier sie im Haus von Amalia Dorn niedergeschlagen hatte. An jedes einzelne Wort, dass die Meier an jenem Tag zu ihr gesagt hatte! Ein wunderbares Gefühl! Nora atmete hörbar auf.

Frau Zellner tupfte sich mit einem Taschentuch über die wegen der Zwiebel tränenden Augen, dann schaute sie zu Nora hinüber. „Bescheid sagen, wenn Ihnen schlecht wird, Frau Graf!"

„Keine Sorge, ich habe mich selten besser gefühlt. Anton, ich möchte Sie was fragen. Hat Marlene eine ältere Frau erwähnt, zu der sie in letzter Zeit Kontakt hatte?"

„Nee, wieso?"

„Du sollst antworten", rügte die Mutter ihn, nahm einen Batzen Fleisch aus dem Kühlschrank und begann, ihn klein zu schneiden.

Nora sah dem jungen Mann ins Gesicht. „Anton, es ist wichtig. Es kann was Beiläufiges gewesen sein. Eine Frau, mit der Marlene ein paar Worte wechselte, auf der Straße, beim Einkaufen. Oder in der Schwimmhalle?"

„Na, was ist, Junge! Streng dich an!"

„Ist doch viel zu lange her. Wenn was war, habe ich's vergessen. Echt. Tut mir leid."

„Oder jemand aus dem Haus, eine Nachbarin?", hakte Nora nach.

„Ja, puh, alles ist möglich. Marlene hatte mit niemandem Schwierigkeiten."

„Von Nick Opitz haben wir die Aussage, dass Marlene manchmal das Gefühl hatte, verfolgt oder beobachtet zu werden. Ich hatte Sie auch dazu befragt, ohne Ergebnis. Ist Ihnen dazu inzwischen was Neues eingefallen?"

Anton war wegen Nick gleich auf einhundert. „Der Opitz lügt, der Scheißtyp! Will nur von sich ablenken. Dem würde ich kein Wort glauben, kein einziges. Der hat Marlene auf dem Gewissen. Der ist ihr Mörder!"

„Ganz ruhig, Anton. Halten Sie sich für schlauer als die Polizei?"

„Wenn's den Opitz betrifft, schon!"

Nora schüttelte missbilligend den Kopf. „Kein Wort mehr über Nick Opitz!"

„Wieso diese Frage nach einer älteren Frau?", schaltete Ingrid Zellner sich ein.

„Sie könnte eine wichtige Zeugin sein. Wir arbeiten alle Hinweise ab, Routine", versicherte Nora. „Hab noch eine Frage zu Tabea Wolf. Sie war schwanger. Hat einer von Ihnen eine Ahnung, wer der Vater sein könnte?"

„Na, Hagen!", kam es spontan von Anton.

„Wenn die Frau Graf danach fragt, mein Sohn, wird es wohl jemand anders gewesen sein." Ingrid Zellner warf Nora einen wissenden Blick zu. Hagen Beck hatte der Apothekerin die Zeugungsunfähigkeit anvertraut.

Anton wunderte sich. „Der Hagen ist nicht der Vater? Echt? Krass." Er trank aus und wandte sich von Nora ab. Die ließ ihren Blick durch den Raum schweifen. „Der Kaffee ist wunderbar und der Automat toll, Frau Zellner. Wie die gesamte Küche."

„Hat mich eine Stange Geld gekostet, das können Sie glauben. Man muss sich auch mal was leisten."

Nora nickte. Eine neue Küche als Kompensation für den an Tabea verlorenen Liebhaber Hagen Beck. Ein Frustkauf größeren Ausmaßes. „Wo waren Sie letzten Sonntagnachmittag, Frau Zellner?"

Die Apothekerin stellte eine Pfanne auf den Herd, tat Öl und wenig später die geschnittene Zwiebel hinein. „Wo ich war? Ist das wichtig?"

„Es wäre hilfreich."

„Ich glaube, ich war spazieren. Der Sonntag ist der einzige Tag ohne Verpflichtungen. Mit viel Ruhe. Ich muss mit niemandem reden. Mich für niemanden interessieren. Da lauf ich gern quer durch die Altstadt."

„Allein?"

„Meistens, ja."

„Und welche Schuhe hatten Sie an?"

„Gott! Die Schuhe? Wahrscheinlich meine schwarzen Treter, die sind bequem."

Nora durfte den Schuhschrank inspizieren, in dem sie keine besonders hervorstechenden Stiefel entdecken konnte. Länger wollte sie den Bonus, den sie wegen der Rettung von Anton bei der Apothekerin hatte, nicht strapazieren. Sie verabschiedete sich von Mutter und Sohn und verließ das Haus.

Familientreff war um sieben abseits des Trubels am Pfaffenteich vor dem Arsenal. Nora erkannte Daphnes Überraschungsgast schon von weitem an seiner hageren Statur, der leicht gebeugten Haltung und dem dunklen altmodischen Hut; es war ihr Vater. Neben ihrem Opa nahm sich Daphne ausgesprochen proper aus: weibliche Figur, gepaart mit Selbstbewusstsein. Einzig die kurzen, dunkel gefärbten Haare störten Nora, die insgeheim der langen rötlich-blonden Haarpracht ihrer Tochter hinterher trauerte. Nur allmählich gewöhnte sie sich an den neuen Look.

Daphne schritt ihr lässig entgegen. „Na, was sagst du? Hab Opi mitgebracht. Freust du dich?" Beide umarmten sich fest, und Nora atmete den Duft ihrer Tochter tief ein. Die Begrüßung des Vaters fiel nüchterner aus, er reckte Nora seinen Kopf entgegen, und sie drückte ihm einen flüchtigen Kuss auf die Wange. Statt ihn zu erwidern, hielt er ihr eine kleine Ansprache: „Keine Panik, Nora, ich werde dir keine Last sein, ich habe alles organisiert und geplant, meine Unterkunft, das Essen, die Unternehmungen. Wenn du willst, wirst du gar nicht merken, dass ich da bin. Du wirst am Wochenende sicher arbeiten müssen?"

Sie nickte. „Ich freue mich sehr, dich zu sehen, Paps."

„Ich habe mir gedacht, dass du keine Zeit hast. Bis Sonntag, wenn ich abreise, wird Daphne sich um mich kümmern. Danach kümmerst du dich um sie. Das Einzige, worum ich dich wirklich bitte, Nora, ist das Abendessen heute. Ich habe Plätze reserviert, ihr seid selbstverständlich eingeladen. Bin gespannt, was du sagen wirst, Mädchen. Es ist leider schon ziemlich spät, wir müssen uns sputen, sonst ist der Tisch weg." Er lächelte Nora an, hakte sich bei ihr und Daphne unter und marschierte los.

Nora wusste wieder, wie sie sich als Kind gefühlt hatte: ein wenig hilflos und fremdbestimmt. Ihr Vater führte sie zu einem repräsentativen Gebäude in der Alexandrinenstraße, über dessen Eingang die Fahnen der Niederlande, Österreichs und Deutschlands hingen. „Du hast es geliebt, dieses Haus mit den bunten Fahnen, erinnerst du dich?", wandte er sich an Nora, „du wolltest partout in dieses Hotel, als du Kind warst, Nora, und jetzt endlich tun wir es. Oder warst du schon hier?" Sie schüttelte den Kopf; sprachlos vor Rührung. Dass sich ihr Vater diesen Kindheitswunsch gemerkt hatte!

Der reservierte Tisch an der Fensterseite bot einen schönen Ausblick auf den Pfaffenteich.

Das Restaurant war stilvoll und der Service freundlich und umsichtig. Der Vater forderte beide auf, etwas besonders Gutes zu wählen. Mit viel Palaver wurde geklärt, wer was aß und trank. Daphne bestellte drei Gänge, während Nora und Vater sich bescheidener gaben. Inzwischen war Nora überzeugt, dass beide keine Ahnung von der Krise zwischen ihr und Robert hatten, und sie entspannte sich.

„Wo hast du dich einquartiert, Paps?"

Er zeigte mit dem Zeigefinger aus dem Fenster. „Dort drüben, in *deiner* Pension, Nora. Wie beim letzten Mal. Daffi schläft natürlich bei dir auf der Couch. Hast du einen schwierigen Fall?"

„Mehr oder weniger. Und was habt ihr beiden morgen vor?"

„Opi will immer dieselben Wege ablaufen", meinte Daphne vorlaut, „am besten jeden Tag. Das Schloss, über den Alten Garten, den Marktplatz und unbedingt durch die drei engen Gassen. Das muss sein, Mom, sonst war der Besuch für die Katz."

„Das sind enge *Straßen*, mein Kind. In der zweiten Engen Straße hat deine Uroma gewohnt", korrigierte er sie.

„Mit dem Brunnenbauer, ich weiß, Opi. Und jeder Schweriner hat sie gegrüßt."

„Und jeder Klein Rogahner hat auch gegrüßt. Wisst ihr eigentlich, dass ich gebürtiger Klein Rogahner bin und keine Ahnung habe, ob das inzwischen eingemeindet ist? Da muss ich jedenfalls mal hin." Er hob sein Glas. „Lasst uns anstoßen. Auf dich, Nora-Mädchen."

„Auf uns." Noras Handy summte. Daniel Tanner: *Meine Frau schwankt noch.* Das Schicksal des Katers hing weiterhin in der Luft.

„Robert?", fragte der Vater.

„Nein, nein, dienstlich."

„Mom, nicht beim Essen", rügte Daphne, während sie ihre Vorspeise, eine Suppe, löffelte.

„Oh, dieser Ratschlag ausgerechnet von dir, Liebes. Kannst doch keine Sekunde ohne dein Smartphone leben."

„Weil mein ganzes Leben drauf ist", entgegnete Daphne.

Zwischen Nora und ihrer Tochter entspann sich ein kleiner Disput über moderne Mobiltelefone, auf den Nora sich nur einließ, weil sie ernsthafte Themen an diesem gemeinsamen Abend vermeiden wollte. Der Vater hörte dem Geplänkel ein Weilchen genervt zu, bevor er es mit einer unwirschen Handbewegung beendete. „*Mein* Leben ist hier und hier", er klopfte sich an Kopf und Herz, „und da bleibt es und sonst nirgends. Also, Kinners, ich will kein Wort über dieses Teufelswerk hören. Wenn ich Kontakt mit meiner ältesten Enkelin möchte, dann will ich keine SMS oder irgendeinen neumodischen Kram, sondern einen guten alten Telefonanruf. Und warum, Daffi?"

Die zuckte mit den Achseln.

„Na, Mensch, damit ich deine Stimme hören kann! Deine Stimme!"

„Die haste in den nächsten Tagen zur Genüge, wa, Opi. Oh, Leute, zweiter Gang naht. Hab ich einen Hunger!"

35 Samstag

Das Thermometer stieg auf fünfzehn Grad. Holger setzte eine Trauermiene auf: „Das ist kein Stiefelwetter mehr, Frau Graf. Ich habe wie Sie auf den Videoaufzeichnungen aus der Schwimmhalle und im übrigen Leben keine auffälligen Stiefel an einer älteren Frau entdecken können. Was nun? Auf den nächsten Winter warten? Vielleicht war das mit den komischen Stiefeln doch eine Schnapsidee. Denn was haben wir? Die einzelne Beobachtung einer Alten, die regelmäßig vergisst, ihre Brille aufzusetzen, und den Verfolgungswahn einer Verstorbenen." Er schielte zu dem Kuchenpäckchen auf Antjes Schreibtisch hinüber.

„Denken Sie an Ihre Familie, oder wollen Sie Ihren Osterurlaub schon aufgeben?", fragte Nora.

Mit hochgezogenen Schultern und Händen in den Hosentaschen wanderte Holger auf und ab. „Ist echt dünn, woran wir uns klammern. Wenn's warm bleibt, trägt keine Frau mehr Stiefel oder dicke Mützen mit Puschel."

„Seit wann so pessimistisch? Wir machen mit dem Offensichtlichen weiter: den potenziell Verdächtigen. Das sind alle weiblichen Wesen ab sechzig im unmittelbaren Dunstkreis von Marlene und Tabea. Mit den Nachbarn der Mädchen fangen wir an, erst in ihrem Haus, dann im Nachbarhaus und so fort. Auf diese Weise kriegen wir eine Liste und die überprüfen wir, Stiefel, Mütze mit Puschel, Alibis, Freizeitgewohnheiten."

Holgers Kinnlade klappte herunter. „Das ist ein ziemlicher Aufwand für nebenbei. Dazu brauchen wir mehr Leute, sonst dauert das ewig."

„Wir könnten Antje einbeziehen. Das kann ich vor Hansen vertreten."

„Trotzdem zu wenig Leute, da sehe ich keine Chance."

„Herrjeh, Holger! Ein bisschen mehr Optimismus, bitte! Du willst doch Ostern verreisen, oder? Äh, ich meine Sie natürlich."

„Von mir aus lassen wir das *Sie*. Duzen sogar den Chef, wie ich gehört habe."

„Das war zufällig", wehrte Nora ab, die hoffte, wenigstens die verwandtschaftliche Beziehung mit Hansen unter der Decke halten zu können. „Aber *du* ist für mich okay, Holger. Also, bleibst du am Ball?"

„Notgedrungen. Ob Antje was dagegen hat, wenn ich mir ein Stück Kuchen nehme?"

Noras Handy summte: Daphne. Sie schrieb, dass sie bei Supersonne mit Opi den Franzosenweg lang lief.

„Probleme?", fragte Holger.

„Franzosenweg? Kennst du den?"

„Und ob. Das ist ein längerer Fußweg zwischen Zippendorf und Schloss direkt am Schweriner See." Kurzentschlossen griff er sich ein Stück von dem Blechkuchen und biss hinein.

„Und wieso Franzosenweg?"

„Ich glaube, kriegsgefangene Franzosen haben vor fast hundertfünfzig Jahren einen Teil des Wegs gebaut. Warum?"

„Nur so. Schmeckt's dir?"

Er nickte mit vollem Mund, verschlang das Gebäck in Windeseile und stützte sich mit beiden Armen auf Noras Schreibtisch. „Niemand von uns hat die Ehre, sich mit dem Chef zu duzen", meinte er bedeutungsvoll.

„Ja, und? Kann sein, dass ich Hansen ab und zu duze oder er mich, das geschieht im Eifer des Gefechts. Wie bei uns beiden eben."

„Genau, kann passieren, ist mir eigentlich auch egal. Ich finde, wir sollten deinen besonderen Draht zum Chef nutzen. Das Wetter ist gegen uns, also muss Hansen ins Boot. Dann hätten wir viel mehr Leute."

„Das habe ich mehrfach versucht; zwecklos."

„Dann probiere es noch einmal. Mit mehr Hartnäckigkeit und einem Schuss weiblicher Überzeugungskraft." Er grinste sie frech an.

„Willst du damit irgendwas andeuten?"

„Wie käme ich dazu! Ich habe vollstes Vertrauen in dich, du schaffst das."

„Und wenn ich mich irre, hole ich mir die Prügel ab. Vielen Dank."

„Tja, dafür duzt der Chef dich ab und zu."

Nachdem Holger gegangen war, schrieb Nora eine SMS an Daphne: *Viel Spaß beim Spaziergang und Gruß an O-Paps.* Eine zweite an Tom: *Könnten uns mittags treffen. Bei dir?*

Seine Antwort: *Soll ich dich mit Auto abholen?*

Ja, melde dich, wenn du auf dem Parkplatz bist.

Eine dritte Nachricht sollte an Daniel Tanner gehen. Hatte seine Frau sich wegen des Katers entschieden? Nora bastelte ziemlich lange an den paar Worten rum, verwarf sie mehrmals, weil sie ihr nicht unverfänglich genug waren. Sie war nach wie vor damit beschäftigt, als Antje zurückkehrte und mit gesenktem Blick zu ihrem Arbeitsplatz schlich. Der Liebeskummer stand ihr ins Gesicht geschrieben, und Nora rätselte, womit sie ihrer Partnerin beistehen könnte.

Antje betrachtete das lieblos aufgebrochene Kuchenpäckchen misstrauisch. „War Holger da dran?"

„Oh, hast du seine Fingerabdrücke gefunden?"

Antje verzog keine Miene. „Du hättest den Rest eingewickelt, der trocknet doch aus."

Nora musste lächeln. „Antje, nimm es halb so tragisch. Geschichten mit verheirateten Männern enden selten ohne Tränen. Und Holger ist auch Vater."

„Ja, ja, ich weiß, worauf ich mich eingelassen habe. Aber wenigstens ehrlich könnte er zu mir sein. Wieso belügt er mich ständig? Das ist zum Verzweifeln."

„Jetzt ist es ja sowieso vorbei. Schluss, aus, deine Worte. Du kommst drüber weg, schneller, als du dir vorstellen kannst."

„Du hörst dich an wie meine Mutter, wirklich, Nora!" Sie funkelte wütend vor sich hin. „Hat er was über mich gesagt?"

„Holger? Kein Ton. Er wollte nur deinen Kuchen."

Ein Blickkontakt, und beide fingen an zu lachen. Antje steigerte sich in einen Lachkrampf, und Nora befürchtete, er würde übergangslos in einem Weinkrampf münden. Auf alles gefasst, beobachtete sie Antje, die sich zu Noras Erleichterung von selbst beruhigte. „Was wollte Holger, außer mich beklauen?"

Tom war kurz vor zwölf bei Nora, und sie fuhren zu ihm. Er ging ohne das leiseste Zögern in seine Behausung; das traumatische Erlebnis mit dem toten Mädchen in seiner Wohnung schien vergessen. Vielleicht half dabei der neue Teppichläufer im Flur.

Aus Toms Küche strömte ein herrlicher Duft. „Du liebe Güte, Tom, Kohlrouladen! Hast du etwa stundenlang am Herd gestanden?"

„Na und, ich habe damit sogar schon gestern Abend angefangen. Gegen euer fürstliches Essen im ‚Niederländischen Hof' ist das zwar pillepalle, aber Hausmannskost hat auch was für sich. Ist die letzte Gelegenheit, bevor es zu warm wird für Kohl und Co. Kannst den Tisch decken."

Die Rouladen schmeckten Nora, und sie verdrückte gleich zwei Stück.

„Und wie lange bleibt dein Vater?"

„Er reist morgen ab. Bei Daphne ist es unbestimmt. Wir hatten bisher keine Ruhe zum Reden. Ich versuch's heute Abend."

„Ist sie sehr unglücklich wegen Jakob?"

„Sie überspielt es. Im Restaurant war sie für meinen Geschmack zu aufgedreht. Nach dem ersten Glas Wein redete sie ohne Punkt und Komma. Lauter Nichtigkeiten. Mein Vater hat eine Riesengeduld mit ihr. *Seine älteste Lieblingsenkelin*, dabei ist seine zweite erst zwei Jahre alt. Bei mir war er viel strenger und unzugänglicher."

„Dann freu dich, dass er bei Daphne auftaut. Hat sie was über Robert gesagt?"

„Nein, sie hat offenbar keine Ahnung, wie es um uns steht. Dabei soll es möglichst bleiben. Ach, übrigens", unterbrach sich Nora, „ich habe mein volles Gedächtnis zurück. Bin bei der Zellner gegen eine Tür gerannt und ... bums ... alles wieder da!"

„Super! Glückwunsch! In nächster Zeit solltest du auf alle Fälle vorsichtiger mit deinem Kopf sein. Kaffee?"

Nora stöhnte. „Später. Ich hab mich überfressen. Deine Rouladen, erstklassig. Du hättest Koch werden sollen." Sie fing an, das Geschirr zusammenzuräumen, doch Tom hatte einen anderen Plan. „Das erledige ich nachher selbst. Du hast eine gute halbe Stunde, und ich dachte, wir ..."

„Ja, ich hatte dieselbe Idee. Bloß, mein vollgestopfter Bauch ist im Augenblick anderer Meinung."

„Den überzeuge ich, wart's ab." Tom trug Nora ins Schlafzimmer hinüber, wo er sie sacht aufs Bett legte. „Mehr Action wäre mir lieber, aber wir können auch anders. Lass dich verwöhnen, Rehlein."

Nora machte es Tom leicht, sie auszuziehen, in dem sie sich bog wie eine Gliederpuppe oder die Hüfte in die Höhe streckte, dass er sie aus der Hose pellen konnte. In ihrem Magen rumorte es hörbar, was ihr unangenehm war. Sie schloss die Augen und versuchte, sich auf Toms Zärtlichkeiten zu konzentrieren. Auf seine Hände, die sie streichelten, seine Lippen, die über ihre Haut strichen. Ihr Puls beschleunigte sich, und der Magen beruhigte sich. Nora sank in eine Welt ohne Gedanken, in der es nur sie und Tom und ihre Körper gab.

Wenige Sekunden später klingelte es irgendwo in der Wohnung. Nora schreckte auf, erkannte ihr Handy und wollte aus dem Bett springen. Tom hielt sie fest und murrte: „Scheißhandy, lass es klingeln."

„Tut mir leid, Tom, es könnte wichtig sein, bin im Dienst." Widerwillig rollte er von ihr runter, und Nora lief, nackt wie sie war, zur Küche. Sie meldete sich am Telefon und vernahm ein Räuspern, wie bei jemand, der seit Stunden kein Wort gesprochen hatte und die Stimme freihüsteln musste. „Sie haben gesagt, ich soll anrufen, wenn mir was einfällt."

„Wer spricht, bitte?"

„Anna-Marie Lange. Die Nachbarin, die Mieterin über Tabea ..."

„Ja, ja, ich erinnere mich an Sie. Was ist Ihnen eingefallen?"

„Wo ich die her kenne."

„Welche die?"

„Die bei Tabea im Schlossgarten war."

Nora war sofort hellwach. Kam sie endlich einen Schritt weiter mit der Suche nach der mysteriösen Frau? „Sagen Sie es mir."

„Es war die mit den komischen Stiefeln. Ist es noch wichtig für Sie?"

„Ganz besonders wichtig. Wer ist es denn?"

„Den Namen weiß ich nicht."

Herrjeh, dachte Nora enttäuscht. Um das zu erfahren, hatte sie den Sex unterbrochen?

„Hören Sie, Frau Kommissarin?"

„Ja, ja, war das alles, was Sie mir sagen wollten?"

„Nein. Ich gehe regelmäßig schwimmen. Habe ich Ihnen doch erzählt. In der Halle habe ich sie gesehen, die Frau. Einmal stand sie aus Versehen in meinen Latschen da. Das andere Mal stand sie beim Fönen neben mir."

Schon wieder diese vermaledeite Schwimmhalle! „Sind Sie sich sicher?"

Einen Moment schien bei Anna-Marie Lange der Atem auszusetzen. „Und ob! Es waren weite Stiefel mit einer extremen Spitze. Solche, wie sie Ami-Männer in Filmen tragen."

„Sie meinen Cowboystiefel?"

„Ja, so wird's wohl sein."

„Könnten Sie die Frau näher beschreiben?" Nora dachte an ein Phantombild.

„Das wird schwierig, ich vergesse ja viel. An die Stiefel habe ich mich erinnert."

Das Telefonat endete abrupt. Das störte Nora wenig. Sie war vielmehr irritiert über das, was sie erfahren hatte. Wenn das stimmte, war die gesuchte Frau eine regelmäßige Schwimmerin! Und Hansen hatte mit der Hallenbadspur recht!

Enttäuscht und barfüßig tappte Tom heran. „War das nun wirklich nötig?"

„Diese Scheißplansche", knurrte Nora, „jetzt würde ich gern einen Whiskey trinken. Hast du einen?"

„Selbstverständlich. Mit Eis oder ohne? Gerührt oder geschüttelt?"

„Du Dösbaddel! Martini wird gerührt oder geschüttelt. Für mich Whiskey pur."

Tom baute sich vor ihr auf. „Spinnst du, Nora? Das war ein Scherz. Wenn ich eins nicht verknusen kann, sind es Kollegen, die im Dienst trinken."

„Du als Moralapostel! Denk an deine neuliche Promillefahrt nach Raben Steinfeld. Ein kleiner Schluck, außerdem ist Pause."

„Definitiv nein! Wer war dran?"

„Eine Zeugin."

„War's wichtig?"

„Ja, leider. Ein klitzekleines Schlückchen?"

„No! Whiskey werden wir später in Ruhe trinken, ist sowieso keiner im Haus."

36

Durch Hansens Bürotür hörte Nora zwei Stimmen: die tiefe, etwas poltrige des Chefs und die hohe, aufgeregte von Holger Klein. Bettelte der Hansen etwa wegen des Osterurlaubes an? Nora klopfte und trat unmittelbar darauf ein.

Hansen forderte sie auf, sich zu setzen, und blaffte los: „Seit wann wird hinter meinem Rücken recherchiert?"

„Das ist stark formuliert, Chef. Wir haben lediglich ..."

„Stopp! Dass Sie sich rausreden können, ist mir hinlänglich bekannt, Kollegin Graf. Würde gern mal erleben, wie Kollege Klein sich dabei anstellt." Er reckte sein Kinn streitlustig nach vorn.

Holger wand sich: „Wir haben alle Ihre Aufträge erledigt. Das mit Noras Theorie lief nebenbei, war kein großer Extra-Aufwand."

Hansen knallte die Faust auf den Schreibtisch. „Die Aufgaben bestimme immer noch ich!"

„Selbstverständlich, Chef", versicherte Holger eilig.

Nora räusperte sich: „Es gibt eine neue Entwicklung." Sie wartete einen Moment, ob Hansen sich gefangen hatte, und sprach weiter: „Mich hat vorhin eine Nachbarin von Tabea Wolf angerufen. Es war Frau Lange, bei der ich am Donnerstag war. Sie hat sich erinnert, dass die Frau bei Tabea im Schlossgarten Cowboystiefel trug; für eine ältere Dame schon ungewöhnlich. Und jetzt kommt's. Frau Lange hat die Gesuchte mehrmals in der Schwimmhalle gesehen. Mit diesen Stiefeln. Was uns kaum weiterhilft, weil sie die bei diesen warmen Temperaturen nicht mehr tragen wird. Sie hatten recht, Chef. Die Schwimmhalle könnte die Verbindung zu sein. Wahrscheinlich haben wir ein und dieselbe Person von zwei verschiedenen Enden aus gesucht. Lax ausgedrückt, wir haben an derselben Wurst geknabbert."

„Können wir ausschließen, dass diese ominöse Dame eventuell nur als Zeugin in Frage kommt?"

„Nein", sagten Nora und Holger gleichzeitig.

„Was ist mit dem Schuhwerk von Ingrid Zellner, Frau Graf?"

„Negativ. Sie geht sonntags regelmäßig spazieren, Altstadt und Schlossgarten. An den Füßen bequeme Botten, glaubhaft. Ihr Schuhschrank ..."

Hansen schnitt ihr mit einer Handbewegung das Wort ab und wandte sich an Holger: „Existiert eine Liste der möglichen Verdächtigen?"

„Ja, ich habe das Umfeld von Marlene durchleuchtet. In ihrem Wohnblock haben wir drei Frauen, die älter als fünfzig sind und mindestens einmal in der Woche in die Halle schwimmen gehen. Zwei von ihnen bevorzugen den Freitag, den sogenannten Schwimmertag, wie Marlene."

„Dann vorwärts. Erneut befragen, vor allem zum Alibi am Tattag ‚Marlene' und Abgleich mit ihren ersten Aussagen. Wenn sich starke Verdachtsmomente ergeben, will ich davon sofort in Kenntnis gesetzt werden. Kollegin Graf leitet die Aktion; ich bin nachmittags außer Haus."

Nora und Hansen warteten, bis Holger das Büro verlassen hatte.

„Habe ein Auge auf Holger. Ich will keinen blinden Aktionismus."

„Kannst dich auf mich verlassen, Bert."

„Ja, das habe ich gemerkt! Bisher war hauptsächlich auf deine Eigenmächtigkeiten Verlass. Die gehen mir zunehmend auf die Nerven. Aber sag mal, wieso wirkst du eigentlich so entspannt?"

„Es gibt zwei Gründe. Der erste ist sehr privat, und der zweite hat mit Erleuchtung zu tun. Mir ist eine Tür vor den Kopf geknallt und ratzfatz hab ich meine Erinnerung zurück. Der schwarze Fleck ist weg! Ich bin wahnsinnig froh darüber."

„Na, ich erst. Glückwunsch! Im Gegensatz zu dir ist Antje mies drauf. Die hat mich vorhin im Flur fast umgerannt. Weißt du, was mit ihr ist?"

„Nö."

„Das ist schlecht. Du bist für sie verantwortlich."

„Soll das etwa heißen, dass ich jede ihrer Gefühlsregungen erklären muss?"

„Okay, du bist die alte, angriffslustig wie eh und je." Mit ein paar Handgriffen ordnete er den Schreibkram vor sich.

„Darf ich fragen, was du vor hast und wie lange du wegbleibst, Cousin?"

„Das Eine ist privat, das Andere ungewiss", knurrte er abweisend.

Das Private konnte nur mit seinem Sohn Johannes zu tun haben, dachte Nora sich. Vielleicht konnte sich Berthold endlich zu einem Besuch in der Entzugsklinik aufraffen.

Ihr Handy summte, eine Nachricht von Daniel Tanner. Sie bestand aus einem einzigen Wort: *Schmerz*.

Was sollte das? Hatte der Tanner sich verletzt und rief um Hilfe?

„Was ist passiert?", erkundigte sich Hansen, denn Nora starrte verständnislos auf ihr Telefon.

„Sag schon! Leichenfund?"

„Nein. Entschuldige mich, bitte." Sie verließ eilig sein Büro und antwortete: *Alles okay bei Ihnen?*

Das ist ein Tatmotiv. Ein ewiger, unüberwindbarer Schmerz. Was halten Sie davon?

Nix, schrieb sie aus einem plötzlichen Ärger heraus.

Sie wollten was Abseitiges.

Schmerz, worüber?

Sie sind die Kriminalistin!

Und Ramses? Hat sich Ihre Frau entschieden?

Ein Treffen wäre schön.

Sie steckte das Handy weg, obwohl es den Eingang weiterer Nachrichten verkündete. Hartnäckiger Typ, dieser Tanner, beschäftigte sich sogar am Wochenende mit einem möglichen Tatmotiv. Aber was sollte sein Wunsch nach einem Treffen? Wieso machte er keine klare Ansage wegen Ramses? Sie hätte ihn niemals in ihre beruflichen Überlegungen einbeziehen dürfen. Keine Diskussion über Tatmotive mehr mit ihm.

Hansen stapfte an Nora vorbei zum Ausgang, einen Abschiedsgruß murmelnd.

„Grüß Johannes, wenn du ihn siehst!", rief sie ihm nach.

„Morgen ist Sonntag. Trotzdem Dienst, Beginn zehn Uhr. Sag den anderen Bescheid!"

Eine der von Holger ermittelten Nachbarinnen von Marlene Kruse war Hedi Pohl; ein Name, der Nora bekannt vorkam. „Ist das die Frau im Trockenraum mit der Wäsche, die uns zum Lastenfahrrad führte?", vergewisserte sie sich.

Holger warf einen Blick zu Antje hinüber und versuchte, ihre Aufmerksamkeit zu gewinnen. Vergeblich. Nun betonte er: „Das Fahrrad habe *ich* gefunden."

Antje starrte auf ihren Bildschirm und tat schwer beschäftigt.

„Ah ja", meinte Nora, „wo ist dein Protokoll?"

„Wovon?"

„Wovon wohl, Kollege! Vom Auffinden des Lastenfahrrades und der Aussage von Frau Pohl."

„Das waren doch nur zwei, drei Worte ohne Bedeutung."

„Ohne Bedeutung? Dieser Frau haben wir es zu verdanken, dass wir letztendlich einen Teil des Verbrechens an Marlene lösen konnten. Also, kein Protokoll?"

„Nein! Wieso haben Sie denn keins angefertigt? Sie waren schließlich dabei."

„Sind wir wieder beim *Sie*? Holger, die Suche nach dem Lastenfahrrad war deine Aufgabe. Lassen wir das für den Moment. Irgendwelche Infos über Hedi Pohl?"

Holger blätterte in seinen Notizen. „Achtundfünfzig, geschieden, eine Tochter. Polizeilich unauffällig."

„Was arbeitet sie?"

„Ist selbstständig. Sie besaß ein kleines Damen-Bekleidungsgeschäft in der Altstadt. Musste sie vor drei Jahren aufgeben. Seitdem springt sie zeitweise als Verkäuferin ein."

„Ihr Alibi im Fall Marlene?"

„Sie war angeblich allein zu Hause."

„Okay. Hedi Pohl übernehmen Antje und ich. Du, Holger, bildest mit Gesine das zweite Team und ihr befragt die beiden anderen Frauen."

„Wieso ich und Gesine?"

„Muss ich jede meiner Entscheidungen begründen?"

„Du meinst, als Vorgesetzte ist das unnötig?"

„Manchmal schon. Nachbarn von Tabea durchgecheckt?"

Holger schluckte seinen Unmut hinunter: „Die zweite Liste ist in Arbeit, Chef."

„Wenn überhaupt, dann *Chefin*, bitte."

Er stakste davon; Antje verdrehte die Augen. „Seit wann duzt du den?"

„War eine spontane Geschichte. Ihr müsst dringend miteinander reden, euch aussprechen. Der arme Kerl ist ahnungslos, warum du ihn schneidest und dass du von mir von seinen Osterplänen erfahren hast. Er wollte viel lieber mit dir statt mit Gesine losziehen."

„Dass ausgerechnet du den duzen musst."

„Ich duze, wen ich will."

„Stehst du etwa auf der Seite dieses Lügners und Betrügers?"

„Antje, diese miese Atmosphäre zwischen euch geht mir gegen den Strich und stört die Arbeit. Du klärst noch heute mit ihm, was zu klären ist und basta!"

37

Nora und Antje wechselten während der kurzen Fahrt zu Marlenes Wohnblock in der Schulenburg-Straße kein Wort miteinander. Antje schmollte. Nora kramte aus ihrem Gedächtnis die Begegnung mit Hedi Pohl im Keller hervor. Die Frau mit dem vollen Wäschekorb. Die zwischen grün und gelb changierende Farbe ihrer Strumpfhose. Die lila Strähnchen im ansonsten grauen Haar.

Nora parkte das Auto hinter Holgers Wagen und wartete, bis er und Gesine im Haus verschwunden waren, in dem Marlene Kruse gelebt hatte. Dann wandte sie sich an Antje: „Entschuldige meinen Ton vorhin, bitte. Ich bin sauer."

„Auf mich?"

„Auch. Pass auf. Du gehörst zum Team, du bist meine engste Kollegin. Ich brauche dich."

„Du kommst ganz gut allein zurecht!"

„Da irrst du dich. Deine Meinung ist mir wichtig, deine Kritik, Ideen, Vorschläge. Und was höre ich seit gestern von dir?"

Antje schwieg.

„Eben, genau das: Großes Schweigen im Walde. Du igelst dich ein, fährst deine Stacheln aus, alles wegen Holger."

„Ich bin ja selbst wütend auf mich, dass ich mich seinetwegen blöd verhalte. Kommt kein zweites Mal vor. Ich rede nachher mit Holger, versprochen."

Nora drückte Antjes Arm. „Schön. Dann sag mir mal, was dir zum Begriff *Schmerz* einfällt."

„Etwas tut weh, körperlich oder seelisch."

„Psychischer Schmerz. Welche Gründe?"

„Eine Qual, ein Verlust, eine Trennung, Trauer, Betrug, alles Mögliche. Warum?"

„Nur so eine Idee, Antje. Behalt's im Hinterkopf."

Hedi Pohl öffnete die Tür im Bademantel, mit nassen Haaren und Badelatschen an den nackten Füßen. Im Gesicht kein Zeichen, dass sie sich an die Begegnung mit der Kommissarin im Keller erinnerte. Antje zeigte den Dienstausweis und bat um Einlass.

„Das ist sehr ungünstig", wehrte die Frau halbherzig ab. „Ich muss mich fertig machen, bin zu einer Hochzeitsfeier eingeladen."

„Zwei Fragen, und wir sind wieder weg", beschwichtigte Nora.

„Wenn's unbedingt sein muss. Aber meine Haare, die muss ich föhnen, sonst erkälte ich mich."

„Das ist doch selbstverständlich", meinte Nora, und daraufhin durften beide in die Wohnung. Im kleinen Flur sah sich Nora unauffällig um; keine Cowboystiefel und keine Wintermütze.

Antje setzte sich auf einen Wohnzimmerstuhl. „Wir warten hier auf Sie." Weil Hedi Pohl pikiert guckte, fügte sie hinzu: „Und fassen auch nichts an."

Die Pohl verschwand im Bad, und gleich darauf war das typische monotone Geräusch eines Haartrockners zu hören.

„Eine Hochzeit", seufzte Antje übertrieben, „welche Idioten heiraten denn noch. Nach einem halben Jahr betrügen sie sich, und nach spätestens sieben Jahren ist Scheidung angesagt."

„Aber manchmal klappt's", bemerkte Nora zu ihrer pessimistischen Kollegin, während sie das Zimmer musterte. Eine Couch, breit genug, um einem Gast einen bequemen Schlafplatz zu bieten, ein flacher Fernseher und der Rest einer ehemals sicher teuren Schrankwand. In einem Regal gerahmte Fotos von Hedi Pohl, die meisten in schwarz-weiß. Hedi als junge Frau mit langen offenen Haaren und Bikini beim Baden in einem See, mit hochgestecktem Haar und Sonnenbrille beim Wandern, mit Pferdeschwanz und Baby im Arm und einem finster dreinschauenden Mann an ihrer Seite. Und schließlich ein Farbfoto, das Hedi Pohl auf einem Motorrad in schützender Lederkluft und mit Helm in der Hand zeigte. Das einzige Bild, auf dem die Fotografierte lachte.

„Oh, da fällt mir noch Grund ein, schlimmen Schmerz zu spüren", unterbrach Antje die Stille, „ein gebrochenes Herz."

Nora winkte sie zu sich. „Die Stationen eines Lebens", flüsterte sie mit Blick auf die kleine private Fotogalerie, „Jugend mit all ihren Erwartungen, Mutterschaft, unglückliche Beziehung und Hobby als Flucht. Pass auf, dass es dir besser ergeht."

„Ich habe mein Leben im Griff", beteuerte Antje.

Das Piepsen eines fremden Handys war zu hören. Antje fand es unter einem Sofakissen und schaute gleich aufs Display. „Ist unverschlüsselt." Halblaut las sie vor: *Meine Liebe, wo warst du? Ich habe vergeblich auf dich gewartet. Komm aus deiner Höhle! Deine Lissy.*

Nora war mit einem Satz bei Antje. „Bist du verrückt! Du kannst doch nicht einfach ...!"

Schnell strich Antje über das Display. „Hier, Fotos. Mann oh Mann!"

„Was ist?"

„Guck mal, Nora. Das ist interessant."

„Stopp, Antje! Finger vom Handy!"

„Oh lala, die ist ja halbnackt."

„Wer?"

Der Fön verstummte. Antje legte das Handy ruckzuck an seinen Platz zurück. Frau Pohl erschien in einem Kleid, das sie sich hastig übergeworfen haben musste. Die Haare waren halbtrocken, die lila Strähnchen schimmerten, die Wangen von der heißen Fönluft gerötet. „Ja, womit kann ich denn nun helfen?" Unterdrückte Ungeduld schwang in ihrer Stimme mit, was Nora veranlasste, besonders freundlich zu sein. Sie tippte auf das Motorradbild und lächelte. „Fahren Sie noch mit der Maschine?"

„Lange vorbei. Viel zu gefährlich. Deswegen sind Sie hier?"

„Nein, aber ein tolles Hobby hatten Sie." Nora setzte neu an: „Frau Pohl, Sie gehen regelmäßig in die Schwimmhalle auf dem Dreesch. An welchen Tagen?"

„Unterschiedlich. Meist bin ich mehrmals in der Woche dort wegen meinem Rücken. Das Schwimmen hilft mir."

„Auch freitags?"

„Ja. Warum?"

„Gestern war Freitag. Waren Sie?"

„Nein, mein Rücken tat mir zu doll weh, deshalb."

„Frau Pohl, Sie haben ausgesagt, am Abend, als Marlene Kruse starb, allein zu Hause gewesen zu sein. Wie haben Sie ihn verbracht?"

„War das Mittwoch voriger Woche? Abends habe ich fern gesehen, telefoniert oder so."

„Mit wem telefoniert?"

„Daran soll ich mich jetzt erinnern? Ihr Ernst?" Hedi Pohl setzte sich auf die Couch, tastete unter den Kissen herum und nahm das Handy an sich.

„Sehen Sie doch nach, mit wem Sie gesprochen haben", meinte Nora, „ist alles im Handy gespeichert."

„Verdächtigen Sie mich etwa? Mich?"

„Ist nur für's Protokoll. Wir müssen es vervollständigen."

„Ich habe dieses Telefon erst seit zwei Tagen. Das andere ist kaputt gegangen. Ich habe in Ihren Augen leider kein ordentliches Alibi. Dabei würde ich wirklich gern helfen."

Nora hielt ihr ein Handyfoto vors Gesicht. „Und diese junge Frau hier? Das ist Tabea Wolf, sie wurde wie Marlene getötet. Ist sie Ihnen eventuell in der Schwimmhalle aufgefallen?"

„Ach, das arme Mädchen. Wer macht denn so was!"

„Erkennen Sie Tabea wieder?"

„Nein, leider."

„Haben Sie Kinder?"

„Eine Tochter, ich habe sie Maria genannt. Sie lebt in London, und ihre Freunde und Kollegen dort können alle Mary zu ihr sagen. Sie überlegt, zurück nach Deutschland zu ziehen, wegen des Austritts von England aus der EU."

„Tja, schlimm dieser Brexit, aber für Sie wäre es doch schön, die Tochter wieder um sich zu haben, oder? Wer ist ihr Vater?"

„Ist es der Mann auf dem Foto neben Ihnen?", mischte Antje sich ein, die in der Zwischenzeit heimlich die kleine Galerie abfotografiert hatte.

„Ja, ja, das ist er. Mein Termin. Die Hochzeit, bitte! Sie sagten, nur zwei Fragen, Frau Kommissarin."

„Wer heiratet denn?", erkundigte sich Nora.

„Keine grüne Hochzeit, eine silberne. Eine Freundin von mir und ihr Mann. Ich muss mich wirklich fertig machen, ich sehe schrecklich aus."

„Gleich sind wir weg. Wo waren Sie letzten Sonntag am frühen Nachmittag?"

„Muss ich jetzt von jedem Tag wissen, wo ich war? Am Sonntag ... wahrscheinlich habe ich mich mit einer Freundin getroffen, und wir haben irgendwo einen Kaffee getrunken."

„Eine allerletzte Frage", sagte Nora, „wer hat Sie fotografiert, als Sie auf dem Motorrad saßen? Ihr Ehemann?"

„Nein! Außerdem bin ich von dem lange geschieden. Das Bild hat Alex geschossen. Meine Geduld ist zu Ende. Mir läuft die Zeit davon. Bitte!"

Die Wohnungstür fiel hinter Nora und Antje ins Schloss. „Wir hätten sie mit den Fotos auf ihrem Smartpone konfrontieren sollen, auch wenn es tabu war, da ran zu gehen. Wer waren die vielen Frauen? Wer ist Lissy? Mit wem hat sie angeblich am Tatabend ‚Marlene' telefoniert?"

„Nach den Anrufen habe ich absichtlich nicht gefragt. Du besorgst von ihrem Anbieter die Telefonliste. Dann wissen wir es. Und von ihren Handyfotos haben wir offiziell keine Ahnung."

Beide schwiegen, bis Nora Antje aufforderte, die Handybilder konkreter zu beschreiben.

„So, so. Du willst also was Verbotenes von mir beschrieben haben. Das ist okay, ja? Es waren ältere und jüngere Weiber. Eine war halb ausgezogen, sah aus, als würde sie einen Strip hinlegen. Vielleicht war es diese Lissy."

„Waren es viele Aufnahmen?"

„Zu viele für zwei Tage, denke ich. Sie hat dich angelogen, Nora."

„Kommt öfter vor. Was fiel dir spontan bei den Bildern ein?"

„Lustiger Freundinnenabend. Oder eine Dessous-Party, die leicht aus dem Ruder gelaufen ist."

„Kann sein. Wir nehmen die Pohl mal genauer unter die Lupe, ihren Ex, die Tochter und diesen Alex."

„Jedenfalls habe ich bei der Alten keinen Schmerz gespürt, du etwa?"

„Wer trägt den schon offen herum?"

Antje spielte mit ihrem Smartphone. „Soll ich die Familienfotos vernichten, die ich von ihrem Regal abgeknipst habe?"

„Nein. Ich schau sie mir später gründlicher an."

Antjes Gesicht hellte sich plötzlich auf. „Ich habe einen Vorschlag, Nora. Wir zeigen der tüttelligen Anna-Marie Lange Fotos von den Frauen, die wir auf unseren beiden Listen haben. Wenn die Person dabei ist, die mit Tabea im Schlossgarten war, landen wir eventuell einen Treffer."

„Ich erledige das, und du führst mit Holger ein klärendes Gespräch."

38

Wie insgeheim von Nora befürchtet, konnte die Mieterin Lange die Frau im Schlossgarten nicht anhand der Fotos identifizieren. Obwohl Nora von Anfang an darauf achtete, dass sie ihre Brille aufsetzte. Und was hörte sie von ihr? *Das war zu weit weg* und *habe ich leider vergessen.* Diese Zeugin war keine große Hilfe.

Nora sah sich die von Antje abfotografierten Familienaufnahmen der Pohl an. Sie fand ihren ersten Eindruck einer unglücklichen Frau bestätigt. Oder hatte Hedi Pohl ein Naturell geerbt, dem überschäumende Lebensfreude fremd war? Auf dem Motorrad dagegen wirkte sie erwartungsvoll, zufrieden, ja glücklich. Keinesfalls vergrämt oder schmerzgebeugt. Lag das an dem Fotografen? War sie in Alex verliebt gewesen?

Ein weiteres Mal meldete Noras Handy den Eingang einer Nachricht. Wieder war es Daniel Tanner. Es ging um den Kater, ob er gesund und kastriert sei, welches Futter er bevorzuge und dergleichen. Aus einem diffusen Gefühl heraus argwöhnte Nora, dass mehr hinter seinen harmlosen Anfragen steckte. Deshalb wollte sie ein baldiges Ende dieses Kontaktes. Sie schrieb ihm, dass es einen neuen Interessenten für den Kater gäbe, der ihn nehme, wie er sei. Er und seine Frau müssten sich noch heute entscheiden, ob sie Ramses wollten. Kaum war die Nachricht abgeschickt, bereute sie es. Hatte sie mit dem Schicksal von Ramses gespielt?

Wenig später versammelte sich eine Viererrunde in Noras Büro. Antje und Holger wirkten vergleichsweise entspannt. Über Antjes Gesicht huschte ein entschuldigendes Lächeln, das allein Nora galt. Offenbar ging die Affäre weiter. Nora spürte einen Groll gegen Holger in sich aufsteigen. Dass er Antje so schnell erneut mit irgendwelchen Schmeicheleien und Lügen rumgekriegt hatte!

Nora erkundigte sich bei Gesine nach dem Ergebnis der mit Holger durchgeführten Befragungen.

„Jedenfalls war nicht so was Spannendes dabei wie eure Handyfotos von der Pohl", entgegnete Gesine.

Nora wehrte ab. „Die können wir vergessen. Also, keiner bei euch, den es genauer zu überprüfen lohnt?"

„Fehlanzeige." Holger reckte sich. „Die Pohl mit ihren Nacktfotos allerdings ..."

„Das waren keine Nacktfotos!" Nora gab sich energisch. „Antje, was hast du da erzählt! Selbstverständlich dürfen wir aus den Bildern keine voreiligen Schlüsse ziehen, Holger."

„Ja, ja. Ist bekannt. Aber du wolltest, dass wir die Pohl mal unter die Lupe nehmen." Holger berichtete, was sie herausfinden konnten. Hedi war heute 58 Jahre alt. Beide Eltern waren verstorben. Sie war Einzelkind, hatte mit 19 Jahren Matthias Pohl geheiratet, nach zwei Jahren wurde Tochter Maria geboren. Die Ehe wurde 1983 geschieden. 1990 zog Hedi mit ihrer Tochter nach Köln, 1994 kehrte sie nach Schwerin zurück. In der DDR hatte Hedi als Schneiderin gearbeitet und ihren Arbeitsplatz direkt nach der Wende verloren. 1995 eröffnete sie in der Altstadt ein kleines Damen-Bekleidungsgeschäft, das sie vor drei Jahren aufgeben musste. Seitdem arbeitete sie zeitweise als Verkäuferin. Matthias Pohl wohnte in Lübeck, war Rentner und Single. Tochter Maria arbeitete und lebte in London, sie war alleinerziehend mit einem fünfjährigen Sohn.

„Hört sich alles relativ normal an", meinte Nora.

„Beim Exmann und bei der Tochter sind wir auf dem Anrufbeantworter. Zum Alex haben wir keinerlei Erkenntnisse", ergänzte Antje.

„Wer ist Alex?", hakte Gesine nach.

„Die Pohl erwähnte den Namen", antwortete Nora. „Habt ihr was zum früheren Hobby, dem Motorradfahren?"

„Ist das relevant?", zweifelte Holger.

„Für mich ist es relevant, wie jede Kleinigkeit bei einer Mordermittlung. Sei es eine kaputte Glühbirne oder die Tatsache, dass jemand einmal Motorrad fuhr und es jetzt sein lässt. Klar?!"

Eine betretene Stille entstand.

„Tut mir leid", murmelte Nora. „Also, bleibt beim Exmann und der Tochter dran und versucht, ein paar Freundinnen der Pohl aufzutreiben. Möglichst, ohne sie zu alarmieren."

Noras Handy meldete eine neue SMS. Weil sie vom Tanner war, wollte Nora die Nachricht sofort lesen. „Geht um Ramses", signalisierte sie allen.

Daniel Tanner schrieb, Ramses sei bei ihnen willkommen. Ob heute eine Übergabe möglich wäre?

Ja, antwortete Nora, auf dem Parkplatz der Inspektion in einer Stunde.

In zwei Stunden, kam von ihm.

„Wer oder was ist dieser Ramses?", fragte Gesine.

„Der Kater von Amalia Dorn, der Toten in Raben Steinfeld. Ramses bekommt eine neue Familie mit Haus, Garten und Kindern. Alles bestens. Die Übergabe findet in zwei Stunden auf dem Parkplatz bei uns statt. Das heißt um fünf. Antje, du musst deine Eltern bitten, den Kater herzubringen."

„Oh je, das wird schwer für sie. Sie haben sich an den kleinen Räuber gewöhnt."

„Man soll sein Herz nie an Tiere hängen", meinte Gesine.

Antje und Holger als Tierfreunde protestierten heftig. Nora drängte beide zur Eile. Antje ging raus, um mit ihren Eltern zu telefonieren; Holger verzog sich in sein Büro, um die Recherche über Hedi Pohl zu verfeinern.

Gesine blieb sitzen; sie interessierten die Fotos auf Hedi Pohls Handy.

„Ich habe sie nicht mit eigenen Augen gesehen", erklärte Nora, „die Frauen waren älter und jünger, fühlten sich offensichtlich wohl. Antje meinte, eine würde einen Striptease hinlegen. Freundinnenkram? Ein Spaß? Keine Ahnung."

„Was hast du für einen Eindruck von der Pohl?"

„Sie war etwas genervt von uns. Kann daran liegen, dass sie zu einer Feier wollte und wir sie beim Aufbrezeln störten." Nora versetzte sich in das Wohnzimmer der Pohl zurück. „Bei ihr war es sauber, adrett, halbwegs geschmackvoll. Ah ja, die Schwarzweiß-Fotos im Regal aus vergangenen Zeiten, sieh selbst. Antje hat sie abfotografiert. Ich finde, sie wirken steril, freudlos. Sie steht neben dem Ehemann wie eine Fremde. Die Pohl betonte, dass *sie* den Namen der Tochter bestimmt hat. Hörte sich an, als wäre ihr die Meinung des Vaters egal gewesen. Die einzige Aufnahme, auf der Frau Pohl lacht, ist die mit Motorrad. Fotografiert in Farbe von einem Alex. Ein Liebhaber? Freund der Familie?"

Gesine kaute nachdenklich auf ihrer Unterlippe. „Nora, du, mir fällt was ein. Ich hatte mal eine Freundin Alexandra. Spitzname Alex!"

„Na, möglich. Dann hat eine Freundin die Pohl abgelichtet."

„Das einzige Bild, auf dem die Pohl lacht. Die Frauenfotos auf ihrem Handy ..."

„Willst du was andeuten, Gesine?"

„Die Pohl könnte lesbisch sein."

„Reine Spekulation! Und wenn es so wäre. Lesbisch zu sein, ist kein Tatmotiv."

„Fragen wir sie einfach, wer Alex ist und in welchem Verhältnis sie zueinander stehen", schlug Gesine vor.

Nora zögerte. „Warten wir ab, was Holger und Antje vom Ex und der Tochter erfahren."

„Nora! Die Pohl wohnt im Haus von Marlene. Sie geht schwimmen wie Marlene. Eine *halbnackte* Frau auf ihrem Handy. Marlene wurde halbnackt aufgefunden. Erinnere dich. Ich bin mir sicher, die Pohl hat kein Alibi für die Tatnacht. Oder?"

„Sie war allein zu Hause, das ist bekannt. Hat angeblich mit jemandem telefoniert, das ist neu; wir haben die Telefonlisten angefordert. Bei all dem spielt keine Rolle, ob sie lesbisch ist oder sonst was."

„Sag mal!" Gesine sprang vom Stuhl auf. „Was ist los mit dir? Scheuklappen, weil wir eine Frau verdächtigen? Du warst doch diejenige, die als erste meinte, unsere Täterin sei eine ältere Frau. Und jetzt haben wir eine, und du eierst rum. Ich glaube, irgendetwas blockiert dein Gehirn. Spätfolgen vom Niederschlag?"

Nora wischte den Einwand beiseite. „Quatsch. Gedächtnis ist wieder komplett. Ich finde nur, du bastelst dir was zusammen, um die Pohl verdächtigen zu können. Was wäre denn ihr Motiv, zwei Mädchen zu töten? Was soll ich mir da vorstellen?"

Gesine zuckte leicht mit den Schultern. „Sie wollte näheren Kontakt zu den Mädchen, etwas mehr Zuwendung als üblich. Es kam zu Missverständnissen ... Streit, Schlag. Kennen wir zur Genüge, kann passieren, ohne dass man es will."

„Das ist mir zu luftig."

„Wir haben bei Marlene und Tabea dieselben nichtidentifizierbaren Fingerabdrücke gefunden", erklärte Gesine, „sie gehören zu einer unbekannten Person. Diese Person ist nach allem, was wir wissen oder vermuten, weiblich, eine *Täterin*!"

„Im Fall Marlene muss die Täterin im Bad gewesen sein und hat von dort die Schneekugel mitgenommen. Die Pohl wohnt im selben Haus wie Marlene. Wieso sollte sie bei ihr aufs Klo gehen? Wenn's dringend war, hätte sie zu sich hoch gekonnt."

„Sie wollte sehen, wie Marlene im Bad eingerichtet war. Die Schneekugel gefiel ihr, hat sie eingesteckt."

„Dann hätte sie eine Tasche dabei haben müssen."

„Nora! Wo bleibt deine Fantasie?!"

„Ich werde Hansen informieren. Soll er entscheiden, wie's weiter geht."

„Super Lösung", knurrte Gesine und wandte sich ab. „Ich behalte die Pohl im Auge, dass du es weißt!"

Pünktlich um siebzehn Uhr fuhr ein dunkelblauer SUV auf den Parkplatz der Inspektion. Nora beobachtete es von ihrem Bürofenster aus. Daniel Tanner stieg aus dem Wagen, schaute sich um und begann, auf seinem Handy herumzutippen.

Auf Noras Schreibtisch stand der Katzenkäfig mit Ramses. Der Kater verhielt sich ruhig, als wüsste er, dass eine bedeutende Wende in seinem Leben bevorstand. Ab und zu hörte Nora ein leises *Miau*. Es klang in ihren Ohren wie ein Abschiedsgruß, aber sie wollte es nicht zu sehr menscheln lassen. Das hatte Antje zur Genüge getan, die sich hoch emotional von dem Kater verabschiedet hatte; Streicheleinheiten und Liebkosungen ohne Ende. Nora nahm sich vor, gelassen zu bleiben. Vorsichtig glitt ihre Hand in die Box, und sie ließ Ramses daran schnuppern. Sie kraulte ihn hinter den Ohren. „Das ist der Abschied, Kleiner. Leb wohl." Sie nahm den Korb in die eine und eine Tüte mit Katzenutensilien in die andere Hand und ging hinunter zum Parkplatz. Daniel Tanner schritt ihr entgegen. Er war ein untersetzter Mann in Jeans und Lederjacke; ihr war, als hätte sie jemand anderen erwartet. Sein Gesicht hatte sie weniger faltig in Erinnerung, die Augen leuchtender.

Sie begrüßten einander. Nora reichte ihm den Käfig und die Tüte. „Darf ich vorstellen: Ramses. Er ist ein freundlicher Kater. Passen Sie gut auf ihn auf und halten ihn die ersten Tage im Haus, sonst könnte er fortlaufen."

Er hob die Box auf Augenhöhe und schaute hinein. Der Kater wurde ungeduldig und begann zu randalieren. Tanner blieb gelassen. „Meine Kinder sind schon ganz gespannt auf ihn und werden ihn mögen. Wie geht es Ihnen?"

„Wie immer. Und Ihre Serie? Beliebt wie eh und je?"

„Das will ich meinen. Wann können wir uns sehen?"

„Wir sehen uns gerade."

Er lächelte, und seine Augen wurden zu Schlitzen. „Weitergekommen mit tiefem Schmerz als Tatmotiv?"

„Bin mittendrin. Grüßen Sie Ihre bessere Hälfte. Alles Gute."

Nora beurteilte ihren Auftritt als einigermaßen souverän. Dass ihr Herz bei Tanners Anblick trotz aller dargebotenen Falten um eine Kleinigkeit höher geschlagen hatte, schob sie beiseite. Seltsam an der Situation war, dass sie sich auf einmal stark nach Tom sehnte. Sie unterdrückte den Impuls, sofort Feierabend zu machen, um mit ihm schlafen zu können.

Nora meldete Hansen, dass mit der Übergabe des Katers auch für sie die Sache Amalia Dorn nun endgültig abgeschlossen sei. Bei den offenen Fällen Marlene und Tabea würden sie sich auf Hedi Pohl konzentrieren. Sie wären dabei, ein präziseres Bild von ihr zu gewinnen. Wie üblich mahnte Hansen, keine Alleingänge zu unternehmen. Nora fühlte sich in ihrer vorsichtigen Herangehensweise bestätigt und entließ die Kollegen nach Hause.

„Gib mir eine Sekunde", bat Tom und verharrte regungslos. Das Blau seiner Augen wurde dunkel und verschwommener, und er schien irgendwo anders zu sein als bei ihr. Nora, die sich den Pullover über den Kopf streifte, hielt verwundert inne. Seit wann zauderte Tom, wenn sie mit ihm schlafen wollte? Eher war es umgekehrt, und er fiel gleich an der Tür über sie her. Ihre Initiative sollte er als Kompliment nehmen. Oder verhielt er sich so reserviert, weil er wieder an die tote Marlene denken musste? Doch im nächsten Augenblick schmiss Tom seine Klamotten von sich und warf sich mit Nora aufs Bett.

„Gott sei Dank, ich dachte schon, du hast ein Problem", flüsterte sie.

Tom schob sein Glied an ihrem Bauch in die Höhe, damit sie sehen konnte, wie bereit er für sie war. Nora wurde heiß, ihr Atem ging stoßweise. Das Verlangen wurde übermächtig, sie wollte kein Vorspiel, sondern Tom sofort in sich spüren. Sie streckte sich ihm ungeduldig entgegen, und sie wurden eins.

Nach dem heftigen Beischlaf waren beide hungrig. Tom wärmte Kohlrouladen auf und trank Bier. Das Gesicht in die Hände gestützt, beobachtete Nora Tom, der in Shorts und Unterhemd am Herd werkelte. Seine Bewegungen waren minimalistisch, effektiv. Wie beim Sex, dachte sie und nippte am Single Malt, den Tom für sie gekauft hatte. Sie genoss die Seligkeit, die der Sex und der Whiskey in ihr verströmten. Hedi Pohl und die Meinungsverschiedenheit mit Gesine rückten in den Hintergrund, und Daniel Tanner war so gut wie vergessen. Was nur hatte sie an ihm anziehend gefunden?

Als die Rouladen aufgewärmt waren, aß Nora eine und Tom zwei.

„Nächste Woche ist Ostern", sagte er kauend, „ich will dich überraschen, Rehlein."

„Ich will nicht überrascht werden, das weißt du doch, Tom."

„Deshalb verrate ich jetzt alles. Also, zuerst wollte ich Ostern mit dir verreisen. Ich habe das in der Nacht am Computer recherchiert, als das Verbrechen mit Marlene passierte. Vielleicht wollte ich dich mit einer Reise zu einer Entscheidung wegen Robert drängen. Später fand ich das blöd und habe es sein lassen. Trotzdem", sagte er freudig, „ein winziges Geschenk habe ich. Warte!"

Nora hörte ihn im Zimmer rumoren, und gleich darauf war er zurück und überreichte ihr feierlich einen größeren Umschlag. Nora zog eine Urkunde heraus. „Was ist das, Tom?"

„Ein Sternenzertifikat. Du bist stolze Besitzerin eines Sterns! Natürlich symbolisch, als Patin eines kleinen goldenen Sterns am Himmel der Schlosskirche."

„Wie das?"

„Man kann die Patenschaft erwerben, und es war fast der letzte freie Stern."

„Wie schön! Danke! Womit hab ich das verdient?"

„Ist ein bisschen kindisch, was?"

„Nein, sehr romantisch. Den Stern müssen wir uns unbedingt ansehen. Sobald wie möglich. Woher hast du diese Idee?"

„Ist mir zugeflogen." Er war satt und schob den Teller beiseite. „Ist außerdem ein Geschenk, das unser Geheimnis bleiben kann."

„Und ich steh mit leeren Händen da", bedauerte sie.

„Von wegen. Wenn ich an vorhin denke, war das beinahe volles Programm." Er blitzte sie mit seinen sehr blauen Augen schelmisch an. „Wenn es nach mir ginge, könnten wir da weiter machen, wo wir aufgehört haben."

39 Sonntag

An den letzten Zipfel ihres Traums konnte sich Nora am Morgen deutlich erinnern: jemand hatte ihr zwei kleine Elefanten aus türkisfarbenem Stein in die Hand gedrückt. Zwei neue Elefanten zu den beiden, die bereits auf ihrer Fensterbank standen! Sie hatte gebettelt, geweint ‚nur einer, nur einer, bitte!' und war mit einer Träne im Auge aufgewacht.

Während der Fahrt zu sich in die Schelfstadt hing der Traum wie eine dunkle Wolke über ihr. Wenn sich noch ein Elefant in ihr Leben drängte, noch ein Mann …

Möglichst leise betrat Nora ihre Wohnung. Der Plan war: duschen, umziehen und dann das Töchterlein zu Tisch bitten. Doch Daphne schlich bereits im Schlafanzug durchs Zimmer. Sie nahm kaum Notiz von ihrer Mutter und starrte unentwegt auf ihr Smartphone. Nora verschwand stillschweigend unter der Dusche. Danach bereitete sie in der Küche das Frühstück vor: Kaffee, Toast, Eier; dazu Käse, Wurst und Marmelade. Daphne setzte sich zu ihr, und erst jetzt bemerkte Nora deren verweinte Augen. „Hast du neuen Streit mit Jakob?"

Ihre Tochter grummelte vor sich hin. Nora hörte die Wörter ‚Feigling', ‚Scheißkerl', ‚Jasmin' heraus.

Geduldig fragte sie nach und verstand so viel: Jasmin, die engste und obendrein unverheiratete Kollegin ihres Freundes Jakob, war schwanger. Daphne verdächtigte Jakob, daran schuld zu sein; der stritt alles ab. Sie war überzeugt, dass er log. Aus riesengroßer Eifersucht, Wut, Frust, zur Bestrafung – aus all diesen Gründen – war sie ohne ein Wort weg aus Berlin. Für Nora war das Schlimmste, dass sie nicht die Absicht hatte, dorthin zurückzukehren.

Nora riet zur Ruhe. Erst einmal müsse die Lage analysiert werden.

„Mom! Das hier ist keine Mordermittlung! Das ist mein Privatleben, mein Schicksal. Ich bin so unglücklich!"

„Okay, das verstehe ich, und dein Kummer tut mir weh. Aber wieso sollte Jakob dich belügen? Wieso zweifelst du an seinen Worten? Er liebt dich!"

Ihre Einwände wurden ignoriert. „Du solltest ihn mal hören, wie er über Jasmin spricht. Meine Honigblüte, mein Sonnenschein sagt er zu ihr! Zu ihr, Mom!"

„Das hat er schon getan, bevor ihr euch überhaupt kanntet, wenn ich mich richtig erinnere. Das ist seine Art, auf Arbeit nett zu ihr zu sein."

Ein erboster Blick. „Auf welcher Seite stehst du eigentlich?! Bin ich deine Tochter oder diese Trulla!"

Nora goss Kaffee ein, süßte ihn, wie ihre Tochter es mochte, und forderte sie auf zu trinken. „Noch mal von vorn, Daffi. Was sagt Jakob zu deinem Verdacht?"

„Verdacht? Sie *ist* schwanger, Mom. Das weiß ich von ihm höchstpersönlich. Und er findet es toll!"

„Weil er sich für Jasmin freut. Sie war doch eine etwas besondere Frau, oder?"

Daphne riss die Augen auf. „Was meinst du damit?"

„Aus deinen Erzählungen hatte ich den Eindruck, dass sie irgendwie schwierig und eigen ist. Eben etwas anders. Eine komplizierte Persönlichkeit."

„Hm." Daphne trank den Kaffee, nahm sich eine Toastscheibe, bestrich sie mit Butter und Marmelade und biss hinein.

Ein positives Zeichen für Nora.

„Weißt du, Mom, was ich von Jasmin dachte, als ich sie das allererste Mal sah? Dass sie lesbisch ist. Wie man sich irren kann."

Nora wurde hellhörig. „Wieso hast du das angenommen?"

„Sie ist sehr schlank, muskulös, hat fast keinen Busen."

„Ja und? Sind alle Dünnen bei dir automatisch lesbisch?"

„Sie trainiert in jeder freien Minute, als wolle sie lieber ein Mann sein. Jakob findet das auch übertrieben."

„Und wieso sollte er sich dann in eine Affäre mit ihr stürzen und sie schwängern?"

„Jagdtrieb. Sie tanzt den ganzen Tag vor seiner Nase rum. Wenn ich Lesbe wäre, ein Kind wollte und Jakob wäre mein Kollege, würde ich ihn mir aussuchen. Er hat gute Gene und ist bestimmt ein Supervater."

„Das ist alles Unsinn, Daffi."

Das Handy ihrer Tochter klingelte.

„Wenn es Jakob ist, geh ran", forderte Nora, „du verlierst ihn, Daffi, überleg dir das gründlich."

Das Handy verstummte. „Ich will ihn nie wiedersehen, ich such mir hier was, Polizistin kann ich auch in Meck-Pomm werden."

„Jetzt mal schön langsam, Kind, du bist mir zu sprunghaft. Nur weil du Stress mit Jakob hast, kannst du nicht dein Leben in Berlin hinschmeißen. Was sagt denn Jasmin zu der Angelegenheit?"

„Denkst du, ich frag die? Nee, eher beiße ich mir die Zunge ab."

Still frühstückten sie zu Ende. Schließlich wollte Nora wissen, was Robert von den neuen Plänen seiner Tochter hielt.

„Paps unterstützt mich."

„Er findet es richtig, dass du in Schwerin bleiben willst?"

„Paps ist immer auf meiner Seite."

Da hatte wohl noch gar kein Gespräch stattgefunden. Wäre schon möglich, dass sich Robert, als betrogener Ehemann, auf die Seite seiner angeblich betrogenen Tochter schlug. „Du kannst ein paar Tage bei mir bleiben. Ich freu mich drüber, obwohl ich kaum Zeit für dich haben werde." Sie nahm ihre Tochter in die Arme. Dieses große Kind, blind vor lauter Eifersucht. „Tu mir den Gefallen, Daffi, und rede mit Jakob. Gib ihm eine Chance. Ich denke, das mit Jasmins Schwangerschaft ist ein dummes Missverständnis."

„Wieso setzt du dich für ihn ein? Du hast ihn ja sowieso doof gefunden."

„Och, ich hab mich längst eines Besseren belehrt", meinte Nora beiläufig. Ihre Vorbehalte gegen Jakob, der um Vieles älter war als Daphne, waren nach der ersten Begegnung verschwunden. Jakob war ein Mann, wie Daphne ihn sich nur wünschen konnte.

Auf dem Weg zur Arbeit war Zeit für einen Abstecher bei ihrem Vater. Er bewohnte in der Pension am Pfaffenteich dasselbe große Zimmer im Erdgeschoss, in dem sie ihre ersten Monate in Schwerin verbracht hatte. Den Erker mit der schönen Aussicht auf den Teich hatte sie damals besonders gemocht. Noras Blick schweifte durchs Zimmer und blieb am ausladenden Doppelbett mit den dicken Federbetten hängen. Plötzlich tauchte ein Bild aus ihrer Studienzeit auf: eine Feier in einer Gartenlaube, auf der viel Alkohol floss, eine Kommilitonin, die im Rücken anderer über ein altes, durchgesessenes Sofa lief, mit jedem Schritt sank sie tief im Polster ein. Ihren schlanken geschmeidigen Körper, der sich bog und gleichzeitig darbot, hatte Nora damals fasziniert beobachtet. Das erste und bisher einzige Mal, dass sie von einer Frau körperlich angezogen wurde. Dieses irritierende Gefühl war vorüber gegangen. Was, wenn es geblieben wäre und sich in eine tiefe Sehnsucht verwandelt hätte?

„Kind, wo bist du mit deinen Gedanken?", holte der Vater sie in die Gegenwart zurück.

Nora schüttelte den Kopf, wie, um sich von den Erinnerungen an längst Vergangenes zu befreien. „Natürlich bin ich bei dir. Hat es dir in der alten Heimat gefallen?"

„Ich habe meiner Enkelin gezeigt, wo ich früher gewohnt und mich rumgetrieben habe. Du hast ja nie für was Zeit", rügte er sie, um unversehens das Thema zu wechseln, „was ist mit Ostern? Verbringst du die Feiertage in Berlin?"

„Mal sehen, wie es sich ergibt. Ich wollte dir auf jeden Fall eine gute Heimreise wünschen."

Ihr Vater sah ihr prüfend ins Gesicht, und Nora hatte den Eindruck, er durchbrach mit Leichtigkeit alle Schutzschilde, die sie vor ihrem Innersten aufgebaut hatte. Unwillkürlich rutschte sie auf die Kante des Sessels vor, bereit zur Flucht, falls es nötig wurde.

„Sag mir Eins, Nora. Bist du glücklich?"

„Das ist eine schwierige und sehr private Frage."

„Na hör mal! Mir kannst du alles anvertrauen."

„Vielleicht später."

„Mit fast achtzig soll man nichts mehr hinausschieben. Das Leben ist endlich."

„Für mich könntest du dich anstrengen."

Er lächelte. „Keine Angst, ich will im Mai oder Juni noch einmal mit der Fähre um den Pfaffenteich tuckern. Vorher werde ich nicht abdanken. So! Und jetzt habe ich Hunger. Wie ist es mit dir? Darf ich dich zum Frühstück einladen?"

„Hab schon mit Daphne und muss auch los. Wann fährt dein Zug?"

„Ich will mit Daffi hier in Schwerin zu Mittag essen, und dann bringt sie mich zum Bahnhof."

Oberhalb der großen Treppe, die zum Ausgang führte, umarmten sie sich fest. Sein dünner Körper erschreckte Nora. Robert hatte Recht gehabt, bald würde ihr Vater Hilfe benötigen, um das Leben zu meistern.

40

Bevor sie von der Pension losfuhr, entdeckte Nora auf ihrem Handy ein Video, das Gesine ihr geschickt hatte. Es zeigte eine nächtliche Szene, offenbar auf dem Großen Dreesch: Eine Frau verließ einen Wohnblock, lief durch mehrere Straßen und ging in einen anderen Plattenbau, kam bald darauf wieder heraus und kehrte zum Block am Anfang des Films zurück.

Nora konnte sich keinen Reim darauf machen und rief Gesine an.

„Hast du's gesehen?", überfiel die Nora gleich.

„Ja, gerade. Wer ist das?"

„Hedi Pohl. Die habe ich im Auge behalten. Das alles war letzte Nacht ab halb eins. Ich bin ihr zu Fuß nach", schnaufte sie aufgeregt in Noras Ohr, „und nun rate mal, zu welchem Haus die Pohl ist!"

„Bitte, kein Rätselraten, Gesine."

„Sie ist in die Platte von Tabea. Ich habe später nachgeschaut, ob dort was auffällig war. Fehlanzeige. Das Siegel an Tabeas Wohnung war unverletzt. War alles ruhig, niemand im Treppenhaus. Was denkst du darüber?"

„Hab keinen Schimmer, was das bedeuten soll. Kann die Pohl dich bemerkt haben?"

„Bin ich Anfängerin?", empörte sich Gesine. „Wann bist du in der Inspektion?"

„Paar Minuten."

„Beeil dich."

Gesine Romer stand vor dem offenen Fenster ihres Büros und sog frische Luft ein. Auf ihrem Schreibtisch ein halbvoller Pott Kaffee, ein angeknabberter Schokoriegel und eine kleine, ausgetrunkene Flasche

Eierlikör. Nora betrachtete diese Ansammlung erstaunt. „Hast du etwa Likör gesoffen? Du?"

„Ich mag Eierlikör. War die kleinste Flasche, was für den hohlen Zahn." Gesine wandte sich träge um und schaute Nora mit müden Augen an. Ihre Stimme war tiefer als üblich. „Ich zerbreche mir den Kopf, was die Pohl bezweckte. An den Ort des Verbrechens zurückkehren? Damit verhält sie sich für uns doch verdächtig."

„Woher hätte sie ahnen sollen, dass du auf deinen Nachtschlaf verzichtest und sie überwachst?"

„Ich komme mit wenig Schlaf aus."

„Was hatte die Pohl an? Cowboystiefel? Mütze mit Puschel?"

Gesine winkte ab. „Träum weiter."

„Schade. Wenn du Hansen das Video zeigst, macht er Ärger, das weißt du."

„Ziehst du den Schwanz ein?"

„Hab keinen", seufzte Nora, und beide grinsten sich an. „Im Ernst. Hansen wird dir das Teil um die Ohren hauen."

„Und dich wird er anmeckern, weil du an das Handy der Pohl bist. Ach nein, das war ja Antje. Du bist fein raus."

„Wir sind Partner. Also los, lass uns zu Hansen gehen und ihm und den anderen das Video zeigen."

Nachdem er die Aufnahme gesehen hatte, bildete sich auf Hansens Stirn eine steile Falte. „Wieso haben wir das?"

Gesine erzählte, wie sie Hedi Pohl gefolgt war.

Hansens nackter Schädel färbte sich rot. „Da ist man mal einen halben Tag weg, und schon stapelt sich der Mist", knurrte er. „Versteht eigentlich noch jemand, was *keine Alleingänge* heißt? Muss ich das buchstabieren?"

Nora sprang Gesine bei. „Für den gestrigen Tag hatte ich die Verantwortung, Chef. Es gibt Indizien, dass die Pohl besondere Beziehungen zu Frauen haben könnte. Sie ist eine Nachbarin von Marlene und hatte sicherlich engeren Kontakt zu ihr als behauptet. Und dank Gesine wissen wir, dass sie sich letzte Nacht verdächtig verhalten hat."

Weil Hansens Blick um keinen Deut nachgiebiger wurde, fügte sie hinzu: „Sie ist an den Ort des Verbrechens zurückgekehrt."

„Mach mal halblang." Unversehens duzte Hansen Nora. „Hier hat eine Dame, die bei der Partnerwahl höchstwahrscheinlich andere Damen bevorzugt, lediglich einen nächtlichen Spaziergang unternommen. Seit wann ist das verdächtig?"

„Augenblick", Antje bat um Gehör, „ich habe mit Maria, der Tochter von Hedi Pohl telefoniert. Sie war zwölf, als sie mit ihrer Mutter 1990 nach Köln zog. Und dort hat Hedi Pohl Alex kennengelernt."

„Heißt konkret?", fiel Hansen ihr ins Wort.

„Wir wollten doch wissen, wer *Alex* ist, oder?" Antje schaute demonstrativ zu Nora.

„Alex war in Wirklichkeit eine Alexandra Vonderlind. Fanatische Motorradfahrerin. Marias Mutter hatte eine Liebesbeziehung mit ihr und erwarb ihretwegen auch den Motorradführerschein. Es war eine sehr glückliche Zeit für Hedi Pohl, bis zu jenem Unfall, den sie verschuldete und bei dem Alexandra als Sozia ums Leben kam." Antje verschluckte sich beinahe vor lauter Aufregung. „Das war 1994. Da haben wir den Schmerz!"

„Was für einen Schmerz? Werde ich mal aufgeklärt?", forderte Hansen unwirsch.

„Dieser Unfall ist vermutlich die große Tragödie im Leben von Hedi Pohl", versuchte Nora zu erklären, „es ist ein Schmerz, der seitdem auf ihrer Seele lastet und sie verdüstert. So sehr, dass sie in ihrer privaten Fotogalerie im Wohnzimmer kein Bild der einstigen Geliebten erträgt."

„Und deswegen tötet sie junge Frauen?"

„Die Verbrechen geschahen nicht geplant. Ich denke, Hedi Pohl suchte bei Marlene und Tabea eine besondere Nähe, nicht unbedingt Sex, aber eine Art Intimität. Sie sah die beiden im Schwimmbad, im Badeanzug, nackt unter der Dusche. Junge Mädchen mit glatter Haut und schönem Körper. Davon fühlte sie sich angezogen." Weil sie alle anstarrten, fügte Nora hinzu: „Was ich übrigens verstehen kann. Jugend ist immer anziehend. Alte Männer nehmen sich jüngere Frauen."

„Das ist was völlig anderes!", widersprach Holger.

„Egal, wie", unterbrach Hansen, „Antje, noch was von der Pohl-Tochter?"

„Ja. Nach dem Tod ihrer Geliebten war Hedi äußerst deprimiert. Sie wollte schleunigst weg aus Köln, wo sie alles an Alex erinnerte. Ihre Tochter Maria hat sie bestärkt, für einen Neuanfang zurück nach Schwerin zu ziehen. Sie fand den Weiberhaushalt in Köln chaotisch und schrecklich peinlich. Hedi hatte von Alexandra geerbt. Es reichte, um ein kleines Geschäft zu eröffnen. 1996, mit achtzehn, ist Maria von zu Hause ausgezogen."

„Weiß Maria was über spätere Beziehungen ihrer Mutter?", fragte Nora.

„Nein, ihre Mutter und erst recht deren Liebesleben sind der Tochter schnurz."

„Eine Aussage über die Ehe der Eltern?"

„Sie war fünf bei der Scheidung. Keine konkrete Erinnerung."

„Und was sagt der Exmann?", wollte Hansen wissen.

Holger antwortete: „Der hätte mir durchs Telefon am liebsten den Kopf abgerissen, als ich mich nach der Ex erkundigte. Ich glaube, der hasst die. Nach der Scheidung 1983 hatte er keinen einzigen Kontakt mehr zu Hedi Pohl, zur Tochter ab und zu. Beziehungen seiner Ex zu anderen Frauen waren und sind ihm unbekannt."

„So, wir haben jetzt eine gewisse Vorstellung, wie Hedi Pohl ticken könnte, aber keine Beweise, dass sie Verbrechen begangen hat", fasste

Hansen zusammen. „Die nächtliche Videoaufnahme können wir nicht verwerten. Das war keine offizielle Observierung. Die Handyfotos sind für uns ebenso unbrauchbar. Bleibt ein lesbisches Verhältnis vom Hörensagen. Somit habe ich gegen Hedi Pohl keine Handhabe. Hat jemand einen Vorschlag?"

„Ja, ich", sagte Gesine, „wir können die Fingerabdrücke der Pohl mit den nicht identifizierbaren aus Marlenes und Tabeas Wohnung vergleichen."

„Erstens können wir sie nicht zur Abgabe von Fingerabdrücken zwingen. Zweitens, falls es einen Treffer gibt, kann sie sich irgendwie rausreden. Zumindest bei Marlene. Sie war ihre Nachbarin. Da findet sich ein Grund, warum man in deren Wohnung war", meinte Hansen.

Nora suchte nach einem Ausweg: „Trotzdem, wir könnten die Pohl zu einem Gespräch bitten. Mit dem Hinweis auf neue Sachverhalte, die überprüft werden müssen. Die Frau hat meines Erachtens kein starkes Nervenkostüm; kann sein, sie verrät sich und knickt ein."

Hansen lehnte das ab. „Bevor wir weiter im Nebel stochern, werden sich die Kolleginnen Graf und Romer noch einmal im Haus umsehen, in dem Tabea wohnte. Wenn die Pohl unsere Täterin ist, muss sie dort doch irgendwas gewollt haben!"

Am späten Sonntagvormittag inspizierten Nora und Gesine das Polizeisiegel an der Tür von Tabea Wolfs Wohnung. Es war unversehrt, wie in der Nacht zuvor bei Gesines Kontrolle. Nora schlug vor, die Sache von oben anzugehen, und sie stiegen die vier Treppen hoch; Nora relativ forsch, Gesine folgte mit Abstand. Oben angelangt, keuchten beide, die eine unauffällig, die andere heftiger. „Scheiße", fluchte Gesine, „werde ich zu alt für diesen Job?" Nora redete ihr gut zu. Sie selbst fühlte sich an die Verfolgung von Anton erinnert und wie lässig der sie abgehängt hatte. Der Vorsatz, ihre Fitness zu verbessern, war leider in Vergessenheit geraten.

Alle Wohnungstüren im Haus waren in Ordnung. Sie befragten die anwesenden Bewohner, ob sie in der vergangenen Nacht Ungewöhnliches bemerkt hätten; ohne Ergebnis. Schließlich standen sie wieder auf der Straße.

„Wieso fragen wir die Pohl nicht einfach, was sie hier wollte? Diese übertriebene Vorsicht vom Chef!", regte Gesine sich auf.

Plötzlich fiel Nora ein, dass ihr im Treppenhaus etwas merkwürdig erschienen war. Was war das nur gewesen? Gesine schaute sie groß an. „Eine Intuition, Nora? Raus damit."

„Die Pflanze vor Frau Langes Wohnung ..."

„Das dürre Ding?"

„Ja, komm!" Nora lief hoch zum ersten Obergeschoss. Gesine folgte schimpfend. „Darf ich erfahren, was ist?"

Nora befühlte die Erde im Pflanzkübel und nickte danach zufrieden. „Schau. Die Erde ist teilweise aufgelockert. Bei meinem Besuch bei Frau Lange, die hier wohnt und der die Pflanze gehört, war die Erde überall wie festgetackert. Weil Frau Lange regelmäßig vergisst zu gießen."

„Wahnsinn", murmelte Gesine. „Dann wird sie sich jetzt wohl um die Pflanze gekümmert haben."

Nora zog Plastikhandschuhe über und grub sich in die frisch aufgewühlte Erde. Enttäuscht zog sie die Hände wieder heraus.

„Was wolltest du in dem Dreck finden? Etwa die Schneekugel?"

„Wäre möglich gewesen, oder?"

„Ich glaube, Nora, die Kugel liegt längst auf dem Grund des Schweriner Sees."

„Wenn dem so wäre, warum sollte die Pohl nachts durch die Gegend schleichen und ausgerechnet in dieses Haus gehen? Sie war von meinem Besuch mit Antje bei ihr alarmiert und musste handeln."

Gesine klopfte ihr aufmunternd auf die Schulter. „Tja, und wo ist die Kugel? War ihr der Kübel nicht fein genug, und sie hat das Ding wieder mitgenommen? Lass uns fahren."

„Nee, ich muss was überprüfen." Nora klingelte bei der Pflanzenbesitzerin Anna-Marie Lange.

41

Seit den Mittagsstunden stand ein ziviles Dienstfahrzeug mit zwei Kollegen in der Von-der-Schulenburg-Straße vor dem Wohnblock von Hedi Pohl. Beamte waren ihr unauffällig gefolgt, als sie am Nachmittag durch den Schlosspark geschlendert war und später im Café Prag ein Eis gegessen hatte. Danach war sie zu Hause geblieben.

Um halb acht abends rief Hansen Hedi Pohl an und bat sie, Montag früh um neun in die Inspektion zu kommen. Er würde ihre Hilfe benötigen, um ein paar neue Erkenntnisse zu überprüfen. Nach einigem Zögern sagte sie zu. Noras Version, was die Verdächtige in der vergangenen Nacht vorgehabt haben könnte, hatte Hansen überzeugt.

Weder Anna-Marie Lange noch ein anderer Mieter hatten sich in den letzten Tagen um die Kübelpflanze gekümmert und deren Erde aufgelockert. Nach Noras Meinung blieb nur Hedi Pohl auf der Suche nach einem Versteck für das Tatwerkzeug. Warum ausgerechnet da, wo Tabea gewohnt hatte? Wollte sie dort den Verdacht auf jemand anderes lenken? Alle Nachbarn hatten bestritten, Hedi Pohl zu kennen.

Zweck des Anrufs vom leitenden Ermittler war, Hedi Pohl unter Druck zu setzen und im besten Fall zu einer erneuten nächtlichen Aktion aufzuscheuchen.

Tabeas Wohnblock in der Kisch-Straße wurde ebenfalls überwacht. Eine Laterne erhellte den Bereich vor der Eingangstür, und deshalb war es praktisch unmöglich, das Haus ungesehen zu betreten. Ein anderthalb Meter breites Vordach bot Menschen und Briefkästen ein wenig Schutz vor Regen und Schnee. Die Tür war präpariert worden, so dass sie mühelos aufgedrückt werden konnte.

Um halb zwölf nachts übernahmen Nora und Antje die Observation.

„Ich habe vorhin eine Mail von Tabeas Schwester Lara bekommen. Sie und ihr Vater fliegen morgen von Indien zurück", informierte Antje.

„Na, endlich. Inzwischen Hinweise, wer der Kindsvater bei Tabea sein könnte?"

„Nein, das bleibt leider ein großes Rätsel. Und du? Was vom Tanner gehört, wegen Ramses?"

„Nein, und das ist ein gutes Zeichen."

„Vielleicht hätten wir ihn überprüfen sollen, bevor wir ihm den Kater anvertrauten."

„Quatsch. Das ist ein ganz normaler Typ."

„Das hat man schon von manchem gedacht, der dann ein Krimineller war."

Nora ärgerte sich, dass Antje Tanner erwähnt hatte; sie wollte ihn und den Kater vergessen.

„Gestern Nacht ist die Pohl um halb eins los", bemerkte Antje.

„Ja."

„Was, wenn die Pohl Vorahnungen hat, die sie warnen?"

„Abwarten."

„Ja, aber, was, wenn ..."

Noras Handy meldete eine Nachricht. *Liebste Mom! Opi hat mich überredet, bin wieder in Berlin. Endlich mit Jakob ausgesprochen. Große Versöhnung!!!*

„Gott sei Dank", murmelte Nora erleichtert.

„Was ist?"

„Ach, das Töchterlein und sein Herzschmerz. Und bei dir? Du hast dich mit Holger versöhnt?"

„Ich kann meine Gefühle nicht auf Knopfdruck abschalten. Selbst, wenn ich's wollte. Holger hat mir hoch und heilig versprochen, ab jetzt keine Lügen mehr zwischen uns."

„Dafür lügt er seine Frau umso mehr an."

Antje seufzte hörbar auf.

Um halb zwei meldeten die Kollegen, dass noch Licht in Hedi Pohls Wohnung brannte, und sonst alles ruhig war. Die Zeit schlich dahin. Nora spürte die Müdigkeit langsam in ihren Körper kriechen. Sie hatte in der vorigen Nacht viel zu wenig Schlaf bekommen.

Antje rubbelte sich mit beiden Händen übers Gesicht, um wach zu bleiben. Nora stellte einen Musiksender laut ein und ließ die Seitenscheiben runter, um frische Luft rein zulassen. Die Nacht war kalt, weniger als fünf Grad. Antje bewegte ihren Oberkörper rhythmisch zu den Beats. Nora spielte mit den Kastanien in ihren Jackentaschen und wippte mit den Füßen.

Das Funkgerät schnarrte. Nora schüttelte das Teil, fluchte vor sich hin und schaltete das Radio aus.

Eine Stimme aus weiter Ferne, wie vom Mond: „Zielperson ist unterwegs, Richtung Dreescher Markt. Ende."

„Verstanden, sind in Position", meldete Nora zurück.

Keine fünf Minuten später tauchte in Noras Blickfeld eine mittelgroße Frau im knielangen Mantel auf.

„Die Pohl", sagte Antje aufgeregt.

Nora nahm die Verdächtige genauer in Augenschein. Die Frau stakste vorsichtig und langsam, als würden sie die Schuhe drücken; der Mantel schlotterte an ihr herum; ein altmodischer Hut war viel zu tief ins Gesicht gezogen. Außerdem merkwürdig: Wenn das Hedi Pohl sein sollte, müsste sie die Strecke von sich bis hier gerannt sein ...

Die Frau blieb vor der Eingangstür von Tabeas Aufgang stehen und schaute die Fassade hoch. Im Licht der Laterne war sie nun besonders deutlich zu sehen. „Das ist nie im Leben die Pohl", war Nora sich sicher.

„Echt? Mist! Wieso steht die denn da um diese Nachtzeit? Die stört doch. Wenn die richtige Pohl kommt, denkt sie womöglich, das ist jemand von uns."

„Warum sollte sie das denken? Egal, dieses Weib dort muss in den nächsten ein, zwei Minuten weg."

Gebannt starrten sie zur Tür hinüber. Die Sekunden rannen dahin, und Nora war kurz davor, die Unbekannte persönlich wegzujagen. Aber die verschwand gerade von selbst in der Dunkelheit, als eine andere Frau erschien. Im Unterschied zu der vorherigen Person wirkte ihr Gang viel natürlicher; ihr Mantel passte, und sie trug Cowboystiefel und eine Wollmütze mit Puschel. Zweifellos die erwartete Hedi Pohl.

„Wir lassen ihr einen kleinen Vorsprung. Ich will sie in flagranti erwischen", erklärte Nora.

„Dieses Miststück!", fluchte Antje.

„Hoffen wir, dass sie die Schneekugel bei sich hat."

„Darauf verwette ich meinen Arsch, Nora!" Antje fasste nach dem Türgriff.

„Schön die Ruhe!"

Die Pohl verharrte, blickte sich prüfend um, drückte die Haustür auf und huschte hinein. Gleich darauf wurde das Treppenlicht eingeschaltet.

„Wie harmlos die wirkt. Dabei hat sie vielleicht zwei Frauen auf dem Gewissen und ein ungeborenes Baby! Der werd ich's zeigen!" Ehe sich Nora versah, sprang Antje aus dem Auto und lief der Verdächtigen nach. Nora hatte keine Wahl, sie zog ihre Waffe und rannte Antje hinterher.

Unten im Haus hörte Nora, wie Antje *Hände hoch!* rief. Mit dem Schlimmsten rechnend, hastete Nora die Stufen zum Obergeschoss hinauf. Glas zerbarst mit lautem Knall. Sie hatte erst eine halbe Treppe geschafft, als sie sah, wie Antje ein paar Stufen vor ihr mit rudernden Armen rückwärts zu stürzen drohte. Nora musste ihre Waffe fallen lassen, um sie aufzufangen. Antjes Gewicht drückte Nora in die Hocke. Beide versperrten Hedi Pohl in dieser Lage den Fluchtweg.

„Polizei! Keine Bewegung!"

Hedi Pohl starrte von oben mit wutverzerrtem Gesicht auf sie herab. Dann stürmte sie wild um sich schlagend und tretend an beiden vorbei zum Fenster auf dem Treppenabsatz. Nora erwischte sie am Fuß, konnte sie aber nicht stoppen. Lediglich einen Cowboystiefel hielt sie in der Hand.

Zu spät ahnte Nora, was die Frau vorhatte: Hedi Pohl warf sich mit Wucht aus dem zerborstenen Fenster.

Ein dumpfer Aufprall folgte, dann der Schrei eines Mannes. Nora half Antje auf. Sie beugte sich weit aus dem Fenster und konnte nicht fassen, was sie auf dem Bürgersteig sah.

42

Nora betrachtete Antons lächerlichen Aufzug von oben bis unten: er trug noch immer Frauenkleider und Absatzschuhe. Seine Strümpfe waren zerrissen, den Hut musste er irgendwo verloren haben. Auf dem Bürgersteig, als die Pohl von oben auf ihn fiel, im Rettungswagen oder hier im Krankenhaus. Auf eine Krücke gestützt und mit Halskrause humpelte er Nora entgegen. Nach zwei unbeholfenen Versuchen gelang es ihm, sich auf einen Stuhl neben sie zu setzen. Das verletzte Bein streckte er weit von sich.

„Was sagt der Arzt? Gebrochen?"

„Verstaucht. Ich bin ziemlich geschickt im Hinfallen, Lady."

„Und warum die Halskrause, was ist mit dem Hals?"

„Den habe ich mir fast gebrochen, weil ich mit dem Genick auf diese Scheiß-Schneekugel gekracht bin, als die Alte vom Vordach genau auf mich runterplumpste."

„Gott sei Dank ist es glimpflich abgelaufen. Wir sollten Ihre Mutter verständigen, die wird sich sorgen."

„Die weiß nichts, und so ist es am besten. Niemand muss mich betutteln. Und wenn meine Mutter hier wäre, müsste ich mir ihr Gejammer anhören."

„In der Sache hat sie ja recht. Was sollte zum Beispiel diese idiotische Nummer, sich als Frau verkleiden und nachts Leute erschrecken?"

„Na, hören Sie mal! Ich habe niemanden erschreckt. Deshalb verkleide ich mich ja *nachts*. Gibt mir Sicherheit, wenn mich erst mal keiner anstarrt. Dachte jedenfalls, dass ich allein bin. Es ist mein Recht, spazieren zu gehen, wie, wo und wann ich will. Als künftiger Schauspieler muss ich mich in verschiedenen Rollen ausprobieren. Woher sollte ich ahnen, dass sich die Bekloppte aus dem Fenster schmeißt und auf mich rauf? Die werde ich auf Schmerzensgeld verklagen."

„Seien Sie froh, wenn niemand *Sie* verklagt. Sie sind in einen Polizeieinsatz geplatzt", drohte Nora ihm ein bisschen und bedachte ihn mit einem strafenden Blick.

Anton schien alles egal zu sein. „Ja, ja, sperren Sie mich ruhig ein. Ich bin gern in Ihrer Nähe, Lady. Alles easy, bin gechillt. Wie geht's denn Ihrer hübschen Partnerin?"

„Ist okay. Die Schneekugel, die sie treffen sollte, ist durchs Treppenfenster geflogen. Dass sie unter Ihrem Genick gelandet ist, war dann Ihr Pech."

„Echt krass! Schmeißt die Alte mit Glaskugeln um sich!"

Ja, das war überraschend für ihre Kollegin gekommen, sinnierte Nora. Antje hatte die Pohl zu früh beim Verbuddeln der Schneekugel gestört. Die sollte tatsächlich in den Pflanzkübel: um die Kugel los zu werden und um den Verdacht auf Anna-Marie Lange zu lenken. Beide Frauen kannten sich von verschiedenen Unternehmungen, die im Wohngebiet organisiert wurden. Dadurch erfuhr Hedi Pohl die Adresse der vergesslichen Frau Lange. Die konnte sich wiederum später nicht an diese Bekanntschaft erinnern.

„Wegen dem Krach bin ich umgekehrt", erklärte Anton. „Hat diese Alte wirklich Marlene und Tabea umgebracht?"

Nora hatte ein paar Minuten mit Hedi Pohl reden können, die leicht verletzt und bewacht ebenfalls im Krankenhaus lag. Sie wählte ihre Worte mit Bedacht. „Hedi Pohl fühlte sich zu schönen jungen Mädchen und Frauen hingezogen. Sie hat dieses Gefühl lange unterdrückt, bis es übermächtig wurde."

Anton fiel ihr heftig ins Wort: „Was?! Marlene und Tabea waren doch keine Lesben!"

„Ich weiß. Und Hedi Pohl wusste es auch. Sie hat Marlene und Tabea in ihrem Alltag beobachtet und im Schwimmbad. Nach ihren eigenen Worten wollte sie gar keine intensiven körperlichen Kontakte, also keinen Sex. Sie strebte nach Vertrauen und inniger Freundschaft." Etwas, was sie von Alexandra her kannte und sehr vermisste. Dass sie die getöteten Mädchen fast nackt präsentierte, verstand sie im Nachhinein selbst nicht.

„Hedi Pohl hatte keineswegs die Absicht, die beiden zu töten. Ich vermute, Marlene und Tabea haben ihre Annäherungsversuche falsch verstanden. Für sie blieb die Pohl eine Fremde, die sie aus ihrem Leben raushalten wollten. Wenn wir Hedi Pohl ausführlich verhören, werden wir mehr erfahren."

„Die hätten Sie erschießen sollen, Lady. Die hat Marlene und Tabea auf dem Gewissen, und mich beinahe dazu."

„Hedi Pohl wird für ihre Taten büßen. Ich bin Beamtin, Anton, schieße auf niemanden ohne Not."

„Und ich Idiot habe der das Leben gerettet!"

Ein paar Augenblicke schwiegen sie. Es war still geworden in der Notaufnahme. Ab und zu sah die Diensthabende hinter dem Empfangstresen zu ihnen hinüber. Die mochte sie für Mutter und Sohn halten. Nora betrachtete Anton von der Seite. Er hatte ein interessantes Profil, sein Haar war gelöst und fiel in dicken lockigen Strähnen bis zur Schulter. Auf den mussten doch die Frauen fliegen. „Anton, ein Puzzleteilchen des Falls fehlt mir noch. Ich denke, Sie können mir helfen."

„Immer, Lady. Worum geht's?"

„Um die Frage, von wem Tabea schwanger war."

An seiner kaum sichtbaren Reaktion merkte sie, dass sie richtig lag. „Wollen Sie mir erzählen, was Sie mit Tabea verband?"

„Schön umschrieben, wenn Sie Sex meinen. Es war ein schnöder One-Night-Stand. Ich habe Tabea überredet, mit in einen Klub zu kommen. Das Weitere erledigte der Alkohol. Ihr Hagen war mit seinem Bus weg. War uns beiden klar, dass wir das für uns behalten wollten. Ich war sicher, dass sie verhütet. Aber, wie es aussieht, könnte ich der Vater des ungeborenen Babys sein. Echt krass!"

„Ein DNA-Test wird das klären."

„Ich als Papa, können Sie sich das vorstellen?"

„Ja, mit ein wenig Mühe und viel Fantasie."

Er stöhnte auf.

„Schmerzen?"

„Die Schwester hat mir was gespritzt. Ich fühle mich easy, könnte glatt Bäume ausreißen."

„Statt Bäume ausreißen, würde erst mal reichen, in die richtige Spur zu kommen, Anton. Dafür wird es höchste Zeit. Draußen ist ein Kollege, der wird Sie heimfahren. Und telefonieren Sie mit Ihrer Mutter! Heute Vormittag um elf wird Sie ein Fahrzeug von zu Hause abholen und zur Inspektion bringen. Wir müssen ein Protokoll aufnehmen."

„Wow! Ich finde Ladys wie Sie, die klare Ansagen machen, super. Nicht diese Rumeierei, wie bei denen in meinem Alter. Schade, dass Sie verheiratet sind." Mühsam und mit gequältem Gesicht schraubte er sich in die Höhe. „Und jetzt muss ich eine qualmen", murmelte er.

Noras Stimmung drehte sich um hundert Prozent. Am liebsten hätte sie ihn tröstend in die Arme genommen, doch der Anflug von Gefühlsduselei wich dem Verdacht, Anton bot ihr eine Show seiner angeblichen Schauspielkunst. Er gab ihr die Hand und humpelte zum Ausgang. Bevor sich die Automatiktüren des Krankenhauses hinter ihm schlossen, drehte er sich um und winkte. Verrückter Kerl, dachte sie und schnaufte tief durch. Schwer legte sich die Müdigkeit auf ihre Glieder.

Es war weit nach vier Uhr nachts. Alles geschafft, oder blieb noch was zu tun, außer Taxi rufen und ab ins Bett? Nora warf einen Blick auf ihr Handy. Nachrichten von drei Männern: Robert, Tom und Tanner.

Himmel, lieber Himmel, schick mir eine Freundin, seufzte Nora.

Die Tote im Pfaffenteich

Nora Grafs erster Fall – Schwerin-Krimi

ISBN 978-3-95655-785-9 (Buch)
ISBN 978-3-95655-786-6 (E-Book)

Kommissarin Nora Graf ist die Hauptperson des im August 2016 spielenden Kriminalromans. Sie wird aus Berlin in ihren Geburtsort Schwerin strafversetzt. An ihrem ersten Abend entdeckt sie beim Spazierengehen die Leiche einer älteren Frau im Pfaffenteich. Tage später führt ihr untrüglicher Geruchssinn Nora in einer leer stehenden Wohnung zum Leichnam eines jungen Mannes. Besteht eine Verbindung zwischen beiden Morden? Oder zur Serie von Vergewaltigungen, von der die Stadt seit Monaten in Atem gehalten wird?

Plötzlich taucht ein traumatisches Erlebnis aus Noras Schweriner Kindheit wieder auf. Ein Klassenkamerad starb. Wurde die Frau aus dem Pfaffenteich Opfer einer späten Rache?

Nora sucht Kontakt zu ihrer früheren Schulfreundin Tamara und beginnt, sich in Schwerin einzuleben.

Einen weiteren Mord kann Nora nicht verhindern. Sie muss ihre Angst vor offenem Wasser überwinden, um das Leben ihrer Tochter zu retten.

Verhängnis in der Grotte

Nora Grafs dritter Fall – Schwerin-Krimi

ISBN 978-3-96521-240-4 (Buch)
ISBN 978-3-96521-238-1 (E-Book)

In der Grotte im Burggarten des Schweriner Schlosses wird eine junge Berlinerin überfallen und lebensgefährlich verletzt. Einen Tag später verschwindet Nora Graf, Hauptkommissarin bei der Schweriner Mordkommission, in ihrer Mittagspause spurlos. Ihr Auto steht verlassen auf dem Parkplatz des Schlosspark-Centers. Keiner ihrer Kollegen kann glauben, dass Nora einfach so abgetaucht ist. Wahrscheinlicher ist, dass sie entführt wurde und in irgendeinem Versteck festgehalten wird. Spielt dabei das kleine Mädchen eine Rolle, von dem sie wegen einer Puppe angebettelt wurde? Wurde Nora verschleppt, weil sich jemand an ihrem Lebensgefährten Tom rächen will? Er sucht auf eigene Faust nach Nora und gerät selbst in Gefahr.

Als Nora wieder frei ist, muss sie einen schweren Schicksalsschlag verkraften, und sie erfährt den Grund für Toms panische Angst vor toten Menschen.

Tod im Camper

Nora Grafs vierter Fall – Schwerin-Krimi
ISBN 978-3-96521-833-8 (Buch)
ISBN 978-3-96521-834-5 (E-Book)

Kann Kommissarin Nora Graf sich ein Jahr nach dem Tod ihres Lebensgefährten auf eine neue Beziehung einlassen? Vorerst nimmt ein frischer Fall sie sehr in Anspruch: Ein Pizzafahrer liegt nachts tot auf einer Straße am Rande der Alt-stadt von Schwerin. Die Besteller der Pizzen bleiben hungrig. Was nach Verkehrsunfall mit Fahrerflucht aussieht, entpuppt sich als Mord durch ein ungewöhnliches Tatwerkzeug. Nora Graf und das Team um Chef Hansen glau-ben, das Motiv schnell gefunden zu haben. Sie fühlen sich bestätigt, als ein weiterer Mann ermordet wird, der sich vor Jahren an einer Frau vergehen wollte. Rächen sich jetzt Opfer von Sex-Tätern? Oder werden Männer umge-bracht, einfach, weil sie Männer sind?

Und wer steckte das Wohnmobil in Brand, mit dem ein Zeuge unterwegs war? Sollte auch er getötet werden?

Ein höflicher Mörder

Corinne Fee ermittelt

ISBN 978-3-96521-545-0 (Buch)
ISBN 978-3-96521-546-7 (E-Book)

Ich bin Kriminalkommissarin Corinne Fee, 33 Jahre alt und Single. Nach einem persönlichen Schicksalsschlag führte mich mein Weg 2012 von Neuruppin nach Berlin. Dort suchte die Kripo fieberhaft nach einem entführten Baby. Das Kind blieb nicht das einzige Entführungsopfer. Auf einem Autobahnparkplatz nördlich von Berlin wurde die Leiche einer jungen Frau entdeckt. Sie war nackt in ein blaues Laken gehüllt. Wie befürchtet, wurden weitere Vermisste tot aufgefunden.

Aber eigentlich war ich an einem Fall dran, der seit zwanzig Jahren ungelöst war: der Mord an Daniela Hahn, einer fünfzehnjährigen Schülerin.

Privat tat sich auch einiges. Bevor ich zum ersten Mal das Berliner Polizeipräsidium betrat, konnte ich nicht ahnen, wer mir im Büro gegenüber sitzen würde.